极度文丛·黑陶作品系列

百千万亿册书

黑陶 著

广西师范大学出版社

·桂林·

百千万亿册书
BAI QIAN WAN YI CE SHU

图书在版编目（CIP）数据

百千万亿册书 / 黑陶著. --桂林：广西师范大学出版社，2021.12
（极度文丛. 黑陶作品系列）
ISBN 978-7-5598-4555-9

Ⅰ.①百… Ⅱ.①黑… Ⅲ.①散文集－中国－当代 Ⅳ.①I267

中国版本图书馆 CIP 数据核字（2021）第 262527 号

广西师范大学出版社出版发行

（广西桂林市五里店路 9 号　邮政编码：541004）
（网址：http://www.bbtpress.com）

出版人：黄轩庄
全国新华书店经销
北京博海升彩色印刷有限公司印刷
（北京市通州区中关村科技园通州园金桥科技产业基地环宇路 6 号　邮政编码：100076）
开本：880 mm × 1 230 mm　1/32
印张：15.25　　字数：210 千
2021 年 12 月第 1 版　2021 年 12 月第 1 次印刷
印数：0 001~6 000 册　定价：68.00 元
如发现印装质量问题，影响阅读，请与出版社发行部门联系调换。

序
文本阐述，或汉语文章杂感，或变异混乱的文句

古奥、深巨的中国**南方**，是属于我个人的父性容器，其中，蕴藏了百千万亿册书。

最当代的文本生产创造方式，最古老的祖国文字与内容资源，这两者相遇，会发生什么样的激烈化学反应？

追求一种独立的、现实又超现实的实验文本。

散文可以也应该驳杂深邃：现实、幻象、史料、呓语、想象。驳杂之信息，压缩于这个自我文本内部。

构成此文本的所有篇章，植根、生长并蓊郁于个人认识和生活的南方。这个地域：北际长江，南抵大庾，西溯湘楚，东迄于海。进一步详察，此区域可再细分为**五个文化专区**：江南

水乡文化区、徽文化区、楚文化区、赣文化区、东部沿海文化区。

任何写作者，也许，都需要一块地理意义的个人根据地。南方，我的立足所在，凭此，眺望世界和人类，眺望有无限内容的东方空无。

徽州：古中国的倒影与象征，顽强存在的传统中国代表区域（溪山之国，神明之乡），甚至，现在可以视之是我们仅剩的山水故乡。中国的南方地域，以徽州为其隐秘核心。古老徽州，亦是我个人南方之内核。

宇宙之中，处处皆"文"，就看你能否"看见"，能否有**自我的汉语能量**，将其充分再现。

喷涌。全书之文：具象与抽象、感性与理性交杂。

在广袤亚欧大陆和蓝色太平洋之间，汉字化的我的南方地域，能否使之虚化，进而让其腾飞起来？

文本或书，完全应该"人为"制作。如果不理解这句话，就不会理解某种难以言传的创造奥秘。

长篇文本，必须有缓慢、持久、巨大的激情为其内在支撑（思想激情、情感激情、生命激情）。拥有激情，就可将此文本牢牢凝聚、控制，不使其散。

必须完全打破庸常的语言流、公共的语言流。

我的汉语文句，在这个文本中的状态是：率性、跳跃、突兀、断裂、放松、自由。如前辈苏东坡所言：行于所当行，止于所不可不止。

用存在的汉字，写出不存在的东西。

由现实，而达到超现实。

文本最后呈现：虚幻感，梦境感。空、无、虚，中华哲学与文学的根本。

即使是一则微型小文，其内里，也应包含宇宙之心，具有宇宙之全息。

在叙述中，不要停止。叙述，应像春夏南方山野的汉语激流，在个人的叙述激流里，探测新我。

偏立一隅。站立在主流的话题和素材之外。写边缘、缝隙，写被他人忽略的部分。

本雅明的梦想：写一本完全由引文构成的书。我也心有戚戚、心向往之。在有能量、有格局的写作者手下，再多的引文，也会烙上"我"的印记，成为"我"这座宏大建筑的妥帖材料。

对古之史料：拆解、改编、重新注入，甚至塑造。以"我"为叙述主体。

万物皆为我而备，任我而取写、而改造。文学非学术。

"灼烫。简洁。饱满。完全黑陶方式。平等。自由。句式上的突兀质地却一点也不做作。尤其是**句式上的突兀质地，你独步大江南北。**"（车前子兄信）

以自成一套的个人汉语方式，以庞大的马赛克式的文本形式，以此，在汉语宇宙中，形成一个我的汉字星系。

让习见的汉语，产生陌生感。要有开创一套全新汉语方式的勇气和自信心。

在此时代，凭你我他的一己之力，能否让古老汉语，重新闪耀自身具备但久被蒙蔽的光芒？

我：既是继承者，又应该是创新、创造者。

汉语，也许是我们的本质存在，是中华民族隐秘的本质存在。

方法论、整体大局观确定后，笔下自会泉涌，虽驳杂激湍，却自会归位。

每个写作者，都有一个潜在的、属于他的独特文本王国。就看这个人有否足够能量、足够胆魄，将它们揭示出来，据为己有。

他的每篇作品，皆**包含宇宙的一个模型**。记住这句话。

必须明白：从任何一个汉字、词语开始，都能进入、深入写作与生命的庞大秘境，甚至是，无垠秘境。

中国古人的恢宏思维：**至大无外，至小无内**。不管向外扩展，还是向内挖掘，寓示写作的无穷无尽。

要有这样的勇气：写出一部饱含神秘，能够被不止一代人反复阅读的书（文本）。

我们每个人、每个写作者，都是：宇宙中的飞翔者。物理基础是：地球在空瀚的宇宙间，无所依靠地孤独飞动。

所以，即使肉身滞重，但我们人类的想象力，应该也必须飞翔。

文本的手稿特征：充满省略、不连贯，充满删改、恣肆的评论和异样描述。

微观文学。**由微观达到宏大**。微观地域写作。由微观地域而呈现宏大宇宙。**散文的神奇变形**。

"我狩猎的目标是整个看不见的世界，而且我倾尽一生，在词语里试图捕捉这个世界，用词语击中它。"

世界是强劲的未知，是"所有资料的总和"。当然，也是供写作者全权处理的对象。

具体的某一物象、地点（火焰、大海、丁蜀镇、南方），使之扩展、辐射，成为"我"观看世界的圆心。

文本：探索新结构和新形式。结构。形式。理想的、复杂的……书写形式。

文本繁殖。文本的人工繁殖和非人工繁殖。

每一文，即闪烁的一颗星；整体，构成神秘存在的深邃星系。

《散文与反组合》的十二种……方式。普通甚至无意义的句子。或许，对我又有极大意义。

不管如何庞大的文本，它，又必须经过个人心灵的过滤。

告别简单"乡土"、简单"人性"、简单"讲故事"。

文本无限繁殖的时代，又应该：更本质而简约地写作。

文献深厚如矿。对矿中文献进行切割、挖掘、炼制、改造，生成新的、我的文献。

敬用汉语，再造、呈现个人南方。

文本的进展，可以是线性，也可以是非线性。可以用任何奇特方式，并置或拼贴这个人间的真与幻。

"永远置身于陌生的虚构世界，而不是用虚构把世界拉回到经验的熟悉世界。"

极其写实的元素组合——让人感觉到虚构世界。世界的存在，有梦的特征。

刘烨园师说过："**火候到了，写张便条亦有气韵**。"这是直击创造秘密的启示之语。个人在真正拥有生命激情和本质框架（思想、文学）之后，"写张便条亦有气韵"。

异域人讲故事的风格练习。我印象深刻的有：

摘录。隐喻。倒叙。惊呼。梦。预告。乱序。犹豫。精确。

主观视角。报道。

泛灵。字母移位。官方信函。拟声。反复。感叹。通俗。戏剧。旁白。哲思。

诗。嗅觉。味觉。触觉。听觉。视觉。电报体。新闻体。美食。未来风格。

杂糅文风。极其理性的分析与完全感性的迷狂。自然与人文多学科交叉呈现。

文本间离。即使在遥远的历史叙述中,也有我,也有当代现实。

"这些年里,我一直都把这本书带在身边,断断续续地写……它差不多变成了一本日记。"

凭借汉字能量,凭借个人能量,再创造一个属于我的**汉语宇宙**。中国南方**现实、历史与梦幻**的宇宙。

目 录

火书

火·江梦 / 003

文化南移 / 004

世代的薄暮,世代的炊烟 / 006

夜衣 / 009

楚人尚赤 / 010

魔幻 / 011

我无比熟悉 / 013

楚人曹操 / 015

夏季烈日下,空废的镇 / 017

闪电书签 / 019

度大庾岭 / 020

夏日 / 032

丹阳：曲阿古城 / 034

父亲的话 / 038

建盏星空（一）/ 040

建盏星空（二）/ 041

启示 / 045

土书

壮观的尘世 / 049

乡镇边缘的废墟台基 / 051

武夷山 / 052

吴大羽：长耘于空漠 / 054

徽州 / 063

引文：西递、宏村申遗点滴 / 064

祠堂·人生 / 069

黟县青 / 071

中国丹田 / 072

五行俱备之地 / 074

大禹治水毕功地 / 076

沈万山·聚宝盆 / 080

抵达之前 / 082

深夜屋顶平台 / 083

徽州抄 / 084

黄庭坚故里 / 089

胡乐镇 / 092

江南地名命名法及例证 / 096

街道肖像 / 098

安庆—宣城：回到旷野 / 114

井冈山 / 116

镇江古塔 / 125

黄宾虹：大境晚成 / 127

庐山晨昏 / 130

记梦：盆地 / 132

身体信仰 / 133

人在黑白梦幻间 / 135

金书

魔都之夜 / 139

铁锚与安庆城 / 144

奇幻 / 147

在文天祥墓地 / 148

极轻微的、银质的声音 / 149

20世纪上半叶：江南城镇商业构成举要 / 151

超现实 / 153

剑·龙（一则译文）/ 154

铁笛道人 / 157

飞鲤镇 / 160

专车 / 163

光影幻境：沪上展览说明 / 164

一个黎明 / 167

抽汲机 / 168

东乡县郊 / 169

看见 / 171

念郎桥 / 172

行刑者高顺昌 / 173

战争回忆：一位营长的自述 / 176

苏皖交界·冬月 / 198

周铁镇 / 200

南方星空 / 204

地铁站内的"爱情毒鸡汤" / 206

"岂以人言易吾操哉" / 210

友人言 / 214

深秋的阿多尼斯 / 216

水书

亚欧大陆的水口 / 221

水厚则徽盛，水浅则徽耗 / 222

长江，像细鳞巨鱼 / 224

风流浪漫润泽 / 225

夜 / 227

1988年关于桃花潭的一封信 / 228

八柱石坊在积雨的灯彩街面显示倒影 / 231

新安江 / 233

楚江两岸 / 236

分水关 / 240

河口镇 / 243

夜晚图景 / 246

三座楼阁 / 247

上元水府 / 248

分风擘流 / 252

12 世纪陆游扬子江上见闻 / 253

落日长江 / 258

雨的记忆 / 259

荄渎 / 260

液体巨兽 / 262

青弋江畔 / 264

星汉 / 272

太平洋的黑暗 / 273

潮神 / 278

木书

淡墨般的暮色漫起 / 343

爆炒新鲜笋子 / 345

日记 / 347

春季菜单 / 348

早春 / 351

徽茶明清入粤路线 / 352

石头梦和杨梅梦 / 354

杏花村 / 357

东洞庭山 / 360

光福吃食·江南表里 / 372

苏州横泾东林渡 / 374

瓯域 / 376

笋·声音 / 383

欧梅·欧阳修后人 / 384

嘉兴 28 小时 / 390

波浪和金蟒 / 398

神树 / 399

吴越檇李考 / 402

猜对联 / 413

枣镇 / 417

春日寻访明代郑之珍 / 419

江苏南部·金黄沉重 / 435

梅城 / 436

江南片断：旧文和访谈 / 440

祖先之书 / 442

微微摇晃的海岛 / 443

安静却近乎喷涌的野蛮能量 / 446

跋一 《百千万亿册书》：文本关键词、句 / 448

跋二 在幽暗、无限的宇宙中，与你相遇 / 467

火

书

火·江梦

冰凉而又滚滚的**江水内部**,你已经失神的眼睛,仍然睁着。身旁的器物,缓缓移过眼前——撕烂的旗帜。羽箭。滚烫的炮筒。断戟。头颅。剑。盾牌。残躯。大刀。半截的腿。倾斜的、下沉的船只。密集却顿然迟缓下来的子弹。

…………

之前的江面:火焰腾起。热浪。灼烫。船只熊熊燃烧。激烈厮杀。仇恨的、血红的眼神。生命熄灭前绝望的喊叫……

现在,一切都在渐渐远离,并且,阒静无声。缓慢地,那个人,向古老的江水深处沉沦。肩上破溃的伤口,仍在突突冒血……

闭上眼睛的时候,**浩大冰凉的星空**,奇异出现。蓝色琐碎的群星,像活泼泼晶莹的小鱼,引导着你,簇拥着你,将你带向蓝色星空无穷远处那生命最初的源地。

文化南移

中国文化，在明清完成地理上的南移。试看两组统计数据，可以证此。

其一，明代文魁（包括状元、榜眼、探花及会元）籍贯分布表。

有明一代，上指文魁数量共244人，南方、北方分布如下——

南方：南直隶，66人；浙江，48人；福建，31人；四川，6人；广西，2人；贵州，0人；江西，48人；湖广，8人；广东，6人；云南，0人。

北方：北直隶，7人；山东，7人；山西，4人；河南，2人；陕西，9人。

核计为：南方215人，北方29人。

其二，清代状元籍贯分布表。

有清一代，共有状元114人。其中顺治九年（1652年）和十二年（1655年）系满、汉分榜，各有一名状元。同治四年（1865年）的状元崇绮，是蒙古正蓝旗人。除去满、蒙3人，余下的111名状元，南方、北方分布如下——

南方：江苏，49人；浙江，20人；安徽，9人；广西，4人；广东，3人；湖北，3人；福建，3人；江西，3人；贵州，2人；湖南，2人；四川，1人。

北方：山东，6人；直隶，4人；河南，1人；陕西，1人；山西，0人。

核计为：南方99人，北方12人。

（以上材料来源：《江南读本》，张中主编，华东师范大学出版社2010年4月第1版）

学者钱穆有这样一种说法，因为中国有足够的地理空间，故中国历史自有一套**内在的新生转运机制**，黄河流域衰颓了，转向长江流域继起新生，中国文化是劲气内转的，它能跳出德国人斯宾格勒的文化悲观论圈子（"文化发展到某一阶段的最高峰，必然会衰落"），而继续生长，欣欣向荣，机运不绝。

但是，针对文化迁移趋势，钱穆也表达了他的个人忧思："但从大局面上，中国文化之从大处高处冷处转动到小处低处温暖处，常是顺溜的滑下，不能奋力的翻上，那却是中国文化演进值得悲观，至少是值得警惕呀！"（《中国历史上的地理与人物》）

世代的薄暮，世代的炊烟

安徽南部，古老房子大块面的墙。被岁月深染、被风雨和昼夜侵蚀的墙。

在偏僻的广阔乡野，这样的墙，往往让我久久静立，暗中震撼。

难忘绩溪县宅坦村里的老墙。宅坦。"春来花气盛，时霁鸟鸣繁"，人家的红门联。上庄村隔壁的这座山村，人家门框边上都有三角红纸袋，里面插着柏枝、红果和天竺枝。春节期间，村巷中的老墙根下，到处散满湿漉漉的、炮仗的红色碎纸。

难忘泾县查济山村中的老墙。前去寻访探望的查日华老师（10多年前曾住他家），已经在这个夏天辞世。查老师家旁的那堵老宅山墙，充满和我一样的感伤。墙脚，是一丛生长肆意、无人管顾的烂漫黄菊。

难忘徽州区西溪南村老屋阁的大墙，墙前的一棵柿树，落光了叶子,枝杈间残剩的零落红柿,在如宽银幕般的灰黑老墙衬托下,触目惊心。

宅坦老墙,查济老墙,西溪南村老墙,徽州老墙,整个中国南方的老墙,我热爱它们。

时光,已经赋予它们以生命。**黑、灰、白互融互渗**,貌似抽象,又如此具象。

在这样的老墙上,我看见了无法胜数的东西。

我看见了世代的薄暮,世代的炊烟,看见了被风吹拂的僻野星空。

世代的薄暮与炊烟
连同
想吹散它们的
僻野星空
全部,凝聚其内

甚至——
一颗接近枯干的昨日雨珠
狭小幽暗的木质厢房内,一小朵
刚刚熄灭的昏黄灯火
我全部看见了它们

墙的幽冥深处
它们，微微闪烁在
祖传的深宅之中
闪烁在一对母子
温热又寂静的漫长睡眠里

  这是时间显现的逼真面容，包含了生与死的无穷秘密。这是全息：乡野的全息，**南方的全息**；单独的人的全息，**人类的全息**。我们永远无法破解。

夜衣

我见惯南方的火焰。火焰跃动,有时形状像极了一只又一只红色的大鸟。

朝霞也是。太湖、长江、东海上空的绚丽朝霞,它们喷涌时,就是让我惊叹的飞翔之鸟。

这属于家乡的**神性大鸟**。它们要做的,是什么事情?

暗黑的夜,是一件轻轻披盖住家乡的深颜色薄衣。

火焰的神鸟,朝霞的神鸟,每天,会准时在黎明时分,共同飞来,衔走这件薄薄夜衣。

于是,睡眠之后的家乡,便完全彻底地,重新,沐浴在灿烂的白昼之中。

楚人尚赤

太阳之精,为文彩斑斓之凤。南方炎热,太阳明亮,凤为南方楚人所崇拜。上古"风""凤"同字,"风者,天之使也"。楚之凤,大、美、神。楚人认为,人之灵魂,只有在凤的引导下,才能飞登九天。

凤貌似偏阴,实则阴阳同体。其阴,凤寓吉祥,"见则天下安宁";其阳,凤即鹏也,飞则冲天,鸣则惊人,鸾凤还是雷神和火神的化身。**太阳赤烫,其精之凤也为红色**(朱凤、赤凤、火凤是也),故此,楚人尚赤。

魔幻

节气小满过后，一个乡镇和一个乡镇之间的苏南田野上，大片大片的麦子，全部黄熟了。锋利干燥的无数麦芒，在暖风中带着大地轻轻涌动。同样成熟的油菜已经陆续在收割。成捆成捆的油菜，被小心收到村中房前的场地上。一个驼背蹒跚的老太太，正在用木棒拍打着油菜秸秆，场地上大幅白色塑料纸上，渐渐积满了沙似的黑褐菜籽。田间地头，宅旁路口，偶然会相遇一棵又一棵的枇杷或石榴。那硕大枇杷叶子间，挂满了金黄甜蜜的果实；而石榴树，朵朵红艳的花影，耀眼欲燃。穿过的乡镇，昔年的影剧院如今似乎全部荒废。晃过的不洁玻璃或屋墙上，经常是这样的字迹：桑拿、足浴、KTV。乡镇和乡镇之间，除了麦子、油菜、果树，还有残破萎弃的乡村老街，还有粗糙的各种桥梁，还有河流中天空的反光，还有穿条鱼游动的河边那些早被遗忘的寂寞河埠石。

在上述农业的、广阔的苏南平原上，突然间，就出现了这样一个完全奇异新颖的陌生世界：

仿制的威尼斯水城。欧式建筑。世界最大规模的盛装舞步马术表演。空阔广场。异域雕塑。散布的高星级酒店。高耸的飞马尖塔。环绕水域。铸铁般的欧洲桥梁。欧洲皇室马车。庞大的购物中心（海澜之家、黑鲸、OVV、海澜优选、AEX）。落日之后的绚丽灯彩。巡游。音乐喷泉广场。极其巍峨壮伟的美术馆（馆内，有200米的《长江万里图》巨幅长卷）。尖头翘起的贡多拉船，载满了游人，在火焰般晃漾彩色灯影的人造河上游弋……

——这是正在散发浓郁收获气息的**苏南平原之夜**。如果从夜空中，俯视广阔黑暗乡野间，这个由资产超千亿的此地乡镇民营企业打造的、局部璀璨的"飞马水城"，像极了现时代一则魔幻的东方童话。

我无比熟悉

太平洋会突然收缩。在家乡东边的海面上,我看见过太平洋突然耸起,波涛相激的撼人景象。在想象中,这个景象就更为激烈、逼真。

海洋为什么突然收缩?

这个问题,也许有一千种答案。但我的答案,只有一种:因为疼痛,熊熊火焰中家乡泥坯的疼痛。

成陶之前的泥坯也有生命。泥坯需要经过火焰的熬炼,最后发生质变,才能成陶。当有生命的、无穷无尽的**家乡泥坯进入火焰**时,它们无可避免地必须疼痛,质变与涅槃的疼痛。

于是,因为这种疼痛,家乡的太平洋,便会瞬间收缩。

父亲们,在火焰和大海旁劳作,不分昼夜。他们的汗滴,因为火焰的跃动,因为大海的收缩,在我的记忆中愈加飞溅,并且从未停止,一直持续到我仍可目睹的现在。这些飞溅的汗滴,和母亲们在打谷场上制造的飞溅谷粒一样,达到足够的高度时,便凝定不动,成为夜空的星星。

这些带着亲人气息的童年群星,我无比熟悉。

楚人曹操

湖北蒲圻。赤壁古战场。江之南，岸石皆赤；江之北，有地称乌林。似乎暗合古老五行：南为赤为火，北为黑（乌）为水。而林遇火则摧。公元208年，中国历史上首次发生在长江流域的空前大战，在此展开。"烈火张天照云海"（《赤壁歌送别》），这是赤壁战后500多年李白的想象。浸油枯荻的火焰，熊熊燃烧的船，惨痛呼叫的人。**冬日长江，曾被长久烫红。**

53岁之曹操（155—220），于此遭败。但一生征战至生命最后的曹操，无愧为英雄。"烈火张天照云海"后面一句，是"周瑜于此破曹公"，桀骜睥睨、"呼儿将出换美酒"如李白者，称曹操为"曹公"，尊敬之心可见。"酾酒临江，横槊赋诗"，这是赤壁战后800多年，苏轼笔下的曹操形象。

诗为心声，一人之诗，可塑一人之形。曹操之为英雄，从他现存于世的20余首诗中，可以得到证明。读曹操数量极少的诗篇，有三个深刻印象。其一，他所发出的，是哲学式、终极性的追问和感慨。如"对酒当歌，人生几何？""天地何长久，人道居之短"。其二，曹操深具宇宙感，他的诗，呈现超越世俗的宇宙格局。如"秋风萧瑟，洪波涌起。日月之行，若出其中；星汉粲烂，若出其里"。其三，在曹操文字中，人的形象突显，深沉的忧思与雄迈的慷慨令我动容。如"天地间，人为贵""老骥伏枥，志在千里；烈士暮年，壮心不已""存亡有命，虑之为蚩"。（曹操，似与我有着某种私密的联系：曹操辞世，220年正月二十三日；我的生日，正月二十三日。）

曹操"御军三十余年……登高必赋"（《魏书》）。唐太宗李世民赞其："以雄武之姿，当艰难之运。栋梁之任，同乎曩时；匡正之功，异于往代。"（《祭魏太祖文》）作为"非常之人，超世之杰"（陈寿《三国志》），历史的浩浩烟尘中，曹操的身影，已经能够不移。

夏季烈日下，空废的镇

夏季烈日的正午，这座近乎废弃的乡镇，空旷寂静。所有的格局都在，但就是镇上几乎所有的人，似乎全部被这正午猛烈的阳光，**蒸发不见了**。空乡镇，像后现代艺术家所做的局部人类生存装置，曾被四季的夜晚和雨雪反复刷旧，此刻，又因发白烫人的阳光而彻底被晒干。一只精致的绿头苍蝇，从那辆油渍斑斑的卤菜推车上起飞，声音嗡嗡，飞移过乡镇的空街，最后降落并停止在"购物中心"门口脏污的电动彩色玩具马上——它荧蓝美丽的背壳，正闪耀极其微小的一点光斑。在时光中渐趋死亡的一座乡镇。而镇中心，那条有明代进士屋、清代药店遗址的狭长老街，则是**乡镇死亡的隐秘源地**。因为老街上空各种破败的遮挡，所以狭窄的条石街面上，存有各种边角锐利的阴影。老街之中，某间完全丧失生意的衣服店，墙上和屋中，仍然挂满有繁复花纹的中老年妇女的圆领夏衫，然而，仍然没有人,只有一张油黄发亮的竹椅,安静并衰老在店内局促的幽暗角落。走出老街,在贴有"转让"字样的小吃店门口,在荒芜冷落的灶台旁边,阳光再次以倾泻般的呼啸迎接你。十字街头。**空旷的十字街头**的烈日下,两个女孩,是突然出现的、这座乡镇尚未被最后蒸发的人?——她们,在为迷失的我,认真指路。

闪电书签

　　我的旅行日记本中间,夹有一枚午夜长江上,在我眼前显现过的微型闪电。

度大庾岭

清晨。深圳。北环路南侧京明酒店1705房间。一人下楼，退房。在路边，用"滴滴"叫车，前往福田汽车站。5月初的晨风，带来南中国海气息，已经颇有热感。33元到达车站。著名的深南大道，宽阔、洁净。沿途所见榕树粗壮，茂密的气生根拂动。

取好上午第一班**深圳到南雄**的长途汽车票，8：50开，152元。时候尚早，便出站，到附近居民区找地方吃早饭。深圳地铁1号线"竹子林站"，就在门前。过深南大道，榕树荫下走一段路，在一家名叫"美味源"的店里，点了炒米线和豆浆（此处炒米线似为早饭主食），7元。吃好便返车站。福田站内，前往"香港机场"的乘车标志，十分醒目。

距离开车时间还早，就可检票上车。长途大巴，尘色满身、久经沧桑却动力强韧的那种。选上层第一排坐下，居高临下。准点发车，乘客寥寥。穿深圳城而行。在途中的南山汽车站、宝安汽车站，又上客数位。然后，大巴就低吼着，一门心思在粤中大地上，由南向北，呼啸前行。虎门，东莞，广州，佛冈，英德，韶关，始兴。途中印象：英德境内的鱼湾服务区，一个小伙子白 T 恤上的文字："还有多少人要打我，我赶时间"；韶关城中，北江之水（珠江上源），极其丰沛清澈。坐大巴上层首排，虽然腿脚伸展不开，但视野极阔极好，低垂的云天之下，多为岭南暗绿起伏之群山。

5 个多小时的奔波之后，我从粤省南端的深圳，纵越广东，抵达了北端的南雄。

个人向往已久的、著名的大庾岭，在身边了。

五岭之一的**大庾岭**，因古时遍植梅树，又称梅岭。此岭是广东、江西两省的分界线，也是珠江水系和长江水系的分水岭。

南雄是县级市，由韶关市代管。当大庾岭南麓要口的南雄，毗邻岭北之江西省大余县，自古是沟通岭南和中原的要道。在老旧的南雄汽车站下车，一个人背着包，在这个粤北县城漫走。"雄州大道"上满是杂乱五金店：广雄五金机电、嘉华五金灯饰、奇盛五金电器、永福五金商行、南雄联创电脑科技、贵升五金、富祥五金电动工具批发、创业五金店……已是午后近 3 点时光，仍有一个脸色发红的店主,坐在自家店前独自喝酒。过南雄市政府,看到"珠玑大酒店",遂入住。609房间。酒店体量颇大,但老旧。为吸引住客,"长途任打,早中餐提供免费自助餐"。酒店喧杂哄闹,"谢氏大宗祠建设扩大会议"在此召开。大堂摆放桌子,桌上有墨汁淋漓的红纸,谢氏族人正在为大宗祠建设募捐。

进房间放下背包,看时间还早,遂出酒店,叫了一辆摩托车,去县城南郊的莲开净寺。寺在浈江河畔。**浈江,韶关城中北江的上游**。到后才知,莲开净寺是尼众丛林,创建于明,原名莲社庵,后被毁。20世纪90年代,由临济宗第四十四代传人本焕老和尚(1907—2012)发起重建。庄严新修大寺,寺外场地空旷,清净少人。寺名和山门照壁"佛光普照"大字,皆为本焕手书。寺前巨大莲塘中,生长大片莲叶,未到花期,碧绿清心清眼。寺门旁挂"莲花尼众学佛苑"牌。谨慎入内,临近黄昏,寺内洁净清宁,花木茂盛,有尼拎了热水瓶在回廊间悄步行走,有尼端了水在细心浇盆中之花。稍看即出,正要关闭大门的青布尼者,朝我颔首致意。

步行回城中。城郊接合部,有挖掘机在作业,被野蛮挖开的山体,山壤之红色,触目惊心。

晚饭在"乌迳食馆"。坐店外露天小桌旁。招牌菜是"黄焖鸭子"。辣,鸭血非常鲜嫩好吃。再一盘绿色的炒空心菜,一瓶

"燕京"。店家免费送上一碟从未尝过的红色瓜子。旁桌是两男两女,两女矜持少语,基本是两男抽烟谈话,他们是退伍的武警,从事装修行业,正准备去广州参加战友聚会。

夜之南雄县城,夜之浈江。青云大桥。幽蓝的浈江,倒映满城灯彩,沿岸是夜钓者、健身者、闲逛者。我置身的粤北山城,**此刻虚幻、宁静而美**。

珠玑大酒店今天似被谢氏族人承包。午夜,仍有嘶吼的卡拉OK声,仍有喝酒晚归者在廊道上的喧哗招呼声。但丝毫不影响我的睡眠。晨6:15起。在酒店楼后空地打拳一遍。三楼吃自助早饭。然后退房离店。

背包步行。看浈江旁的古迹"三影塔"。就在昨天看到的"广州会馆"附近。三影塔,广东省仅存的有年份可考的北宋早期砖塔,为全国重点文保单位。正在维修的塔很高,六角,高达九层。此塔原在延祥寺内,传说当年该塔能在寺壁上反射出三个塔影,一影朝上,两影倒悬,故名"三影塔"。只是遗憾古寺早已不存。塔前有广场,广场舞早锻炼者众多。在浈江边拦摩托车一辆,5元钱到汽车站。

坐南雄到大余(江西大余县,原大庾县,1957年因嫌"庾"字生僻而改现名)的中巴车,跟司机说好在途中梅关古道下。

之前就已了解，翻越大庾岭的梅关古道至今仍存。此古道秦汉始通，后又经唐代宰相、老家在庾岭之南始兴县（与南雄同属韶关市）的张九龄正式拓修。中巴车行驶6公里到珠玑巷。珠玑巷在古代名声极大，从秦代开始，直到20世纪初粤汉铁路开通前的漫长岁月中，中原移民南迁，翻越大庾岭后，必经珠玑巷，然后才分散进入岭南地区。

从南雄县城出来行驶约24公里，到达梅关古道脚下。古道现已辟为旅游区，中巴车上，有多人是从南雄城里来此上班的工作人员。每天来回，他们与司机相熟，中巴车特地驶离公路，往山上，直开到接近古道景区大门才掉头返去。我也因此沾光。进去，无人问我。5月，正是**油桐花盛放季**。俗称"五月雪"的白色桐花，在寂静晨间纷纷落下，平地和山道上，宛然铺了薄雪。有一男子，手拿竹扫帚，正在扫花。

大庾岭，梅关古道，我来了。

"南粤雄关与古道"方形石碑就在身边，此处也系全国重点文保单位，"中华人民共和国国务院2013年3月5日公布"。"南粤雄关"与南雄，两者有直接或间接的联系？

上午9时，我开始翻越大庾岭。

山中无人。古道以杂乱的青石、鹅卵石铺砌，缝隙间积满陈年落叶。因为无数朝代无数人脚掌的按摩，这些石头发亮细腻。

上行没过多久,就遇见禅宗**六祖惠能**翻越大庾岭的遗迹:衣钵石、衣钵井和六祖寺。

唐时,广东的砍柴青年惠能度大庾岭,前往湖北黄梅求法。最后,以"菩提本无树,明镜亦非台,本来无一物,何处惹尘埃"一偈,得传五祖弘忍衣钵。《坛经》(尚荣译注,中华书局2010年5月第1版)记载了惠能得法后的事迹:

惠能三更领得衣钵,云:"能本是南中人,素不知此山路,如何出得江口?"

五祖言:"汝不须忧,吾自送汝。"祖相送直至九江驿。

……惠能辞违祖已,发足南行。两月中间,至大庾岭。逐后数百人来,欲夺衣钵。

一僧,俗姓陈,名惠明。先是四品将军,性行粗糙,极意参寻,为众人先,趁及惠能。惠能掷下衣钵于石上,曰:"此衣表信,可力争耶?!"

能隐草莽中,惠明至,提掇不动。乃唤云:"行者行者,我为法来,不为衣来。"

惠能遂出,盘坐石上。惠明作礼云:"……今行者即惠明师也。"

路边的衣钵石,巨大、光滑、浑圆略扁,石头上有韶关南华寺(供有六祖肉身)主持、高僧佛源所题"衣钵石"三字。其上建起红柱黄瓦的衣钵亭。

衣钵亭旁有衣钵井。相传六祖脱险后,口渴却遍寻无水,遂以杖点石。奇迹于是发生,杖击处,石缝间竟涌出汩汩清泉,后人便称此泉为衣钵井。

衣钵井石处有小道通往上方,指示为"六祖寺"。上去。六祖寺极其简陋,似正在募建中。遇僧人宽义,他也惊异于我这个陌生访谒者,遂站着聊天。宽义1971年生,湖北荆州人。在武汉出家。当他听说我在无锡工作生活,顿显亲切和意外。原来,他曾在无锡灵山整整8年,无锡之后,又去苏州寺庙3年,最后才落脚广东。现在一人在此大庾岭上的六祖寺。供养100元后,辞别宽义。

衣钵井石斜对面高处,有"六祖禅茶·佛水豆花"摊铺。在干净的小木桌旁坐歇,一位中年妇女正在出摊忙碌。用六祖衣钵井水烧煮的豆浆,刚好端过来,遂喝热豆浆一杯,5元。女主人钟历凤,1962年生人,善良洁净,与丈夫每天从山下来此经营。

继续向上攀行,似乎没过多久,就到达大庾岭梅关古道之著名的梅关。

位于岭巅的这座砖石结构的关楼,古朴沧桑,此关楼系宋代初建,现存为明代重建。我到时,正在修葺。

关楼之南,朝广东一面,门额匾刻"**岭南第一关**",落款为"万历戊戌中秋,南雄知府蒋杰题";关楼之北,朝江西一面,门额匾刻"**南粤雄关**"四字。

关楼之旁,有自然巨石,上刻"梅岭"两个楷书大字。

站在梅关,便是一脚踏广东、江西两省。梅关古道真所谓"枕楚跨粤,为南北咽喉":从此南下,便可进浈江,下北江,入珠江,连通大海;从此北下,由大余县东山古码头上船,便可沿章水进赣江,再过鄱阳湖汇入长江,直达江南和中原。

大庾岭上的梅关古道,人文遗迹累累。

除唐代六祖惠能度岭外,个人印象深刻的前辈度岭者,还有苏东坡、文天祥、汤显祖。

苏轼度岭。

公元1101年正月。东坡生命最后一年,虚66岁,从海南岛儋州北归。度大庾岭时,作《赠岭上老人》:

鹤骨霜髯心已灰,青松合抱手亲栽。
问翁大庾岭头住,曾见南迁几个回?

宋代江西人曾敏行《独醒杂志》卷二,曾载相关事迹:"东坡还至庾岭上,少憩村店,有一老翁出问从者曰:'官为谁?'曰:'苏尚书。'翁曰:'是苏子瞻欤?'曰:'是也。'乃前揖坡曰:'我闻人害公者百端,今日北归,是天佑善人也。'东坡笑而谢之,因题一诗于壁间云。"

文天祥度岭。

南宋崖山败亡,公元 1279 年农历四月二十二日,44 岁的文天祥被元军押解,从广州出发北上大都。约两周后,五月初四出大庾岭(从粤南到粤北出岭,文天祥用时两周,我用两天)。

过大庾岭后,文天祥写有《南安军》诗:

梅花南北路,风雨湿征衣。
出岭谁同出,归乡如不归。
山河千古在,城郭一时非。
饿死真吾志,梦中行采薇。

汤显祖度岭。

公元 1591 农历九月,汤显祖被贬广东徐闻,度大庾岭时,写有《秋发庾岭》:

枫叶沾秋影,凉蝉隐夕晖。
梧云初暗霭,花露欲霏微。

岭色随行棹，江光满客衣。

徘徊今夜月，孤鹊正南飞。

秋影，夕晖，客衣，孤鹊——汤显祖彼时心情，可以想见。不过汤显祖在徐闻时间很短，大约半年后又升任浙江遂昌知县。这一去一返，均经大庾岭。而且据说由徐闻北返度岭后，恰逢章水枯涩，舟船不能通行。汤显祖滞留大余县待舟，长达月余，有了充分时间拜访当地友朋、了解风土人情。《牡丹亭》原型及最初构思就生发于此。剧本中多处提及"江右南安府""梅岭""梅关""大庾岭"即为例证。大余县古称大庾县，明代南安府统领大庾、南康、上犹、崇义四县，府衙就设在大庾。

北出梅关后，在江西地界的高处，站着吹了一会儿山风。眼底远处，细密如火柴盒的万千烟灶，应该就是大余县城。

下大庾岭。江西境内古道两旁山坡上全是梅树。**人间5月，梅花落尽**。而黄熟梅子，挂满枝头，不时有熟梅籁簌掉坠于古道青石之上。捡食一颗，涩甜。下山途中，遇一棵千年古枫香树，伟岸如神。

出标有"古驿道"字样的四柱三楼简易牌坊，基本就算翻过了大庾岭。眼前已有柏油道路。时间是中午11∶20。

伸向远处的山中柏油路，空旷无人。将随身背包、一瓶矿泉水，放置于路的中央，拍照一张。

再往下走，出现土黄颜色、似未完全完工的城楼一座。城门洞口两侧，有大幅对联：

踏雪寻梅，古道花开迎晓日；
赋诗揽胜，雄关贵客贺春风。

惜"花开""贵客"似不对称，将"贵客"改成"客来"，可能稍好些。

土黄城楼附近，山体开挖，载重卡车轰响往来，江西方面正在建设大体量的旅游景区。以后再来，面貌恐就大变了。

在山下"梅山村"内转了一圈。在寂静的村中烟酒店向两位老太太问路后，继续向公路方向走去。

大余县梅关口"**燕红饭店**"。"快餐，小炒"。饭店门前，露天摆了多张简易折叠餐桌。在一张桌旁坐定，店家端上餐前瓜子。"一麦"啤酒，炒菜，米饭。生意火爆，众多骑摩托车的务工男子，络绎不绝，前来吃饭。他们将重型摩托车横七竖八停于店前空地，像古代骑马者在随意拴马。女店主刚会蹒跚走路的孩子，啃着半根火腿肠，跌跌撞撞在餐桌间绕圈。"一麦"啤酒冰凉可口，将身体内翻越大庾岭的燥热一扫而尽。饭后，买赣产"金圣烟"一包，29元。一支烟后，再问清了道路，接着赶路。

到达通往大余县城的公路。"大余·3公里"。在路边这块牌子下站立等车。一辆微型面包车，摇摆着在我身旁停下。微胖的女司机跳下车来，大声向车内已经挤满的男女老少打着招呼，他们于是又各自紧了紧身子，微笑着给了我一个容身的空间。微型面包车在县城"街心花园"最终停下。车费3元。女司机指点我大余汽车站方向。"摩的"前往，5元。**大余—赣州**，全程高速，30元，14:00开。汽车停在站外路边。上车坐定。开车的时间，就快到了。

夏日

白昼。眼前一柱拔地而起的浓卷白云,像一尊白衣金刚,威严却又仁慈。挖开的原始红色山壤,色彩逼人,伸展向丘陵上墨绿的松林深处。

通往不知名远方的**漫长县乡公路**,荒凉在无限的蓝空底下。一辆同样红色的挖土机,也许是中午休息,像凝固的机械巨兽,寂静在路边,与头顶的蓝空互相映照。

一处村庄。一座乡镇。一整个南方国度……在那个名叫"凌笪"的乡镇郊外,我遇见的一棵孤独枣树,已经结满了累累青果。

耳旁,响亮着"五条人"的县城音乐:

道山靓仔咿哟,你为什么穿着你那破拖鞋,
道山靓仔咿哟,你为什么不去剪头发,

道山靓仔咿哟,你还是骑着你那辆破单车,
…………

夏日白昼,能真切感受到:**大地,是伟大的肉身,是神异的生命体**。经由那些血管似的、神异的大小道路,我,或者你,可以走遍这个伟大生命体的四面八方。

丹阳：曲阿古城

暮夜腾起细细雨雾。是的，腾起，而不是自天而下。东方路一角。距崭新的高铁车站和巍峨的国际眼镜城不远的东方路，僻静一角。夜的雨雾。我。路边。一人等待出租车——"打的"，奇异的动宾词组。出租车狭小。似乎闷热的异味。胖壮，并且挤满方向盘前空间的男性司机。音响吱吱啦啦。女声。《时间煮雨》。加速迅捷。红绿灯右转之后，就是繁体字的"雲陽大橋"。**丹阳**。云阳。**曲阿**。高耸又结实之水泥钢筋桥梁。繁体桥名，显示某种现代性的、人造的古老。

"到西门古街。"我跟司机说之前在地图上看到的这个地名。喜欢每个城镇残存的、被人遗弃鄙视的古旧街区。隐秘的地域年轮，我熟悉并有神秘感应。沿新民路。穿越黑暗与璀璨交替的中心城区。我在低陷的、肮脏的钢铁甲虫内穿越陌生城区。

"西门大街……开不进去的……"胖壮的男司机嘟囔。吱吱啦啦的汽车音响。新民路、三思路交叉处下车。僻静。雨湿。进黑暗狭窄的三思路。路灯孤寡。废墟般无人光顾的落尘烟酒店。雨雾之夜。梧桐的枝杈。某个灯光的房屋内部,四仙木桌旁边,富态的、即将进入暮年的家居妇女坐于椅上,一位年纪相仿脸上堆笑的男人(她的丈夫?),站在她的身后,为她献媚般起劲敲背。敲背的声音。**夜的这个街区的空落寂寥。**

感觉歪斜的三思桥。黄石皮光滑腻亮。

雨气中公厕的夜晚味道。

一个戴帽子的男子,骑了自行车过桥。

左转的石碑。"西门大街"。明清。

日常民居。

霉黑且被雨落湿的旧屋门洞。

打麻将的围桌古人。

一个穿粉红棉内衣的女人,往门外石质的路上,泼一盆脏水。

正仪坊。遗址的简破。

粗大雨线似的、木栅窗条内漏出的浊黄光线。

人类的底层生活的温馨。

声音很响的偶尔经过的电动车。

夜河。墨渍一样。

再左转。空荡的收了市的农贸市场。

走道上空搭满破洞的遮雨塑料纸。滴滴答答的雨水。弯腰。注意这水。

就要最后收完摊的夫妻。疲倦的妻子在埋怨忙碌未停的丈夫。为了什么？

空旷的摊位间扫地的男人。

寻嗅的野狗。

在渐聚的垃圾堆里听到金属的细微脆响。扫地的男人停帚搜寻。

…………

重新回到灯火暗燃的大路。新民路两侧的商铺**灯火在雨夜暗暗燃烧**。"江苏省丹阳高级中学"。武中奇题写。"苏"的繁写，草字头下面有鱼、禾。黑暗中的高级中学。它自有深厚稳固气场，压得住左邻的庞大医院。雨黑中一个孤单的男人送了饭从医院出来，他在门口找他的自行车。医院后面（北面），有吕凤子（1886—1959，书画家，晚年刻章："而今乃得生之乐""老子犹龙"）故居。有吕凤子堂弟吕叔湘（1904—1998，语言学家，曾负笈英伦，主编有著名的《现代汉语词典》）故居。闪闪发亮的鞋店。挂满像森林一般衣裤的服装商场。奶茶店在溢出香气。西餐厅门庭冷落。四牌楼熟食店堆垒于玻璃和灯光内部的各种熟制卤菜，像栩栩如生的展览化石。鳝丝面。爆鱼面。但我此刻想念热腾腾的此城特产大麦粥。华地百货。德克士。星巴克。海底捞。**像彩色奶油般的一截透明电梯在黑暗中上下移动**。下沉式广场内部的大型超市。因为接近关门时间，空阔凄清。封缸黄酒。3000年酿造史。"味轻花上露，色似洞中春。"传说：镇江某街有井，汩汩冒酒。醇香异常。张飞饮醉。关公刀劈酒井。汩汩之黄酒流到丹阳，家家用缸盛装封存。封缸。还有肴肉。在饼干糕点柜附近的卖剩的真空包装肴肉。我品尝过它独特的香。

曲阿城。云阳城。南朝齐梁故地。城之周围：陵口镇、珥陵镇、延陵镇。齐宣帝萧承之，永安陵。齐高帝萧道成，泰安陵。齐武帝萧赜，景安陵。齐景帝萧道生，修安陵。齐明帝萧鸾，兴安陵。梁文帝萧顺之，建陵。梁武帝萧衍，修陵。梁简文帝萧纲，庄陵。

……**古代的累累陵墓**，包围着我此刻置身的、雨黑的这个城。

大地。疲倦又厚重。城中十五楼的旅馆。窗外，暗艳闪烁的灯火县城，宛如沉重巨大的锈滞容器，在缓缓浸没于万古时间。

父亲的话

制陶：故国东南地区火焰和泥土的古老手工艺，百姓赖以生存的劳作方式。在火焰里埋首或者穿越的人，坚硬、透明，宛如一个个闪烁金属暗光的铜质雕像。

他们首先揭开大地的箱盖，一个隐秘的宝库出现在眼前：朱红的、墨绿的、橘黄的、砂白的、茄紫的——五彩的泥土竟然炫人眼目！挖掘、搬取，这些就是紫砂茶壶的最初源头。五彩的陶土，需要摊晒、捣碎、过筛、加水调和、脚踏踩炼，最后才能变为可以做壶的成熟泥块（切得方整的无数块彩色熟泥，被堆放在避风房舍的潮湿处陈腐备用）。

被窑火日夜熏烤的人，在沉重光洁的泥凳前坐下，他（她）开始制壶。手边，是一大把精巧别致的制壶工具：木搭子、竹拍子、转盘、矩车、泥扦尺、明针、挖嘴刀、线梗、顶柱等等。打泥片……搓泥条……打身筒……装壶嘴……一团团的泥土，在泥凳上的双手中神奇化变，这是在历史中承继不绝的双手——明代：供春的双手，时大彬的双手，惠孟臣的双手；清代：陈鸣远的双手，陈曼生的双手，杨彭年的双手；现代：顾景舟的双手，朱可心的双手……陶泥终于变成了茶壶，古拙朴雅，大气精妙——当然，现在还只是壶坯，从泥到陶的最后成型，还需历经火焰的煎熬炼制。

燃烧松枝的龙窑趴卧在坡上，它的火焰剧烈的肚内，是那些手制的壶坯。"千度成陶"，**从火焰的颜色，烧窑人洞悉火焰的温度**。烧窑的父亲告诉我：400度，暗红色；600度，桃红色；800度，鲜红色；1000度，黄色；1200度，浅黄色；1400度，白色；1600度，无烟无焰的耀眼白色。

因为泥料和火焰温度的综合关系，烧成出窑的成品茶壶，色泽千变万化，展示的是一个斑斓响亮的色彩王国：朱砂紫、葵黄、墨绿、白砂、淡墨、沉香、水碧、冷金、闪色、榴皮、梨皮、豆青、橘柚黄、新桐绿……这些沉静美丽的器皿，带着人手所赋予的神性，最终上升为一颗颗闪耀的南国星体。

仰观清澈的夜空，我如此熟悉它们的名字：寿星、牛盖洋桶、梅桩、石瓢、四方、六方、井栏、竹节、鱼化龙、掇球、贡壶、海棠、汉铎……

建盏星空（一）

在闽北建阳，夜深人静时，头顶的星空，就是一只倒置的、闪烁黑蓝色荧光的建盏。深邃、浩大、神秘，敲上去，有金属的声音。

建盏星空（二）

高铁"杭州东"到"武夷山东"，只需要约 2 小时。中午 12：30 到达武夷山东站。"武夷山东"属建阳地界。此处地名及归属略显复杂，地市级行政区域为福建省南平市，南平市下辖的崇安县，现已改为武夷山市，但高铁武夷山东站并不在武夷山市内，而是在建阳境内；建阳，古属建宁府建阳县，是福建最古老的五个县邑之一，2014年建阳撤县级市改为区，目前南平市政府就设在建阳区。

出"武夷山东"，右手不远处，就有 K2 公交，直达建阳城区，车票 8 元。经15站，到末站"建阳西区生态城"，费时 1 小时。

途中，公交经过县城中心的崇阳溪。发源于武夷山中的崇阳溪，宽阔之大溪。大水大山间的大平地，即为大邑，建阳再次印证。入住西城国际大酒店。携程上订的，288 元每晚。直接前台订，服务员说318元。

来建阳，就是为了看**宋代风靡天下的茶盏**——以地命名的"建盏"。而建盏的真正源地，在建阳下面的水吉镇。放下行李，和麦阁便直接"滴滴"叫车去水吉镇。"滴滴"司机姓邱，1963年生，建阳城里人。一路聊天：他说20世纪80年代喜欢一个人开了摩托车周边乱跑，去过建阳黄坑镇的朱熹墓；建阳城中房价上涨，"建发"新住宅，现在每平方米1万元；等等。从建阳城区到水吉镇，20多公里，40分钟，100元。山中公路，弯曲蜿蜒。一路上，除了葡萄园，就是持续不断的建盏元素：各种建盏工作室/大宗批发/泥坯供应。触目皆是此地含铁量高的红土。水吉镇愈近，建盏气息愈浓。

过镇外南浦溪上的大桥，就进镇了。桥前限制大车进入的石墩上，有醒目的"收寿材"手写字。在镇内车站附近下车。镇上全是卖建盏的大小店铺。柴烧。电烧。手工拉坯。机器拉坯。有店称"见盏笑"，进去。建盏世界。"鹧鸪斑中吸春露""兔毫连盏烹云液"。兔毫、油滴、鹧鸪斑、曜变，各种建盏，釉面纹理变幻无穷，但胎质均厚实坚硬，"铁胎"之说不虚。

在镇上叫一辆机动三轮车，去水吉镇后井村。那里有宋代建窑遗址。来回加等待，车主开价35元。在205国道上"突突突"开10分钟后，拐下国道，进入村道，路口山壁下，竖有模糊旧石碑一块："**水吉窑址**"。碑上小字："福建省人民政府/公元一九八六年十二月立。"再约 10 分钟后，到达目的地。

水吉镇后井村龙窑在村外，是宋代建窑原址，门锁，无法进去。三轮车主自告奋勇说认识看门人，他去叫人。趁他叫人之际，便和麦阁在周边转了一下。生长青绿竹林杂木的山体，是醒目腥烈的红土。全埋半埋于红土或红土表面，到处是建盏残片和当年烧制时盛放建盏的匣钵残体。感觉中，这漫山遍野的红色山壤，就是**宋代遗留至今的火焰**；而累累建盏残片，则是这火焰的核心结晶。有村民在山上建盏残片中俯身寻觅，问后才知，他在找有"供御"和"进盏"字样的残片（宋代进贡朝廷的建盏）。我们也捡拾了一些，但未有字样。村民手中有"供御"字的残片，开价 50 元。

回到被锁的龙窑前，三轮车主已经请来了龙窑文管员邱家义。裤腿卷起穿了拖鞋、开了摩托从家里过来的老邱有名片："中国水吉建窑遗址 / 邱家义（文管员）/ 电话（略）/ 地址：福建省建阳区水吉镇后井村 12 号。"开锁入内，对龙窑非常熟悉的我（老家陶都宜兴有众多龙窑），看到眼前这座斜卧的龙窑，还是有点震撼，135 米，比老家的龙窑长多了，据说这是国内已知最长龙窑。窑身两侧山坡上，同样散落有数不清的建盏残片。一旁墙上有文字介绍，主要是："建窑是我国古代著名的窑场之一。窑址坐落在南平市建阳区水吉镇后井村。历史上水吉曾属建州辖地，窑因而得名。后因行政隶属关系的变化，又有'水吉窑''建阳窑'等称谓……创烧于唐代,兴盛于两宋,元代趋于衰落以至停烧。早期产品为青瓷,五代末至北宋初期始烧黑瓷,两宋时期达到鼎盛……2001年6月,经国务院批准公布为全国重点文物保护单位。"

看完龙窑,跟随老邱回村里。他家中卖建盏。山中开阔地,落日正圆红。山坳远处青烟升起,是有窑在烧。老邱家中,桌上地上摆满了新老建盏。**竹篮里还有众多宋代黑瓷盏碗的残片。**买了若干,告别。老邱送好我们,便拿起长竹竿,出门去赶鸭回家。三轮车送我们返回水吉镇。主动加上5元,感谢车主。镇上简陋车站内,水吉回建阳的末班中巴是17:30,正好赶上。每人8元,上车返城。到达建阳完全天黑。"书林楼土菜馆",人声鼎沸,在进城后中巴某个停车点的僻静马路对面。在此晚餐。当地鱼,酿豆腐,腊肉炒青蒜。地产"小城故事"精酿啤酒,小瓶装,每瓶7元。

晚餐之后,从东到西,步行横穿整个建阳城。在夜晚崇阳溪上的水东大桥,站着可看山城的暗彩灯火。而头顶弧形的乌蓝夜天上,满是密集、闪耀的银质斑点。**建阳星空,确实是如此酷肖一只古老、神秘的前朝建盏。**

启示

又一个夏日清晨,世界向我展示它原初的宁静。

突然的一刻,我醒悟:家乡,原来始终在用隐秘的方式,启示我。

午夜烧陶的火焰,那是跃动、赤烈的密语字迹——然而,那么漫长的岁月中,我浑然不识。

火焰的汉字,于是在黎明,又全部幻变为东方天际的绚丽朝霞之书,继续试着让我阅读。

火焰密语和朝霞之书,其中究竟隐藏了什么内容,我至今不解。

但在夏日清晨的这一刻,我至少领悟了:家乡期盼我懂的深切之心。

书

壮观的尘世

"壮观的尘世",瞬间触动我的五个汉字。这是极其高的俯视。

微茫如尘的世间,有山河,有漠野,有偏僻乡镇,有繁华都市,也有密居其间如蚁如虫的你我他万类生灵。

尘世。当你到达极其高的某个位置,俯视之时,景象,既广阔渺小,又极其壮观。

我拥有这样高的一个位置。

这个位置,是家乡馈赠给我的。

家乡丁蜀镇,是中国南方陶都。陶器,只是它的副产品;它首先盛产的,是火焰。

热烈浓郁的火焰,从家乡的大地底下,日夜汹涌而出,不可遏止。

火焰,形成了强劲的祥云。

微小的家乡，于是被这莲花般的祥云，冉冉托起，持续上升。于是，童年的我，在如此高的位置，见识到了——

壮观的尘世。

乡镇边缘的废墟台基

誓节。十字铺。南方乡镇之名。"火青"。火焰与青色植物叶子，两者奇妙结合，便成独特的、墨绿莹润的珠型茶叶。乡下之火保留的植物之香，在蜷紧的叶脉间潜伏。灶火上的沸水会最终解放它们。火焰，植物，沸水。似乎难融的水火，在一片青绿叶子上达成统一。乡镇边缘，石块垒成的废墟台基，石缝间长出茁壮有力的两株油菜。正在结出青籽的油菜。台基一侧残存的半面墙壁上，存"海洋浴场"四个脏蓝字迹。字旁，画有模糊的粉红泳衣女郎，挽着救生圈，走向夸张稚拙的浪花丛中。头顶的5月晴空，高远，万里无云也无语。我坐在废墟台基边的石阶上，聆听无数个**南方乡镇在这种浓烈暮春时的无名没落**。身旁，那两株青籽的油菜，正把淡淡涩凉的气息，递送给我。

武夷山

午夜的一颗孤星,坠落在坚硬漆黑的武夷山脊之上,溅起银亮暗红的碎火。坚硬漆黑的武夷山脉,自南而北,像一道雄伟的自然长城,分开闽、赣两省。

在武夷西麓,南丰人曾巩(1019—1083),正在给老师欧阳修写信:"若先生之道德文章,固所谓数百年而有者也。先祖之言行卓卓,幸遇而得铭,其公与是,其传世行后无疑也。"

而在武夷山的东部,我听见的,是朱熹(1130—1200)的低低吟诵:"诗者,人心之感物而形于言之余也。心之所感有邪正,故言之所形有是非。惟圣人在上,则其所感者无不正,而其言皆足以为教。"

蓝色咸腥的太平洋的风,由东向西吹来。雄伟耸立的武夷山脉,阻挡了它们。因此,**福建全域被海风吹熏**;而古老的**江西**,仍由赣江的清气深深浸润。

武夷山脉之东，有妈祖，有巨舟，有盐腌的整筐海货；

武夷山脉之西，是青竹，是雕版印刷的卷册，是秋日累累的红橘。

吴大羽：长耘于空漠

甲

这个世界上，就生活和创作状况而言，存在**两种类型的艺术家**：一类，始终处在万众注目的聚光灯下；一类，偏居一隅，在被世界遗忘的寂寞中，隐忍前行。有"中国陶都"之称的江苏宜兴，盛产大画家，其中，两位大师级的画坛人物，恰好代表了这两种类型：徐悲鸿属于前者；后者的典型，当推吴大羽。

宜兴乡贤吴冠中，这样说他的同乡老师吴大羽："在他逝世前多年，几十年，他早已**被挤出熙攘人间**，躲进小楼成一统，倔强的老师在贫病中读、画、思索。佼佼者易折，宁折，勿屈，身心只由自主。"

吴大羽（1903—1988），被人遗忘的中国现代主义绘画的开拓者和奠基人之一，中国抽象油画的先行宗师；作为艺术教育家，他又是培养大师的大师，吴冠中、朱德群、赵无极，都是他的弟子。然而就是这位杰出的艺术家，生前竟然没有出过画册，没有办过个展。

当年，杭州国立艺术院首任校长林风眠，如此认定吴大羽："非凡的色彩画家，宏伟的创造力。"

乙

年轻时的吴大羽照片，有一张正宗宜兴人的脸：质朴、孤毅，厚嘴唇。所戴的圆框眼镜，显示其从乡土走出来之后，所受学识的深染。

另有一帧晚年吴大羽的照片：脸颊清癯，嘴唇似乎明显变薄了，略显稀疏的头发整齐后梳。经受过的所有人生沧桑尽皆吸收，并且内化为一种中国知识者独有的柔韧、坚毅和精神不屈服。

1903年12月5日（农历十月十七日），吴大羽出生于宜兴城中茶局巷。他的祖父吴梅溪，曾教过徐悲鸿的父亲徐达章绘画；父亲吴冠儒，为地方乡绅，教书课童。吴家家道殷实，有田300多亩以及县城中商铺住宅多间。

民国以来，上海作为中国长江三角洲地区的经济、文化中心，吸引着周边有雄心的年轻人前去闯世界。像徐悲鸿早年从宜兴屺亭乡下赴沪寻发展一样,吴大羽16岁时也**离开家乡,到上海学画**。

1922年到1927年,19岁到24岁的吴大羽留学法国,在巴黎国立高等美术学校学习油画和雕塑。

1928年3月,杭州国立艺术院成立,林风眠担任校长,25岁的吴大羽接受聘请任西画系主任,32岁的潘天寿为国画系主任。

吴冠中回忆:"国立杭州艺专(杭州国立艺术院,成立第二年更名为"国立杭州艺术专科学校"——笔者注)……威望最高的则是吴大羽,他是杭州艺专的旗帜……吴大羽威望的建立基于两方面,一是他作品中强烈的个性及色彩之绚丽,二是他讲课的魅力。"

1928年8月,**吴大羽与寿懿琳结婚**。寿懿琳(1909—2004),杭州国立艺术院国画系第一届学生,婚后即停学居家。岳父寿拜庚,曾留学日本,为银行界高级职员。"我有理由崇敬我的夫人,她才配做渊明的妻子,万金不看一眼。"这是吴大羽日后的手稿中,关于妻子的记述。

1929年6月,女儿吴崇力出生。

1930年7月,儿子寿崇宁出生。

1937—1940年,全面抗战爆发,随学校内迁。辗转于诸暨、金华、江西龙虎山、长沙、贵阳、昆明等地。

1940年春夏之交，吴大羽偕夫人、女儿从昆明经香港回到上海，与留沪的儿子团聚。吴大羽一家住在岳父母家中：上海福煦路（现延安中路）632弄百花巷内49号。此后岁月，直到辞世，吴大羽一直居住于此。

1949年，岳父携家去台湾。吴大羽夫妇决定留在大陆。

新中国成立之后，现实主义与形式主义之争，一度上升到阶级斗争层面。在当时特定的历史语境中，艺术所固有的审美性遭受否定，而其实用性和功利性得到肯定和褒扬。

1950年9月，更名为中央美术学院华东分院的杭州国立艺专开除吴大羽，理由是：

"教员吴大羽，因艺术表现趋向形式主义，作风特异，不合学校新教学方针之要求，亦未排课；吴且经常留居上海，不返校参加教职员学习生活，绝无求取进步之意愿。"（引自1950年8月27日，"杭艺字第五三五号呈文"。中国美术学院档案室，1950年4卷。）

从此，吴大羽夫妇依靠女儿吴崇力、儿子寿崇宁担任中学老师的工资收入生活。吴大羽离群索居，躲进阁楼，近乎与世隔绝，其艺术创作悄悄转入地下，很少示人。"穷则独善其身"，**他以中国知识分子特有的隐忍，坚守自己的艺术信念，走向自我的内心世界。**

1980年，77岁。学生朱德群从法国寄来一箱油画颜料。吴大羽晚年的油画作品，使用的就是这批颜料。

1988年，85岁。1月1日，因肺源性心脏病，病逝于上海家中。

丙

吴大羽是**中国现代抽象油画的拓荒者**。他的作品，是灵魂孤独者的绚烂独白。他认为，画，是"我的内心自供记录"。晚年吴大羽说："我自己眼睛的视力已模糊不清了，但不要紧，我仍可以画我自己心灵深处的感受。"

他这样介绍自己的艺术："我的绘画依据，是势象、光色、韵调三方面的结合。"

势象，是吴大羽的独创之词。这个词来自中国古老的书法艺术，他说："中国书法的最高境界，讲究势象美。"吴冠中理解此词："象，形象，融进了势的运动，也就是说，人间形象在心魂的翻腾中被吞吐，被变形了。"

吴大羽从未以书法家自诩，但读他留存的书信，其书法造诣极高。在一次吴大羽的研讨会上，油画家兼书法家朱乃正发言："单从这书法，我们在座的没有人能达到这高水平、高品位。"吴大羽将中国书法的势象之美融进西方油画，而内在，又以韵调，这东方艺术之神，作为整幅作品的灵魂。只要稍稍认真阅读吴大羽的抽象油画,马上就会感受并发现,他作品中强烈的势与韵所传达的,是纯正的中国精神、东方气派。"**民族化不能从形式上去理解**。"吴大羽用独特鲜明的艺术实践,注解了他自己的这句话。

吴大羽的色彩,生猛而浓烈。艺术上他无所顾忌,一任天性。黑色与蓝色,是其油画主调。黑、蓝色彩的低调沉郁,是在暗示他的沉郁内心和沉郁人生?

他也用文字,吐露他的艺术心声:

"东西方艺术的结合,相互融化,糅在一起,扔掉它,统统扔掉它,我画我自己的。"

"天地是心胸的外形。"

"艺术是人与天之间的活动。"

"绘画……是宇宙间一刹那的真实。"

"所说的空间合唱,即绘画的音乐性——这是我追求的。"

"我认为绘画艺术是时间、空间的瞬息结合。"

"**美的出现在形象和心象之间**。"

"艺术是物我交接瞬间难以形容的美感。"

"作品是艺术家脱口而出的自己的语言,人家说过的,我不说。"

吴大羽的画,基本没有画名,画上也从不签名,不留日期。他认为,"重要的是让画自身去表达。见画就是我,签名就成了多余了。画是心灵感应的自然流露，感受的瞬间迸发，自由自在，任何人也无法去再现，连自己也不行。我是画了就算，从不计其命运"。

在中国现代艺术基本停止的年代（20世纪50到70年代），吴大羽仍坚持以个体方式进行现代艺术探索。他的作品，在物象与心象的完美交融中，彰显独特之"我"，**具有强烈的"中国的血统"**。

"期成巨斧，判划古今"，这是吴大羽对学生吴冠中、朱德群的期望之语，在内心，这八个字，又何尝不是他自己的默默追求。

丁

这位曾被中国美术史长期遗忘的艺术大师，他的性格，率真，淡泊，孤倨，傲慢。

其侄女吴崇兰在文章《无画的画家——我的小叔吴大羽》中写道："大羽叔生性淡泊，又木讷不善交际，为人诚恳，洁身自爱，例亦有其怪脾气。乡人索画，由我父子政转达，无不应命，否则几近六亲不认。"

其学生朱德群《忆吴大羽先生》："吴师是位才华横溢的学者画家，所以举止上给人一种傲慢、目空一切的感觉，这也许是才华过人的自然流露吧!"

实际上从1940年夏天开始,吴大羽在上海岳父家的房子里,便开始"我实慎独,坚守孤深,徒效陶公之隐"的被迫隐居生活。整整半生,他阅尽人世冷暖与荒谬,在寂寞屈辱中,体味着孤绝与苍凉。

吴冠中这样回忆他的大羽老师:"他曾在给我的书信中说,'**长耘于空漠**'。""他说过,自己的分量不必由人上秤。他以生命作代价维护了自己的人格。"

晚年吴大羽行动不便,更是活在自我的精神世界中。有学生来看望他时,担忧他睡得太多对健康不利,他对学生说,"我是在做梦"。

他持守的艺术信念,一生未改;貌似柔弱的吴大羽,在其内心深处,有着超越凡常的自识和不驯。

"我自己尊重我自己认为的真理,比看重自己的生命更其重要。"

"我却**藐视着大限,藐视着命运**。"

"你不必问我有多少斤两,或长短的价值,连同我衷藏多少思量……万一不幸,我来不及说完我要说的话,将会留给历史去衡量。"

"我不肯承认艺术变为商品或为工具。"

…………

吴大羽洞察艺术：真正"好的作品往往是有的人看不懂，不承认，最后，历经若干年，甚至几十年，才被人发现"——几乎说的就是他自己。

84岁时，吴大羽接受美国海夫纳画廊访问时说："大彻大悟才能获得大自由。"彼时的他，在精神和艺术的宇宙中，已经获得了此种"大自由"。

只是，他的隐含了千言万语的一句话，让读到的我是如此疼痛——

"我亦大宙弃子，踉跄一生……会其意而不为言者，独尽其默忍之生而已。"

徽州

徽州，我心尤感亲切的一方地域。在这里，仍存天地、山水、神明。徽州，当代盛热世界的清凉故乡，它是纯正古中国的一个倒影，是仍在呼吸的一口东方精气。

引文：西递、宏村申遗点滴

2000年11月30日，联合国教科文组织第二十四届世界遗产委员会会议正式决定：中国安徽省黟县境内的**西递、宏村**，作为皖南古村落的代表，**被列入世界文化遗产保护名录**。

以下颇多细节的内容，全用引文。文章来源：1.《一项惠及子孙的重大决策——西递、宏村申报世界文化遗产经过的回顾》（作者钱晓康，时任黟县县委书记）。2.《正确的决策　艰难的抉择——西递、宏村申报世界文化遗产的回忆》（作者杨震，曾任黟县县长、县委书记）。3.《千淘万漉虽辛苦　吹尽狂沙始见金——为西递、宏村申报世界文化遗产赴联合国教科文组织工作纪实》（作者钱新庭，时任黟县县长）。

申报缘起。"1996年6月……原国家建设部副部长周干峙来黄山市考察，认为歙县、屯溪和黟县多处古民居被保护得很好，三个地方都可以争取申报世界文化遗产的机会。当时他的看法是，第一是歙县牌坊群，第二是屯溪老街，第三才是黟县西递、宏村，他并没有明确地确定哪个地方可以申报世界文化遗产。后来怎么确定黟县的呢？这事一开始我也不清楚，还是2008年省建设厅副厅长吴晓勤来黄山，他当年是负责申报世界文化遗产工作的，我就问他，申报世界文化遗产，歙县当年怎么不搞？怎么找到黟县？他说不是先找到黟县，是先找到歙县的。当时歙县不想做这个事，认为申报世界文化遗产没有什么好处。然后，吴晓勤找到黟县县委书记钱晓康，钱书记很慎重，答应研究。省建设厅同时通过正规渠道征求黟县政府意见。"（杨震）

经费拮据。"申报世界文化遗产工作确定下来后，我们首先要解决申报世界文化遗产资金问题。我当时拨付申报世界文化遗产起步资金只有10万元，我对主管申报世界文化遗产工作的余国辉副县长说：'钱在哪里我也不知道，需要用钱提前15天告诉我，我再来想办法。'当时财政确实困难，一般批拨经费都是几千元，1万、2万已是大开口了。后来作申报世界文化遗产规划我又拨付了12万元，据说周庄、同里规划经费财政一次就给了100万。"（杨震）

通过考察。"2000年2月14日，当西递、宏村仍沉浸在'龙'年的喜庆吉祥氛围之中时，我们迎来了最尊贵的客人——联合国教科文组织委派的该组织成员、国际古迹遗址理事会专家、日本千叶大学教授大河直躬先生,大河直躬先生通过实地考察,在西递留下了'**访西递如临桃源境**''访履福堂似我故乡'十六个大字。在宏村为承志堂题写了'**青山绿水本无价,白墙黑瓦别有情**'的题词。对宏村留下的印象是'举世无双的小城镇水街景观'。至此,也可以说西递、宏村申报世界文化遗产工作顺利通过了联合国教科文组织专家的考察和检验。"(钱晓康)

赴会风波。"2000年5月,我县收到了联合国教科文组织中国委员会的函件,要我县派员,中国政府将组团参加6月份在巴黎召开的世界遗产第24届主席团会议,西递、宏村申报遗产项目将在大会上提交表决。县委立即召开常委会,大家在讨论中一致认为,西递、宏村申报世界文化遗产是我县历史上的一件大事,务必参加。当时全县上下正在进行领导干部'三讲'活动,领导干部外出受到严格限制,以确保'三讲'活动取得成效。县委书记杨震向分管的市委副书记做了口头汇报,请求同意派一位熟悉申报世界文化遗产工作的县级领导参加。但市领导认为,'三讲'活动正在进行,从中央到地方都抓得紧、要求严,又正值要进入领导班子和个人剖析阶段,县级领导还是不参加中国政府申报世界文化遗产代表团为宜。

杨震书记当即向我通报了情况,我们的心中有种说不出的滋味,对情况又进行了一番分析。我们觉得,'三讲'活动固然重要,但派员参加申报世界文化遗产亦是大事,如果申报世界文化遗产大会上因为我们的缺席而使西递、宏村被淘汰，岂不是前功尽弃，那不仅让我们遗恨终生，也愧对黟县10万人民。我们商定，由我打电话向分管领导再请求一次，无论如何，为了黟县的明天，我们再努力一次！

记得那是晚上11时以后，我才拨通了分管领导的宿舍电话，我向他再次陈述了要派员参加申报世界文化遗产代表团的重要性，最后我有些激动地说：'如果坚持不同意我们参加，申报世界文化遗产工作如果出现不良后果，那由谁来担当？'市领导听完我的报告后，在电话那端沉思了几十秒钟后说：'此事重大，但正值"三讲"活动期间，我个人不能做出决定，请县委即刻书面向市委请示决定。'放下电话，我立即向杨震同志做了汇报，同时连夜起草报告，经杨震书记审签后于第二天早上8时一上班就以明电方式向市委请示。

虽然请求发出了，但我们心里仍在打鼓，不知市委和臧世凯书记能否同意？我们的心一直悬着，心中空荡荡的，暗暗祈祷，希望一向开明、睿智的臧书记可别在这个问题上一时'糊涂'噢！就在我们忐忑不安之际，上午8时20分，县委机要室传来了好消息，他们接到了市委书记臧世凯同志的批示，大意是：西递、宏村申报世界文化遗产工作意义重大，应派一名主要领导参加，具体人选由县委决定，务必成功。收到批示，我们惊喜交集，心中长长地舒了一口气，一块石头总算落了地。"

（钱新庭）

沟通交流。"为了确保万无一失，在代表团会议上，郭团长与随团的教育部、建设部的同志一起分析对策。利用郭团长多次参加申报世界文化遗产工作的人脉资源，在中国驻联合国教科文组织代表团官员的带领下，分别请在遗产委员会任职的官员，特别是在亚洲部就职的日本、韩国等官员，采用共进工作餐、喝茶等不同方式，介绍我国6个申遗项目的内涵、特质等，请求他们秉公予以支持并做好相关同人的工作。"（钱新庭）

传达喜讯。"2000年6月28日，当地时间11时29分……当我在耳麦中听到同声翻译西递、宏村同意推荐时，赶紧拽下耳麦，饱含着泪花，飞也似的冲出会场，用早已按好号码待拨的手机，第一时间向杨震书记报告了这一特大喜讯!

回国后我才欣喜地获知，当我报告这一消息时，县委正在召开'三讲'民主生活会，当杨震宣布这一消息时，会场上霎时响起了热烈的掌声，蓄积已久的期待刹那间彻底迸发，握手、流泪、欢呼，这一刻再多的庆祝方式也难抵人们真实的激动与自豪，与会的人们激动地相互庆祝，祝贺西递、宏村申报世界文化遗产取得关键性成功!"（钱新庭）

祠堂·人生

门坦。杉木长板上彩色的龙（板凳龙），在祠堂门前砖铺的场地上热闹舞动。抱在怀里的粉嫩**男婴**，他乌溜溜的眼睛，随着灵活吉祥的龙头而转动。

仪门。祠堂门屋内，鼓乐齐鸣。蹒跚的**孩童**，被大人牵着手，跨过门屋边门高高的门槛，进祠堂参加春节祭祖。入到仪门内后，恭敬慎重的大人，弯下身子，帮这个孩童仔细整肃了衣冠。

天井。祠堂空旷的天井内，春天黄昏，一个**少年**在奔跑。

享堂。结彩燃灯的享堂，粗大的银杏木圆柱也洋溢喜气。外出经商回乡的**青年**，在此举办婚礼。大红灯笼，映红了一对新人的脸。

天井。下雪的冬至，全族举行祀典。发福的**中年人**，手捧父亲牌位。冬阳,将他臃肿的身影,映在祠堂天井的雪地上。

寝堂。最后,他也辞别了这个人世。他,同样成了寝堂龛座上一个**牌位**名字。祠堂上方,繁星密布,蓝色夜空静穆无语。

黟县青

安徽黟县,"产青石如金",于是此地出产的石材,就称为"黟县青"。遍游江南,我见过的**最具肉体生命感的石头**,就是这种"黟县青"。它质重、细密、坚实,色青黑。

夏日傍晚,偏僻的一处徽州村落,祠堂门口那一对虽不大却极其稳固的"黟县青"抱鼓石,让我停住脚步。它的基座上,有精美的卷草纹样;它的像螺壳的鼓面上,浮雕着"三狮戏球"(寓示着"三世戏酒"?)图案。基座与鼓面承托连接的部位,由于孩童天长日久的骑跨,而被深深磨腻,显现出内敛的隐青光泽。这对"黟县青"抱鼓石,在岁月中已经具备了灵性,已经拥有了人所不知的生命。我的手摸上去,青石特殊的光滑、凉润,就像夏夜神秘不语的星空,瞬间,收人肌汗。

中国丹田

如果把中国版图视作人体，武汉，我个人认为就是中国之丹田。

教我太极拳的徐长宝老师，这样解释丹田：丹田，人体能量存储、激荡、生发之枢纽。古籍中，我们的祖先指出，丹田，是"性命之祖，生气之源，五脏六腑之本，十二经脉之根，**阴阳之会，呼吸之门，水火交会之乡**"。

地理位置特殊的武汉，其重要性如是。

伟大的长江，就是在武汉，才完成了它根本性的转变：过三峡时，奔腾莽撞，长江犹是青年；一直要到武汉，等接纳了浩大汉水之后，长江，才真正成长为成熟男人。

2020年，千万人口的江城武汉，遭遇史无前例的至暗时刻。因为传染性极强、肉眼不见的新型冠状病毒（"新冠"）的肆虐，从 2020 年 1 月 23 日 10 时起，武汉封城，一切停摆（1 月 25 日为农历正月初一，中国春节）；直到 2020 年 4 月 8 日零时，才得以谨慎解封，历时 76 天。

五行俱备之地

江苏宜兴,古称荆溪、阳羡,地处中国东南,为著名陶都。宜兴得天眷顾,自古钟灵毓秀,是金、木、水、火、土五行俱备之地。

金:宜兴表面似乎缺金,但其实拥有大金。西方属金,宜兴处太湖、太平洋两大水域之正西;水又寓财,宜兴繁荣兴旺,本自天佑。**宜兴之金的潜隐**,又塑成宜兴人的性格特点:专事实务,不乐张扬。

木:宜兴盛产茶、竹,历来有"茶的绿洲、竹的海洋"之美誉。其与皖浙交界的西南山区,系天目山余脉,林木秀美茂密。

水:宜兴有河、渎、湖、海之利。还有**独属自己的一个汉字**:"氿"。《现代汉语词典》释"氿":"东氿、西氿、团氿,湖名,都在江苏宜兴。""买田阳羡吾将老,从来只为溪山好",宜兴水的代表——阳羡山泉，品质一流，曾深得茶仙苏东坡赞赏。

火：宜兴是举世闻名的**中国陶都**。陶须火炼，境内遍布火焰熊熊的各式传统或现代窑炉。火，是宜兴标志性的基本元素。

土：陶由土制，宜兴拥有世界仅见的独特"五色土"。由此土成就的宜兴紫砂壶，风行于世，天下独绝。

宜兴，五行俱备、宜于兴盛之地，诚实不虚。

大禹治水毕功地

大禹，伟大的鲧之子。新生的禹，挺立在天地之间，他的光芒，照亮三界；他的身上，散发出奇异力量。被禹的力量所震撼，舜授命禹完成他父亲鲧未竟的治水事业。

伟大的禹，劳身焦思，竭尽全力，居外13年，三过家门而不入，终于将奔涌咆哮的天下之水，疏导成柔顺听话的乖巧儿女，治水宏业，终获成功。

浙江嵊州是有福的，大禹治水，最后的**毕功之地，就在嵊州**，就在嵊州的了溪。

了溪，剡溪旧名，正因为大禹治水毕功于此，故有"了溪"此名。南宋宝庆《会稽续志》云："剡溪古谓之了溪，《图志》谓禹治水至此毕矣。"

在今天的嵊州，从分布于当地的若干地名、遗迹以及众多的传说故事中，可以想象当年这位治水英雄在此的辛劳身影。

宋朝状元王十朋，曾写过一首《了溪》诗，指出了大禹治水的"始"与"终"：

禹迹始壶口，禹功毕了溪。
余粮散幽谷，归去锡元圭。

大禹开凿了溪时的驻地，传说在今嵊州三界镇的车骑山。车骑山峰顶拔地鹤立，远远望去，酷似一只覆置的铁锅，当地人认为是大禹兴炊的大锅石化而成，故此山旧名甑山；又说大禹在峰顶上插旗指挥，百姓又俗称插旗峰。峰北峭壁百丈，壁顶有一小径，用足猛蹬，会发出訇然之声，这便是大禹留下的鼓声，人们称之为响石岭。山南岭上有一个黄土山包，传说是大禹居住的地方，故名禹山，山上曾筑有禹亭，今为禹山茶场。禹山西有一个小山岙，甚奇，大雪天，别地白雪皑皑，唯此地热，白雪落下即化，传说是大禹冶制治水器具时，留下的余热仍在起着作用。

嵊州出产的奇石"禹余粮"，也是大禹治水毕功了溪的佐证。

相传，大禹治水功毕，弃余粮，化为石。石磊磊如拳，碎之，内有赤糁，名禹余粮，或称余粮石，乡人则俗称"石馒头"。

有关"禹余粮"的具体民间传说,在当地朋友口中有不同版本。

版本一。当年大禹入剡治水,把妻子涂山女安置在今里坂一带的高山上,垒灶做饭,他自己率领治水队伍去清风岭凿山开溪。大禹治水很少回家,涂山女思夫心切。一日清晨,她蒸好馒头,亲自送饭到清风岭。到得岭边,只见一只大猪在专注地使劲拱山。涂山女惊异,便叫了一声。那大猪见了涂山女,摇身一变,原来是丈夫大禹。妻子吓了一跳,手中竹篮落地,馒头滚落山坡。馒头落地的山,后来就取名"了山";这滚落的馒头,就变成了奇石"禹余粮"。

版本二。大禹在剡治水成功之时,沿溪巡视。传说到了今八里洋村东面的一个临江小山上,用馒头祭神。馒头入土后,化为"禹余粮"。今八里洋的农民在耕作时,常常会从地下挖到这种奇石,故农家大多藏有此物。

"石馒头"略带黄褐色,有的褶皱像山核桃,有的形圆似铁球。大的"石馒头"用手摇之,石头内里会发出声响,据说砸碎后里面有黄色粉末。禹余粮其实是一味中药,有"久服轻身,延年不老"之功效。明朝李时珍《本草纲目》矿物药石部记载:"禹余粮,乃石中黄粉,生于池泽。久服耐寒暑不饥,轻身飞行千里,延年不老。"禹余粮性味甘、涩,归脾、胃、大肠经,功能涩肠止血,主治久泻久痢等。

现属嵊州剡湖街道的禹溪村，至今仍受大禹泽惠。村人受"石馒头"启发，以做小笼包闻名四方。曾尝过嵊州禹溪村的小笼包，细细咬下一口，汤汁纯正鲜美。禹溪人以一手小笼包绝活闯荡天下，创造了全村产值过亿的经济神话。据调查，全村劳动力有九成都靠做小笼包积累资本，通过传、帮、带不断扩大小产业，从北到南，从东到西，在中国各地到处可见嵊州禹溪小笼包诱人食欲的腾腾热气。

大禹开凿嵊州了溪之后，天下洪水平息，治水大功告成。

伟大的禹想测量一下神州大地的面积，于是，他命令手下神将太章、竖亥，一个从东极一步一步量到西极，一个从北极一步一步量到南极。丈量的结果，都是500109800步。

最后，大禹将天下划为九个区域，这就是冀州、兖州、青州、徐州、扬州、荆州、豫州、梁州、雍州，中国因此就有了"九州"之称。

沈万山·聚宝盆

明朝初年，浙江湖州人沈万山，为江南首富，曾个人出资，帮朱元璋修筑了三分之一的南京城。沈万山的故事和遗迹，在江南多地可以闻见。其发迹之前，某夜做梦，梦见百余名**青衣人向他求救**。黎明，沈万山去街市，刚出门便遇到一渔翁，提了一麻袋的青蛙，准备剖杀出售。沈万山若有所悟，遂将一麻袋青蛙悉数买下，放生于自家屋后的野池塘中。

当晚，众青蛙喧鸣震天，通宵达旦，让沈万山一夜无眠。晨起往屋后池塘视察，发现众蛙环聚在一只大瓦盆四周，人近不散，喧鸣如故。沈万山异之，遂将瓦盆持拿回家。**盆归沈家，蛙鸣不再**。沈万山妻日常将这只瓦盆用作盥洗容器。某日，万山妻发髻上祖传的银簪，无意中落入盆内，瞬间，瓦盆内就积满了整整一盆银簪。万山妻既惊又喜，喊来丈夫，沈万山夫妇遂以金银试之，结果亦复如此。沈万山这时才明白：众青蛙围住的瓦盆，原来是一只神奇的聚宝盆。从此以后，沈氏财雄天下。

抵达之前

山谷里,一片宽阔的平地,满眼是金黄成熟的稻田。

稻浪之中,一条近乎笔直的田埂,通往金色稻田中央。那里,有一座端正、微小的砖砌建筑。

我从田埂上走过去。成熟的稻穗全部弯垂,飒飒地擦着我的身体。稻穗的波浪涌动,想要淹没窄长的田埂,甚至,想要淹没我所在的此刻天地。

那座端正、微小的建筑,是土地庙。烟熏火燎的旧年墙壁上,布满香火的痕迹。土地公和土地母,仍然慈祥地端坐在幽暗的空间。

敬拜了土地公母,继续**在成熟水稻的波浪间行走**。

我知道,那金黄稻田和青色山麓接触的地方,有清亮沉默的溪涧。我会沿着它,抵达山谷深处,有参差灰白马头墙的、梦中的徽州村落。

深夜屋顶平台

天地之间，尚未收割、已经成熟的水稻，在散发湿润原始的清香。

深蓝色的穹形星空，

照耀山谷里安静广阔的稻田，

照耀黑暗稻田中央，

那座我曾经敬拜过的微小土地庙。

——深夜，在徽州某处偏僻山村，走上借宿人家的屋顶平台，眺望所见。

徽州抄

1. 红纸包好的小块**玉带糕**,在绩溪上庄镇某个烟酒店的柜台内安睡。"皖南特产。精品玉带糕。泾县星明食品厂。配料:糯米粉、白砂糖、芝麻、植物油、青红丝、葡萄糖、桃仁、橘饼。保质期:90天。生产日期:2016年1月28日。"

灰白防油纸包好的小块**徽墨酥**,在宁国胡乐镇小超市的木格内安睡。"徽州名产。徽墨酥。精工制作,香酥可口。绩溪县红星食品厂。配料:黑芝麻、白砂糖、熟面粉、麻油。加工方法:冷加工(熟粉类)。贮藏:避光阴凉干燥处。保质期:90天。厂址:绩溪县华阳镇洪富村十里组。"

2. 朱元璋在徽州黟县作战时,曾有诗云:"天为帐幕地为毯,日月星辰伴我眠。夜间不敢长伸腿,恐把山河一脚穿。"虽然气魄极大,但较俗。由此诗,会令人联想唐朝黄巢《不第后赋菊》

诗："待到秋来九月八，我花开后百花杀。冲天香阵透长安，满城尽带黄金甲。"黄巢此诗，论品格，要比朱元璋诗高出一筹。

3.明经胡，完全是一则惊险的传奇故事。此胡氏，俗称"假胡"或"李改胡"，系唐朝李姓王室后代。公元904年，唐朝倒数第二个皇帝昭宗李晔，被梁王朱温劫持，从西安迁都洛阳。途中，何皇后分娩得子，时有近侍郎胡三（名清，婺源人），受命秘密抱乳婴潜回老家婺源考水，所谓"庇匿以归"，并将此婴命名为胡昌翼。

公元907年，朱温篡位，自立后梁，唐朝灭亡。昭宗全家被杀，独有昌翼幸免。后来昌翼考中后唐明经科进士，当知道自己身世后，就终身不愿为官。其后裔以"明经"别其氏，称"明经胡"。明经胡，实际姓李，其义祖是胡三公（胡清），其始祖是明经公（胡昌翼）。明经胡祠堂家训为：**义祖大于始祖**。

4.徽州处于万山丛中，"所出粮不足一月，十九需外给"，因而"徽民寄命于商"。久之成俗：徽州"男子冠婚后，岁积家食者，则亲友笑之""大抵徽俗，人十三在邑，十七在天下""邑俗重商，商必远出。出恒数载一归，亦时有久客不归者。新婚之别，习为常故"。

5. 在徽人心目中，江西龙虎山张天师是完全的正面形象。某年，张天师云游至徽州。在新安江边，他上了一条客船。甫一上船，便觉船体阴森凛冽，大异于寻常。本想即刻离船，可是看见舱内已有不少客人，就坐定下来。张天师并不言语，只是抽出宝剑，稳稳地插在船舱口。船身颠荡，颇不稳当。待到下一码头，张天师招呼所有乘客下船。他最后一个下船时，猛然抽回宝剑，健步跃上江岸。刹那间，只听得泼剌一声巨响，客船竟然变成了一条白色巨蛇。原来，这是新安江中的蛇精，它化为一艘客船，原想把一船人载到僻静地方时一口吞掉，不料被张天师识破，上船后便把宝剑牢牢插在它的牙缝间，撑住了它的嘴使之不能合拢。一船人的性命于是得救。

6. 徽州常见对联如下。

关帝庙联：

赤面秉赤心赤兔追风千古常昭赤日，

青灯观青史青龙偃月一生不愧青天。

戏台联：

庙貌更新趁两岸红杏绿杨映出庄严色相，

宫商迭奏祈一方和风甘雨谱成雅颂笙歌。

目连戏台联：

宝盖珠幡接引无非善者，

金童玉女迎迓岂是恶人。

土地庙联：

土能生万物，

地可发千祥。

大圣庙联（大圣，徽州农家司雨之神。"岁旱，则扛之暴烈日中以祈雨"）：

几人能做及时雨，

此老善翻筋斗云。

谱联：

一脉流传螽斯蛰蛰，

万源繁衍瓜瓞绵绵。

7."万物本乎天，人本乎祖。人之有祖，犹木之有根，水之有源矣。"

徽人敬祖，认为"祠，祖宗神灵所依；墓，祖宗体魄所藏。子孙思祖宗不见，见所依藏之处，即如见祖宗一般"。其祠堂供奉的祖宗牌位，制作用料一般是花梨木、银杏木、红木。

8. 徽人还敬神。"是日虚空过往，一切神祇，香烟到处，尽皆拜请。"敬神的目的是：

"专保合村**人人清吉，个个平安**，弟子住居之下，水星高照，火烛无惊，贼盗不侵，瘟癀（畜病）远逐外界，口舌不生，灾非不惹；但弟子出门求财者，必得利十倍；在家务农者，风调雨顺，禾苗萃秀，耗虫不侵，十倍全收；各家所供牲口，六畜旺相。"

9. **徽杭公路**全线通车，是在1933年11月26日。在此之前，一般乘船走水路。徽州到沪杭水路交通所费时间，从下面这封晚清民初的家书中，可以清晰获知。

"父亲大人膝下：敬禀者，自上月念五日拜别之后，当晚至小垱止宿，于廿六到屯，在屯耽搁一天，廿八日始解缆长行，晚至涨家塝。廿九日至界口（街口），乃卅日至威坪，初壹日至桐庐，初贰日抵杭州，初叁日下午到申，当日即进店。途中一切均托福平安，请勿动念……"

屯溪到杭州，费时6天；杭州到上海，费时1天。

黄庭坚故里

雨后，身边的**红色泥泞翻腾**，近乎触目惊心。这原始的红，与周围绿色群山间安闲静移的灰白带雨絮云，形成奇异对比。

此地，为江西省修水县杭口镇双井村，是北宋前辈黄庭坚（1045—1105，字鲁直，号山谷老人）故里。

从更高的视点看，修水县，地处南昌、武汉、长沙三地所形成的三角形中心；县境之北南，有雄浑的幕阜山脉、九岭山脉夹峙。修水，还是著名的**汨罗江的发源地**。

双井村距修水县城并不远，约9公里。村口巨石，镌红色"双井村"字样，石上还有小字："全国生态文化村""AAAA江西省乡村旅游村""水土保持生态清洁小流域示范村"。

故居区域正在大兴土木，似乎正朝着一个大型旅游项目阔步迈进。道路泥泞，满眼是泛滥的红色山壤。做涵洞的粗管、成捆的待栽之树，散在路边。故居前的翻腾红壤旁边，一尊硕大的黄庭坚坐像已经完成，山谷先生脸容清癯，手持书卷。故居前端建筑已经建好，但仍有蓝色围挡，冷峻的红色挖掘机停在一侧。故居背后的小山之上，林木深绿翁郁，灰白带雨的云气缭绕山顶。空气非常清爽。

这里就是江西诗派开山之祖黄庭坚的出生地。庭坚，庭地坚实磊落。我深深呼吸着900年前这位前辈诗人呼吸过的、至今仍显原始的山水气息。

黄庭坚是诗品人品合一的前贤。其人至孝，他是《二十四孝》中"涤亲溺器"故事的主角，"身虽贵显，奉母尽诚。每夕，亲自为母涤溺器，未尝一刻不供子职"。其人旷达，他同时代的诗僧朋友惠洪（1071—1128），曾经记述："山谷初谪，人以死吊，笑曰：'四海皆昆弟，凡有日月星宿处，无不可寄此一梦者。'"（《石门文字禅》卷27）

50岁后，黄庭坚开始遭遇贬谪生活，流徙于南方的四川、广西。61岁客死宜州（今广西河池市宜州区）贬所。

贬谪中，"既不出谒，所与游者亦不多，**山花野草，微风动摇，以此终日**"（《与宋子茂书》）。

1105年农历九月三十日，黄庭坚去世。陆游《老学庵笔记》，记载黄庭坚生命最后时刻的情状：

秋暑难当之时，"一日忽小雨，鲁直饮薄醉，坐胡床，自栏楯间伸足出处以受雨，顾谓廖（范寥，字信中，敬慕黄庭坚）

曰：'信中，吾平生无此快也。'未几而卒"。

黄庭坚墓园，就处于正在兴修的故居前方不远处。园内石碑，有介绍文字：

北宋著名诗人、书法家、江西诗派始祖黄庭坚之墓，始建于宋徽宗大观三年（公元一一零九年）。一九五九年，江西省人民委员会将其列为省级文物保护单位，并拨款修缮。……一九八一年，省人民政府再度拨款修缮。二零零五年，为纪念黄庭坚诞辰九百六十周年，修水县人民政府拨专款对门楼、围墙修缮装饰，重新铺设墓园地面，雕塑黄庭坚立像，并将墓地命名为"山谷园"。修水县人民政府，二零零五年十月。

立在雨后湿润的墓前，虔诚祭拜。青山无语，雨云寂静，天地间是飒飒的自然之音。

此次双井谒访同行者：在九江电大工作的诗人阿朗（陈剑华）、江西作家王俊、修水教师进修学校冷校长。

胡乐镇

2018年11月10日、11日，正好是周六和周日。乘无锡到安徽宁国的长途汽车，四个半小时之后，中午1点到达宁国。

郭燕、徐全明（别称"冬瓜"）开车来车站接。宁国城中"开小灶"饭店。华和平、阿福、十三哥、韩珺、朱谱清、徐全明、蚂蚁和小蚂蚁、文郁、美空、帅忠平、我。**皖南地区独有的"锅子"**（菜肴盛装于石锅内，下有小火炖烧）。华和平老师身体状态不是很佳。见面拥抱。送我《周赟》《宁国市文学作品选》两书。席间读《向着暮夜的宁国》片段，带了一本《中国册页》送华老师。

饭后两辆车去胡乐。十三哥车上：帅忠平、朱谱清、美空。全明兄车上：文郁、阿福、我。其余人暂别。

皖南深秋。去往黄山方向的狭小公路。两侧**世界色彩斑斓**。

宁国中川村，周氏宗祠，肃穆庄重。"宁前胡"，宁国特产草药,又称"土当归"。祠堂巨大斑驳外墙之上,残隐标语。伞科植物、半人多高的"宁前胡",正值收获季。祠旁山间田地之中,仍有未及收割的成片前胡,在呈现最后的白色细小繁花。

中川往胡乐,原始乡道。溪涧。偶遇极艳之鸡冠花。秋日最后的浓艳。

千年古镇胡乐司。明代在此设巡检司。胡乐司大桥,明代始建;丰泰轩——桥上精美之桥亭。此处是西津河上游,天空晚霞,倒映在宽阔清浅溪水中,如秋花绚烂。桥石间长出水杨梅。溪涧水中有很多水鸟,美空认识,是黑水鸡。极长极阔之石桥。可以想见当年胡乐司的繁盛。有人在西津河畔钓鱼。

住胡乐车站对面的"宾锐酒楼"。晚饭也在此。胡乐土著黄洪平兄安排。洪平1962年出生,胡乐铁路警察,属上海铁路局。山镇晚餐,白梗青菜和油豆腐在锅子里炖,好吃。白酒,黄酒,夜聊。睡眠的窗外,是皖南群山。狮子山。所住房子近高处即是铁路,皖赣铁路。**火车声,在漆黑的山夜中不时响起**,奇异地显得古老。

晨6:30,主人尚未起。喝小半钢杯开水,出门稍转。橱窗里的胡乐图文介绍。有当地人在等去往宁国县城的中巴车。黄洪平兄一早过来带我们。胡乐镇中颇具历史感的老旧室内,并置烟酒杂货店和菜市场,特别温馨。有人在出售热腾腾的白豆腐和豆腐干。买10元钱豆腐干。此处一角有夫妇在炸油条。洪平兄买了一大袋刚炸的热油条。来菜市场之前,曾顺道看了一户人家收藏的奇石。此地盛产:菊花石、景纹石、宣石。

卢氏小馄饨,胡乐镇极其诱人的独特美食,现在已经是卢氏第四代人在做。菜市场外小巷中,一间低矮幽暗的房间,牌子为"水木馄饨",因为目前的主人叫卢水木。老式的木质馄饨挑子。不过不挑了,固定歇在店门内侧。下面沾满白面粉的一格木抽屉打开,飞速包好的小馄饨,就雨点般丢在里面。煤气灶上,在下馄饨。一碗小馄饨的调料,非常繁复:猪油、细油渣、葱末、榨菜细粒、自制黑胡椒、自制辣椒粉、盐、酱等等。绝对鲜美,重回儿时感觉。吃完一碗,忍不住再要一碗。

胡乐卢氏小馄饨的绝配,是油条和卢家茶叶蛋。小馄饨5元一碗。还是刚涨的,不久前才4元。

胡乐镇仍存完整老街。青石板。狭长而又冷清少人。一边是山,一边是西津河。河上,有胡乐司老桥。

去皖南深秋山中的"一万岭"。近10公里,洪平叫了镇上熟人的"五菱宏光"。原始山林。红豆杉。枫香。香榧。竹林。触目皆是湿润的斑斓黄叶。野花、落叶、溪涧、极陡山径。"一万岭","越王岭"之误?奥陶纪。三叶草。酥松风化的岩体。**山中深处的红豆杉王**,几人才能合抱。众人合影。

回镇上,远望胡乐司大桥。五孔,桥亭和云天的倒影,极美。丛丛芭茅白花,于风中微动。一只白鹭,在我的注视中,悠闲起掠。

江南地名命名法及例证

1. 地理命名法

上海。湖北。湖南。江西。浙江。无锡。江阴。松江。绩溪。屯溪。天台。临海。舟山。铜陵。九江。兰溪。湖口。溪口。马鞍山。泾县。溧阳。溧水。湖州。松溪。丽水。玉山。贵溪。横峰。鹰潭。金溪。黎川。青浦。枫泾。黄浦。浦口。吴江。南浔。象山。海盐。震泽。龙泉。桐乡。平湖。西塘。浦江。松阳。芜湖。巢湖。庐江。彭泽。太湖。南陵。郎溪。黄山。衡阳。赤壁。黄冈。江陵。汉口。丹江口。襄阳。莲花。樟树。井冈山。赣州。长汀。临海。

2. 人文命名法

宜兴。广德。长兴。绍兴。新昌。建德。宁国。旌德。安庆。繁昌。奉贤。常熟。仙居。嘉兴。嘉善。嘉定。怀宁。六安。南昌。德安。瑞昌。安义。遂昌。德清。安吉。吉安。德兴。崇仁。万年。乐平。永嘉。广丰。进贤。政和。寿宁。福安。景德镇。淳安。开化。崇明。静安。长宁。和县。泰顺。永康。临安。瑞安。无为。南京。休宁。文成。宜昌。恩施。常德。孝感。咸宁。泰宁。永安。德兴。新余。宜春。崇义。万安。兴国。宁都。广昌。宁德。福州。永定。

3. 地理加人文命名法

江宁。镇江。宁波。镇湖。镇海。宁海。海宁。吉水。慈溪。清流。明溪。南靖。定南。南平。闽清。秀屿。太平洋。

街道肖像

健康路，江苏省无锡城中一条普通街道。但就我而言，这条街道与我的个人生活关系密切。16岁从宜兴乡下考取无锡师范，3年中，从无锡汽车西站到城中学前街上的无锡师范，必走这条健康路。23岁苏州大学毕业，重新回无锡工作，在相当长时间内，家与单位之间，每天都要经过健康路。**这条街道，默默见证过我的青年时光**。我采取照相写实主义方式，分别在1999年和2015年，两次用文字描画过此街，以此折射城的变迁、人的变迁，以及这个世界的变迁。同时，也留存一份我个人的无锡街道档案。

健康路·1999年

【体育场桥。】（横跨古运河之上。）

逸。真丝系列，款式新颖。

正元集团华辰酒家。温馨和美，宾至如归。（新开张店门口只只堆挤的花篮里插满了鲜花的喷香尸体。）

燕翔丝绸。

MOBIL美孚摩托修理。

【两扇焊接处生满雨水之锈的铁皮大门。】

W市商业银行。"W市商业银行为市区罚款收缴代办机构，竭诚为社会各界服务。"真诚服务，欢迎光临。经营范围：存款。贷款。结算。储蓄。

蓝天文印社。电脑排版。精印名片。打字复印。激光照排。（门面狭小，内部阴暗。"嗒嗒嗒"的打字声中闪烁的是起落如雨的苍白手指。）

S省正元集团。（两侧的方形门柱上钉挂无数铜牌。）W市市场协会会员单位。中远自动化研究所。正元中介分所。安全文明单位。信得过单位。贸易业50强。上海港军工路港务公司W市商务处。W市文明单位。

灵圣泉。（铺天盖地的蓝色纯净水空桶就像快要崩溃的大海。）

老朋友啤酒屋。

"盛力"。运动服装。体育用品。健身器材。盛力体育精品，期待您的光临。

W市新信纺织有限公司。

莫聂牌保暖内衣。订货电话：2467450。

恭请光临。夜宵。客饭：4元；5元；6元。

天蚕丝绸。

W市丝绸公司。（空旷的大门处摆满了临时的衣摊。公司颓丧的富余人员低头坐在凳上在等待买主。）

德惠丝绸经营部。全棉西裤：20~30元。

万鑫丝绸服饰。WANXIN SILK GARMENT SHOP。

天辰综"口"（"合"字缺损）经营公司。

W市纺织工业局。W市纺织控股（集团）有限公司。W市纺工医疗门诊部。

【铁管支架和绿色塑料雨棚搭建的长廊。向内走可到达这座城市最古老的一条河流和一座码头。】

W市振新粮油市场。（黄豆芝麻绿豆赤豆花生大米小米玉米面粉。）大满贯纯正色拉油。

毛毛饺子馆。正宗北方饺子，真正价廉物美。

球迷世界。

中国建设银行。China Construction Bank。

红汤辣馄饨馆。特色名馆驰名W城。

森兴饮食店。随意小酌，面向大众。

健康参药连锁公司。"迎千禧年，蓝色大酬宾"；"雄起只需两粒";"蓝色'三便宝'让你和她的生活快乐无边"。

鲜肉开洋馄饨。鲜肉开洋馄饨。

皮衣上光。(悬挂的衣服的丛林。悬挂。悬挂。悬挂。刺鼻的化学气息和潜藏的人的复杂气息。)

友声音响。(暂时停业。)

顺风摩托修配部。壳牌润滑油。

锦坤铜匠店。(临时的绿铁皮屋。穿旧蓝中山装的秃头老者整天俯身在电子配钥匙机上钻研问题。)

【一条与健康路成直角的小巷。纵深10米处隐约可见"公共厕所"的局部建筑。】

申新餐【 】(缺字,下同)部。

申新商场。

心乐园。生日蛋糕。精美西点。

苏州羊毛衫厂直销店。迎千禧特价大行动。

W市第一棉纺织厂。长新房地产开发公司。

曼国森林大酒店。(硕大无朋的招牌。)

狮王歌城。桌球。六楼。

【以广场地面为底线的尖锐三角拱门。尖顶是时钟。】

W市长发商城。

"TOP""精致生活的最佳伴侣"。人民大会堂一层、二层及香港厅选用。

长发报亭。

金海马家具。"诚信得挚友,服务见真情。"(从楼顶悬垂下来的两条红色巨大的布幅)万基洋参系列。菱湖家具,实木产品。吉事多精致卫浴。万声寻呼。95909(自动),95900(人工)。店庆两周年倾情特卖。购物送传呼机。

枫叶花店。婚纱礼服。花器批发。

美美发廊。欢迎光临。

布衣机电。快修电动机、电动工具。

凤凰印务。

布衣贸易有限公司。经销各类新潮帽子围巾。

高泰房产中介。租房调房。石子街小区售楼处。

盛源纺【 】商行。

美亚特自行车厂家直销。175元/辆。

新大陆禽蛋店。鸡蛋2元1斤。新大米1元1斤。(堆叠的塑料方框内的鸡蛋在发出碎裂之声。)

宏信家电维修。

锡艺美工。美术设计。展板模型。商业字牌。

蓝星电脑。

W市金宇置业公司房屋中介服务部。

如风艺术摄影工作室。学生照一天可取。工作照5元、8元。(老房子改建的摄影室。破墙改成的大幅透明橱窗内贴满做作的朦胧女体"明星照"。)

利华烟酒店。上好佳。

公用电话。

店面转让。传呼：129-2899103。

宝康烟酒店。"金不换·三七液·高血压·高血脂·冠心病·支气管炎"。

洋洋发屋。

雪雅斋（宣纸店）。

新众源水果店。（店面低于路面。所以店前的人行道上滚摊了连绵山丘似的橘子、苹果、香蕉、柚子和梨。店主为两个脸容憔悴却态度热情的年轻夫妻。新闻背景："由于果农加强了科学管理，水果产地大丰收，加上交通大动脉的贯通，全国各地水果源源不断涌进 W 城。华东地区最大的水果集散地——锡澄瓜果市场年成交水果达 30 万吨，成交额突破 5.6 亿元。其中销量最大排名前三位的水果分别为：西瓜 9 万吨，苹果 6.5 万吨，柑橘 4 万吨。W 城人平均每天吃掉的水果至少有 830 吨。"——摘自《华东信息日报·W 城市场》）

神工电脑图艺。苹果电脑图文设计系统。

温州阿琴发屋。

小龙玻璃店。

【长长而又斑驳的工厂白围墙。】

雅丽发廊。彩色"局"油。干洗摩面。美容美发。理发烫发。

太【】能热水器三禾服务部。

裕丰家具专卖店。

健康黑白铁修理部。

电脑刻字。

金属加工场。

【跨河桥梁。健康桥。】

健康教育一条街。迎龙地区爱卫会、迎龙健康教育室。

天使音【】沙【】。（张学友头像约翰·丹佛金曲精选纪念特辑蔡琴老歌席琳·迪翁让我们谈爱《刺激1995》《简·爱》《秋日传奇》《天生杀人狂》麦当娜'94演唱会云南民歌四川民歌《二泉映月》。）

天利公司电脑产品服务部。家庭股票接收系统。

丽新电脑。

海洋制冷维修中心。

W市测绘仪器厂劳动服务部。

红酥手美容美甲沙龙。

同盛电器商行。

振新仪器。

兴兴发屋。

后妮发屋。(深夜屋内的光线像悬浮的粉红色的酒液。)

苏州高中压阀【 】厂 W 市销售处。

"太平洋桉"。32CM 双层蛋糕 200 元；20CM 蛋糕 38 元；25CM 蛋糕 60 元；25CM 双层蛋糕 108 元。

W 市康泰饮食店。"今年流行沙河王"。空调免费、内设雅座。

兴业大酒店。兴业歌城。本帮特色菜肴。香酥带鱼。普宁酱骨。糟钵头。纸包凤翼。芋茸香酥鸭。"我们的信誉，来自您的赞誉"。(崭新的饭店)。

太平洋集团报刊发行中心。2000 年台历。复印请进。《扬子晚报》《江南晚报》。

桃源酒家。"今年流行沙河王"。

公用电话。

园中园川菜馆。

风湿关节痛请服牦牛骨髓壮骨粉。彼阳。

南长机电批发部。

【油污的自行车修理摊。】

春光礼品商行。

南长锅炉服务部。辅机。配件。维修。

瑞华发廊。

忠华美容厅。忠华美容，专业护肤。

辰信美术设计工作室。

公用电话。

五福门酒家。粤菜餐饮。原味特色。工薪消费。名厨奉献。每日特价：周一，鲫鱼，8元/条；周二，青蟹，18元/只；周三，烤鸭，12元/半只；周四，鲜带子，3元/只；周五，童子鸡，8元/半只；周六，羊肉煲，15元/只；周日，鲈鱼，18元/条。

顺发饮食店。

W市开特中央空调。

创维彩电专卖店。

联发饮食店。供应快餐、馄饨、水饺。

田雨商行。国际电工。鸿雁电器。

MOBIL美孚摩托机油服务中心。

【颓败的厂门。】

汇业印刷器材。

怡和医疗器械。

吉利饭店。

大瑞企业礼品。

W市恩达轴承有限公司。

【"康馨苑"小区入口。】（"欧陆风格"的城市民居群。穿制服戴绶带的守门者。）

南鹏大酒店。本帮特色餐厅。标准空调房。豪华套房。大小会议室。

S省石油总公司W市分公司。

【巍然的梁溪大桥凌空过路。健康路到此结束。】

健康路·2015年

【体育场桥。】（横跨古运河之上。）

中国大运河遗产区界桩。W市人民政府立。320200—A024。（中英文对照。）

【大幅的路边围挡兼户外广告。】

"绿地集团·世界500强企业""绿地·西水东""曾经荣家，如今私家；当时风光，今世时光"。

W市体育公园西大门。艾鲁特击剑培训班。贝瑞佳国际月子会所。母婴热线：4001025858。

W市"绿地中心"开工暨西水东民族工业文化街区商家签约仪式。欢迎莅临。

中国建筑第八工程局承建W市西水东四期总承包工程。

【大幅的路边围挡兼户外广告。】

"春风又绿中国梦"。（喷绘有大幅的农民画丰收舞龙。）

天圣达艺术。（卷帘门紧闭。）

JS 天圣达集团。

方和酒行。（店门关闭。门口电子屏上滚动字幕："为回馈广大新老顾客，举办婚宴、寿宴、满月宴等购买洋河系列酒享受优惠政策，欢迎新老顾客来店签约！"）

【酒行的背后，是数幢拔地而起的崭新"西水东"高层住宅。】

如新生活形象店。（"活颜倍弹原液""紧致肌肤，触手可及"。）

ABC 中国农业银行。（电子屏滚动字幕："社会主义核心价值观：富强、民主、文明、和谐、自由、平等、公正、法治、爱国、敬业、诚信、友善。"）

【"西水东"小区东入口。三根黑色方形的参差立柱上，都写有宋体字的"西水东"字样。】

米莱护肤造型。

【空置的门面房。玻璃蒙尘。】

"156 度宽景三房，新品上市。西水东。68897777。"（从整幢高楼上垂下的巨大广告）

【街道拐弯处的景观喷泉。没有喷水。】

WEST EAST。COFFEE AND TEA。"西水东流"咖啡馆。

Vaillant 德国威能。大金空调。大金家用中央空调专业店。

克莉丝汀。

中国体育彩票。

广发银行。24小时自助银行。

连家富房产。房产租售、装修装饰、清洗、保洁。回收旧家电、家具。

青少年视力康复中心。中药矫正近视、弱视、散光、远视。

有机玻璃。W市七都有机玻璃有限公司。

耳声助听器。(电子屏滚动字幕:"本店专业验配德国西门子力斯顿、丹麦瑞声达、美国丽声等欧美名牌助听器。W市独家专业定制手机音乐耳风……")

电动工具。

健康足浴馆。

兴达门窗。

迪康保健品。

华兴五金店。

布兰卡翻糖蛋糕。

专业电动车修理。供应饮料、冷饮、烟酒、文具。

【"健康桥"公交站台。】

【"西水东"住宅小区外的绿化带。】

【跨河桥梁。健康桥。】(桥侧昔日的工厂区域,全部正在开发房地产。)

【大幅的路边围挡兼户外广告,从桥堍长长蔓延下去。】

"荣脉之上,城心传世豪宅"。

"156平方米,173平方米,195平方米,半岛平墅,全城争藏"。

"绿地·西水东"。

"曾经荣家,如今私家"。

"自古繁华,从来中心"。

"曾经荣家,如今私家"。

"当时风光,今世时光"。

"自古繁华,从来中心"。

"春风又绿中国梦"……

(马路对面)银城·京梁合(数幢密集一起的高层住宅小区)。

面馆。"王家老太"。镇江锅盖面。快餐。小炒。

中国民生银行。

BUCKS COFFEE。巴克咖啡。

爱家超市。花艺坊。(皆未开张。)

【"银城·京梁合"小区入口。两排叶子金黄的低矮银杏树。】

【一座压抑的高架道路,凌空跨越健康路。】

超威电池。修理电动车摩托车。

盛鼎记。W市名吃。小笼包。馄饨。

妙光专业美容美发。

五洲纺织品经营部。

风华果业。

洋河蓝色经典。雅茹烟酒商行。

上海上治阀门厂销售处。W市总代理：台湾汉斯五金工具系列，常州立邦润滑剂，野猪牌油漆刷。

【罗马风格的"健康一村"入口。】

冷饮批发。

万春洗衣。

中国福利彩票。

沙县小吃。

鼎盛置业。健康路分公司。

金梦都烟酒。

味多多。休闲食品。

纤丝美造型。

胖子家常菜。（电子屏滚动字幕。"胖子新推出：大闸蟹炖蛋，特价18元一份；吃炭烤鱼，送雪花啤酒两瓶；吃蛙虾跳，送特色汤蛳螺一份；吃农家正宗散养草鸡，送大闸蟹炖蛋一份。欢迎您来品尝！"）

亿世纪网吧。

景虹烟酒店。

无锡海外广告装饰公司。

康辉旅游。火车票代售处。汽车票、火车票、飞机票现场出票。

亿佳汇。健康一村社区惠民服务中心。

龙胜管业。"材料好,管才好"。

【"梁溪大桥"公交站台。】

【"地铁。朝西箭头,约400米"。】

联想 3C 服务中心。

恒昌数码图文。门头。广告。打字。复印。装订。出图。

固城湖螃蟹专卖店。南京固城湖水产实业有限公司。

常青树电气家居馆。

树龙国际象棋俱乐部。"以棋启智,以棋育美"。

嘉伦光彩大药房。

百联集团。"联华。LIANHUA"。

【幽暗旧陋的"康馨苑"小区入口。】

南长区民政局婚姻登记处。

南长区疾病预防控制中心。(横幅:"开展爱国卫生运动,巩固国家卫生城市"。)

S省W市石油分公司。加油卡服务中心。

凯达复印维修店。专业制作:名片、彩页、样本、写真、喷绘、条幅、出图、打印、装订。"复印1角,名片7元"。

中国电信。

W市报业集团城中办事处。

【"地铁。朝北箭头,约200米"。】

【巍然的梁溪大桥凌空过路。健康路到此结束。】

安庆—宣城：回到旷野

让我们重新回到旷野。抄录旧文《江东》——

尘泥涂身的长途卧铺汽车在肆无忌惮地冲撞着浓夜。烟油味、咳嗽、尖锐的呼噜、异样鞋味、妇女呼吸、随车的黑腻盖被……在近乎封闭的颠簸车厢内，奇异地，形成一股让人宁静下来的浑浊温热。无边旷野里纵走的银色长河，流动在看不见的西侧。闪现移后的，是零星或短暂成群的灯火，像古代遗存在这片黑暗、古老地域上的灼痛血迹。

夜。越来越重的夜。贵池。五溪。青阳。烟墩埠。南陵。弋江镇。寒亭。宣州。这些**抽象的汉字（地名）背后，有着感性的无尽音画**：昔日江东子弟铮鸣、喷溅的剑血动人心魄；"炉火照天地，红星乱紫烟"（《秋浦歌》），这是漫游愁思的李白于此地的夜晚所见；仔细侧耳，仍能听闻20世纪40年代的暴烈枪声和惨痛喊叫，疾速飞行的子弹烫红了空气；更加真实的，是连绵不绝的九华剪影，是黛青的、属于楚越的城廓和乡镇。

后来，看见了星空。涌泉的星空。繁密冰亮的千亿年群星在车窗外灿烂倾泻。夜与星的旷野。浊热的车子在奔驰。蜷缩着，我在进入童年曾有的**一个梦境**。

井冈山

从井冈山火车站,到地理意义上的井冈山,还有30余公里。路况极好,光滑洁净的山中柏油公路,像黑亮带子,在葱郁勃发的绿海中绕来转去。极易晕车。约40分钟,到达山中的茨坪镇。

井冈山,属江南境内的罗霄山脉中段。此山脉,**分开江西、湖南两省**,也是赣水和湘水的分水岭。

茨坪,长期以来的井冈山中心,曾是井冈山市委、市政府所在地(2005年4月才搬迁到山下新城区),现在是镇的建制。海拔800多米。据说大部分当年的办公大楼均改建为接待场所。参天绿木中间,宾馆、旅社、饭店林立,俨然为山中颇具规模之小都市。所住七楼窗外,隔路是山,绿树负势竞上,时有鸟鸣;浓绿丛中偶尔一二株映山红,花红欲燃。

夜之茨坪，灯光明亮店门洞开的百货超市中，传出熟悉的红军歌曲。茨坪镇中央，为占地颇大的挹翠湖。夜树围绕，灯影璀璨。湖边空地上的喧闹广场舞刚刚结束。斜对面，就是夜色朦胧中的"茨坪毛泽东旧居"。

毛泽东（1893—1976）在井冈山之时间，是 1927 年 10 月到 1929 年 1 月。位于茨坪镇中心的毛泽东旧居，是一栋土黄颜色的普通民房。在井冈山期间，毛泽东和贺子珍常在这里居住和办公。看到室内一张当年的照片，34 岁上井冈山后的毛泽东，双目微陷，脸颊饱满，和眉毛同样浓黑的头发，清晰中分。

袁文才、王佐，同为 1898 年出生，是井冈山地方武装首领。对 1927 年 10 月毛泽东率部上井冈山，建立根据地，帮助极大。

这两位"绿林好汉"据说是一文一武。曾见过袁文才亲笔写给毛泽东的信札，文辞确实十分古雅：

"毛委员：敝地民贫山瘠，**犹汪池难容巨鲸，片林不栖大鹏**，贵军驰骋革命，应另择坦途。敬礼，袁文才叩首。"

毛泽东离开井冈山后，在 1930 年，袁、王被错杀。后均平反,追认为烈士。

此次在井冈山,有幸见到袁文才嫡孙袁建芳。袁建芳现为井冈山干部学院教授,戴眼镜,眉目和善,文质彬彬,已无觅乃祖绿林之气。建芳教授讲话大略:一、袁文才个人特点。疑心重,遇事总爱三思而后行;重视枪;劫富济贫。二、毛泽东如何改造袁、王部队。A.送枪。初识之时,毛即赠100条枪给袁。袁感其诚,当即回赠毛泽东部大洋1000元。B.帮助消灭袁、王仇敌。C.派出优秀干部到袁、王部队,进行思想工作。

在茨坪毛泽东旧居,买《毛主席诗词》袖珍红皮书一册以作留念。书中正文前,有去安源、陕北窑洞前、开国大典、在庐山等众多我儿时熟悉的领袖像照。

遍翻毛泽东诗词,发现题目中有"井冈山"字样的,共有三首。

其一,是1928年秋,毛泽东虚岁36岁时所写:

西江月·井冈山

山下旌旗在望,山头鼓角相闻。
敌军围困万千重,我自岿然不动。

早已森严壁垒,更加众志成城。
黄洋界上炮声隆,报道敌军宵遁。

另外两首,是 1965 年 5 月 22 日—29 日,毛泽东重回井冈山时所写。这两首分别是:

念奴娇·井冈山

参天万木,千百里,飞上南天奇岳。
故地重来何所见,多了楼台亭阁。
五井碑前,黄洋界上,车子飞如跃。
江山如画,古代曾云海绿。

弹指三十八年,人间变了,似天渊翻覆。
犹记当时烽火里,九死一生如昨。
独有豪情,天际悬明月,风雷磅礴。
一声鸡唱,万怪烟消云落。

水调歌头·重上井冈山

久有凌云志,重上井冈山。

千里来寻故地,旧貌变新颜。

到处莺歌燕舞,更有潺潺流水,高路入云端。

过了黄洋界,险处不须看。

风雷动,旌旗奋,是人寰。

三十八年过去,弹指一挥间。

可上九天揽月,可下五洋捉鳖,谈笑凯歌还。

世上无难事,只要肯登攀。

其时毛泽东已经72岁,但内心依然"风雷动,旌旗奋",挥手之间有"万怪烟消云落"之豪情。

确实,毛泽东超拔于常人。25岁,即有"沧海横流安足虑,世事纷纭从君理"之气度(1918年,《七古·送纵宇一郎东行》)。32岁,就在词中表示:"怅寥廓,问苍茫大地,谁主沉浮?"(1925年,《沁园春·长沙》)气魄如此。

毛泽东于诗,于书法,均无愧于一代大家之称。但就他本人来说,似乎并无刻意追求,**艺事之成就,只是他内在生命强力的余绪而已**。稍分析一下毛泽东诗词特点,给我突出的感受,有以下三点。

一、惯用"万"字。**格局宏大**。

"万木霜天红烂漫"。

"万花纷谢一时稀"。

"唤起工农千百万"。

"万丈长缨要把鲲鹏缚"。

"一万年太久,只争朝夕"。

"玉宇澄清万里埃"。

"红霞万朵百重衣"。

"万户萧疏鬼唱歌"。

"万里长空且为忠魂舞"。

"万里长江横渡"。

"百万雄师过大江"。

"飞起玉龙三百万"。

"寥廓江天万里霜"。

"看万山红遍"。

二、口语。举重若轻,**藐视规矩,烂漫自由**。用似乎不入诗的口语俚语入诗,直追辛弃疾一路文脉。

"梅花欢喜漫天雪,冻死苍蝇未足奇"。

"还有吃的,土豆烧熟了,再加牛肉。/ 不须放屁,试看天地翻覆"。

三、俯视。

"背负青天朝下看,都是人间城郭"。

"洞庭波涌连天雪"。

"我欲因之梦寥廓,芙蓉国里尽朝晖"。

"云横九派浮黄鹤,浪下三吴起白烟"。

"山舞银蛇,原驰蜡象"。

"苍山如海,残阳如血"。

"茫茫九派流中国,沉沉一线穿南北"。

"四海翻腾云水怒,五洲震荡风雷激"。

井冈山群峰耸峙。峰峦之间,大的平地称"坪",如茨坪、茅坪;略小的平地称"井",井冈山中有大井、小井、上井、中井、下井,合称为"五井"。这五个群山环绕、宛若井状的山间盆地村庄中,大井最大。位于茨坪西北面 7 公里处的大井,视野开阔,且气息清朗,此地也有毛泽东居所及读书石旧迹。

看了大井,去著名的黄洋界。黄洋界海拔 1300 多米,比茨坪高了 500 米。它连接湘赣边界,居高临下,扼居山口,是井冈山五大口(双马石、桐木岭、朱砂冲、八面山、黄洋界)中最著名的一个哨口。1928 年 8 月 30 日,就在这里打响了著名的黄洋界保卫战。昔日光秃秃的战场,如今万木参天,绿海翻涌。局促的哨口炮台旁,游人如织。此处旅游商品摊点上的蜜制柚子皮和蜜制映山红花瓣,以前从未吃过,口味独特。

茅坪距茨坪相对较远，有30多公里。与黄洋界同样著名的**八角楼**，就在茅坪。到实地，才知非八角之楼，而是普通私宅上的一处阁楼，因有一八角形的天窗，当地人俗呼八角楼。此屋原为当地名医谢池香私宅。

在井冈山期间，毛泽东常在茅坪居住、办公。两个名篇《井冈山的斗争》《中国的红色政权为什么能够存在》，就在八角楼上完成。茅坪一棵巨大的枫香树，裂石而生，印象深刻。在一老婆婆的简易摊上，买两袋井冈绞股蓝茶。在八角楼外，展示有当年的土枪和土制大刀。握起已经锈迹斑斑的大刀，试了试分量。

井冈山中的坝上村，是袁文才家乡。全村正在改造村貌，开发"红军一天"体验式旅游。在村中的水田之上，也建起了曲折的木质走道。坝上的"垃圾银行"很有意义，用积存的酒瓶、农药瓶、塑料瓶、旧电池、易拉罐、塑料袋等，可以到村中兑换站换食盐、肥皂、牙膏牙刷、洗衣粉等日用品。由此，村中非常干净，显现一种生机勃勃的新气象。

出村，在公路旁的深绿山中，寻找、瞻仰了袁文才烈士墓。还看了1928年5月，毛泽东和贺子珍举行婚礼的象山庵。此庵系清代建造，为湘赣边界名庵。因庵后之山，如象之形，得名。昏暗的庵中侧殿，有若干展示。抄录当年毛贺婚宴菜谱、果碟如下，菜谱：粉巴泥鳅、笋仔酸菜、清蒸石拐、鳝片腊肉、米粉鹅、酿豆腐、烹蛋、油炸肉丸（斋）、鱼肚（斋）、野鸡石耳汤。果碟：酱姜、南瓜子、柚子皮、酸酒葱头、油炸米果、油炸薯片、油炸豆饼。可见20世纪20年代井冈山乡间饮食风尚之一斑。

　　说到吃食，就会想到神山村的糍粑之香。糍粑，木桶内糯米在灶上蒸熟之后，倒入石臼，用木槌捣烂后拿出，用手捏揉成小块，在竹匾内混合黄豆粉和白糖的香甜粉阵中滚上一滚，入口，大香。在那户蒸糯米的农家的幽暗灶间，家中主妇正在用双手，在另一口滚烫的铁锅内炒茶。碧绿的野茶叶是清晨刚从山间摘来的。揉抖，翻炒。手，鲜叶，发蓝的铁锅，锅底的火——窗外全是漫山遍坡的竹子绿影，而灶间的内部空间，已经渐渐浮溢如此清新、如此好闻的茶香。这是我个人难忘的一个井冈山记忆。

镇江古塔

最早,它通身是石塔。如今,仅剩下塔基,才是唐代旧物。一圈青白色的坚固岩石,几处,因为沧桑静默的时间之力,已然,在我的眼前开裂。

残存四级的塔身,变成了铁铸。分别是宋代、明代遗物——金刚须弥座与一层、二层的锈铁塔身,是宋代的;三层与四层,又换为明代重铸。

铁檐残破,塔身上长出的凌空灌木细枝,在冬天的江风中,瑟瑟颤动。

须弥座上的装饰花纹,还是如此清晰:云水连绵、莲瓣舒放,游龙,还在生动戏珠。

塔身八面四门:四个龛门之额,排列有浮雕小佛;两侧,护法威严。其余的四面,则铸有佛像以及栩栩如生的飞天图案。在斑斑的铁锈内部,我费力辨认出的,是这样的古老铭文:"国界安宁""法轮常转"。

这座身世复杂的塔，屹立在突兀于江中的山崖之上。

它仰接江南星空，俯察东部大江。它历经疾雷、狂风、烈日、霜雪，它见惯迎送、浮沉、更迭、死生。它承纳过王安石、苏东坡、陆游、辛弃疾、冯梦龙、吴承恩们的目光，更有恒河沙数的众生，在它的身边聚拢，又如泻散开。

它的塔身，在我的触觉里，冰凉、粗糙。一如，千岁以来它从不开口的沉默。

黄宾虹：大境晚成

石涛说："一画者，众有之本，万象之根。"黄宾虹（1865—1955）在前贤基础上，更进一步，认为世界万有的最基本单位，是"一点"。线由点成，"即古书法中秘传之屋漏痕"，一点雨珠的运动，最终成为线痕。墨也可由点成，"唐宋人画山石树木之积阴处，不拘用色用墨，皆以积点而成，故古人作画曰点染"。**黄宾虹七旬入蜀而大悟点法**："沿皴作点三千点，点到山头气韵来。"因为以点为基，为画之全息，所以人称黄宾虹无废画，数个墨点，几根断线，即有生命。

黄宾虹乃大境晚成之人。"六十左右的作品尚未成熟"（傅雷），"八十岁以后才完成了'积墨法'"（李可染），至此其画才"浑厚华滋，臻于神化"（王伯敏）。黄宾虹的九旬高寿，保证了他艺术最后之成就。"他和他的山水画，就确具有继往开来和成为一代之宗的气局……在他重重叠叠，厚、密、重、满的画面上，洋溢着清新活泼的蓬勃生气"（张仃）。

黄宾虹很早就识艺术真核。"画不写万物之貌，乃传其内涵之神。若以形似为贵，则名山大川，观览不遑，真本具在，何劳图焉？""山水乃写自然之性，亦写吾人之心。"**传内涵之神，写吾人之心**，直击艺术之最本质处。"以吃透整个传统的雄厚底蕴"（王鲁湘），黄宾虹深具自信。人曾讥其画为"黑墨一团的穷山水"。黄宾虹丝毫不为所动："**我的画三十年后才能为艺林所重。**"他崇敬并认同明代江苏武进画家恽向："画须令寻常人痛骂，方是好画。"

黄宾虹高寿，源于其文武兼备。少年时，他曾随族人习练武术；青壮年时，他曾与人在家乡收徒练武，为反清储备力量。他读书行路，是南社首批十七成员之一。他密切交游的当时人物有：谭嗣同、许承尧、吴昌硕、苏曼殊、康有为、俞剑华、张大千、胡朴安、丁福保、齐白石。他认为，"艺术特出之人材，尤多造就于世运颠连之际"，君子必"受磨砻而成大器"。

如何品评画之高低？黄宾虹给出具体方法："画有初观之令人惊叹其技能之精工，谛视之而无天趣者，为下品；视见佳，久视亦不觉其可厌，是为中品；初见不甚佳，或正不见佳，谛视而其佳处为人所不能到，且与人以不易知，引画事之重要在用笔，此为上品。"黄宾虹还尤其指出："**急于求名与利，实画之害。非惟求名与利为画者之害，而既得名与利，其为害于画者**

为尤甚。"他的艺术是"民学",而非庙堂"君学"的观念,也令我服膺。

黄宾虹是新安一派中之特立高峰。其根柢,在徽州歙县之潭渡;其出生,在浙江金华之古城;其安息,在杭州西湖之邻畔。在歙县、金华、杭州三地,我寻找并亲沐过黄宾虹的逼真气息。宾虹先生一生勤奋力学。其画貌似墨黑团团,但宾老忘年交傅雷特别介绍:"他的写实本领(指旅行时构稿),不用说国画家中几百年来无人可比,即赫赫有名的国内几位洋画家也难与比肩。"杭州弥留之际,黄宾虹断续吟出的,是这样的句子:"何物羡人,二月杏花八月桂;有谁催我,三更灯火五更鸡。"

庐山晨昏

我到庐山,住在五老峰下一所已经搬空的学校校舍内。一色的石头大房子,梯田似的错落排上去,空隙处,全是高大葱茏的绿树。据说,蒋介石时代的某些训练班,曾经在此开办。早晨,满世界是绿色的硕大露珠。摇一摇,树林便会下起清凉微甜的绿雨。麻条石台阶是湿漉漉的,阶上苔藓,也极绿极润,新鲜得让人不忍踩碰。走到空旷地方,呼吸绝对优质的庐山晨间空气,仰望薄雾缭绕着的青色五老峰,遥想千年之前大诗人李白也曾同样仰望过这五座隐隐青峰,一种类似"**人寿几何,江山如昨**"(徐霞客)的沧桑感,油然生胸。当然,早晨的美中也潜伏危险。山中蛇类很多,起床后到屋外漱洗,冷不防就会有一条迅疾的细长之影,倏地从草丛中窜出、逃走。此处学校未搬时,就发生过学生晨起跑步,被盘踞在操场边的毒蛇咬伤致死的惨剧。

悬挂了一天的太阳，终于从西边参差的山峰上掉下去了。茂密浓绿的山中植物，便开始使劲吐出吸聚了一天的热量。这时候，人就会从宁静的石头房子中出来，到有山泉的地方去。庐山数日，我认识了一位江西上高县的残疾青年，他的诗写得非常优秀，我们一见如故。每到黄昏，我们就拿了毛巾肥皂，走过茅草夹腰的山间小道，在随便一泓清澈冰凉的泉水前驻足。泉水是从五老峰上下来的，哗然生声，随物赋形，好多地方跌成一挂或玲珑或壮观的雪瀑。**遇到岩石低凹处，流泉便会积成一潭诱人的蓝玉**。水极透明，潭底光滑卵石间或弹或止的灰黑小虾，粒粒清晰。在形状、高矮各异的五位"老者"的眼皮底下，我们脱光身子，浸入凉泉，一天的燥热和虚火便被一洗而净。当神清气爽的我们从山道返回石头房子时，淡淡幽幽的庐山蓝暮，已经从更低的山谷间漫上来了。

繁华或曰嘈杂如城的牯岭也曾转过，但我不喜欢。我所住的五老峰下石头房子，虽绝少游人，只属庐山的偏僻一隅，但它的宁静，它的清凉，它的不绝的绿意和泉影，在我这个异乡者看来，或许，倒真的体现了几分庐山的"真面目"。

记梦：盆地

盆地。无数的人，有意无意间，从盆沿，像坐滑梯似的，纷纷滑至盆底。神（天神），用太阳火灼烧这个**巨大容器**；祇（地神），则不时用铜勺，从旁边的深渊太平洋中舀起海水，加入盆中。煮成一锅。

盆沿上，仍有少数人审慎努力地站立、生活。他们坚持着，不想滑坠。

身体信仰

徽州民间信仰的种类,一般有:自然信仰、仙道信仰、风水信仰、灾厉信仰、保安信仰等。在江西婺源,始建于唐朝的五显灵顺庙,呈现的是奇特的身体信仰。

灵顺庙奉有五位正神、六位从神,分别**对应人体的五脏和六腑**。

五位正神分别是:显仁协德昭圣孚应王、显义协正昭圣孚惠王、显礼协明昭圣孚泽王、显智协聪昭圣孚济王、显信协直昭圣孚佑王。五位正神象征的是人体五脏:肝、心、脾、肺、肾。

道光《徽州府志》载:"灵顺庙,一名五显庙,一名五通庙,宋大观中赐额灵顺……五显即五帝,实司五行,避帝而称显者,其诸神之通谓也。"其中"实司五行",即指灵顺庙的五位正神与传统五行相应,而五脏有五行之说,《云笈七签》云:"五藏,五行者,肝为木,心为火,肺为金,肾为水,脾为土,谓之五行。"《元始无量度人上品妙经四注》云："五老帝君各受赤书符命，在天则主领五方神仙，在地则主领五岳神鬼，在人则主领五藏精神。"

灵顺庙六位从神分别是：史将军、卞将军、周将军、王将军、胡将军、胡提点。六位从神象征的是人体六腑：胆、胃、大肠、小肠、三焦、膀胱。其中，胡将军和胡提点是一对父子，他们共同掌管着人世间的排泄大权。

五位正神"自天而下"，为阴性之神；六位从神从地而上，为阳性之神。《黄帝内经·素问》称："肝心脾肺肾五脏皆为阴，胆胃大肠小肠膀胱三焦六腑皆为阳。"由此可知，灵顺庙正神与从神的阴阳运动，正象征着人体五脏六腑的阴阳运动。

徽州灵顺庙所呈示的身体信仰，表明我们的祖先在探寻人体之外广大世界的同时，也对自己的生命本体，有着独特的崇敬和关注。

人在黑白梦幻间

黑夜与白昼,黑瓦与白墙,人,活在黑白梦幻之间。

更具体来说,南方之人,是活在蓝、黑、白、绿这四种色彩之间。

蓝:天空。蓝:天空。蓝:天空。
蓝:天空。蓝:天空。蓝:天空。
蓝:天空。蓝:天空。蓝:天空。
蓝:天空。蓝:天空。蓝:天空。
蓝:天空。蓝:天空。蓝:天空。

黑:屋顶,夜晚。黑:屋顶,夜晚
黑:屋顶,夜晚。黑:屋顶,夜晚。
黑:屋顶,夜晚。黑:屋顶,夜晚。

黑：屋顶，夜晚。黑：屋顶，夜晚。

黑：屋顶，夜晚。黑：屋顶，夜晚。

白：墙壁，白昼。白：墙壁，白昼。

白：墙壁，白昼。白：墙壁，白昼。

白：墙壁，白昼。白：墙壁，白昼。

白：墙壁，白昼。白：墙壁，白昼。

白：墙壁，白昼。白：墙壁，白昼。

绿：山水。绿：山水。绿：山水。

绿：山水。绿：山水。绿：山水。

绿：山水。绿：山水。绿：山水。

绿：山水。绿：山水。绿：山水。

绿：山水。绿：山水。绿：山水。

蓝、黑、白、绿——在南方，过去的人、现在的人、未来的人，置身其间。

而黑与白，是最为本质的两种色彩。

白，代表阳；黑，代表阴——东方伟大深邃、涵盖万有的阴阳哲学，就源出于此。

全

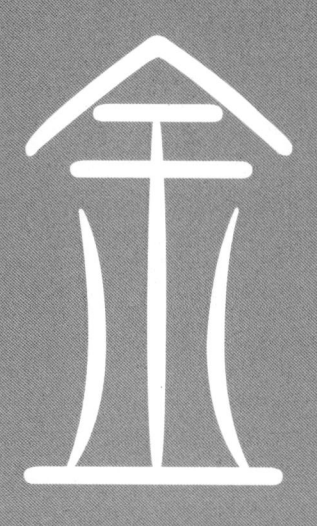

书

魔都之夜

以下是准备删去的内容——

魔都最贵房产TOP5：

1. 黄浦湾壹号。380000元/平方米。开盘时间：2015年。270度全景采光，360度全通透立体空间，7.4米挑高精装奢华大堂，一楼一户私家电梯厅，超百平方米恢宏客厅，一湾两岸的绝版景观，美国顶级建筑师奖金砖奖的JWDA担纲建筑设计方案，美国HBA设计团队操刀室内空间设计。另外，公寓内部图书馆、室内游泳池、迷你电影院、媒体工作室、水疗室、游艺厅和地下车库一应俱全，当之无愧"**中国第一豪宅**"。

2. 远中风华园别墅。230000元/平方米。开盘时间：2013年。市中心较少见的别墅，现代的法式风格，典雅简明；40%超高绿化率，大自然般的环境；都市休闲步行街配套齐全，满足日常生活需求。

3. 远雄徐汇园别墅。220000 元/平方米。开盘时间：2010年。该别墅位于浦东、卢湾、徐汇金三角区域，向东有打浦桥商业中心，向南有世博会浦江北岸滨江发展带，向西有徐汇区市级中心区，向北有原法租界历史风貌保护区。出行便利，配套设施成熟。

4. 中粮海景壹号住宅。190000 元/平方米。开盘时间：2011年。采用电梯入户且保姆有专用电梯设计，私密性极佳。会客厅、客厅、餐厅，三厅连动扩大视觉效果，**极显尊贵**。保证每户有两个车位，也是对其豪宅身份的量身定制。

5. 汤臣一品住宅。180000 元/平方米。开盘时间：2009年。位于无可替代的"升值地段"——和黄浦江一路之隔，离大型购物广场正大广场和地铁站只需步行5分钟，四周被东方明珠塔、上海金茂大厦、上海环球金融中心等高级写字楼和酒店簇拥。在私家阳台上，可以将全上海**最繁华**的景色尽收眼底。

魔都最美外滩露台 TOP5：

1. Le Sep。老码头七号法国餐厅。第一层空间有**私密浪漫**包房及 360 度景观位。沿着螺旋楼梯步入第二层空间，视野顿时被打开，一边是波澜壮阔的黄浦江，一边是散发浓郁艺术气质的老码头。开阔 Rooftop 自带精美喷泉，约会看星星，夏夜吹吹风，最舒服不过。

2. Flair。有别于浦东其他摩天大厦中的酒吧，Flair 是上海最高的露台酒吧。位于丽思卡尔顿酒店顶楼，以最佳高空景观露台闻名。目光所及皆是景色，外滩和浦东璀璨夜景仿佛触手可及。

3. House of Roosevelt。罗斯福公馆位于外滩 27 号，是一栋建于 1920 年的地标性建筑，美国罗斯福家族重新修缮了此历史文物，如今成为上海滩的**时尚新地标**。公馆主席德尔·罗斯福，是美国第 26 任总统西奥多·罗斯福的曾孙，也是美国第 32 任总统富兰克林·罗斯福的侄子。登高至罗斯福公馆 9 楼，您将在公馆色戒酒吧享受到非常完美的景致，那里通透的天际线更蔚为壮观。世界级香槟和 DJ 混音交错铸就罗斯福色戒酒吧特有的欢乐时光。当您与各界名人擦肩而过时，请不要惊讶。

4. 和平饭店华懋阁。充满装饰主义风格，为客人营造轻松而高雅的露台用餐体验。早在 20 世纪 30 年代，华懋阁就已经是沪上**顶级餐饮场所**，不仅以美食闻名，更以其卓越地位和社会影响力而显耀。

5. VUE Bar。位于外滩茂悦大酒店最高两层的 VUE Bar，33 层是露台，以其极富设计感的木质装饰，中央奢华 SPA 池，以及可俯瞰外滩、浦东壮丽美景的地理优势，成为外滩地标之一。

以下是保留的内容——

东方。黄浦江上倒映的绚暗灯火，像密集呓语的烟花，又像激荡的欲望酒液。复旦大学伸入无星夜空的巨楼，那一格格蜂巢内的人工之光，也已经亮起。它的底楼空旷的食堂内，年轻的人影幢幢，蒸腾的饭菜香气弥漫，却显示奇异安静。这里仍然提供整塑料筐的、那种市面上似乎消失不见的小号玻璃瓶装的冰镇可乐饮料。

石库门在夜晚的轮廓坚硬发冷。新天地。此处的夜色，是一管巨大无形的眼霜或口红。乳晕般的酒液倾倒。透明的、亭亭的玻璃酒杯，一瞬之间会闪烁媚影，像散坐于室内外的衣饰男女，一瞬之间总会闪烁描画精致的人类优雅或动物性感。然而，黑暗还是如水一样，无孔不入地填满随处的空间。我看见身旁蓝色逼眼的韩国整容灯箱广告前，一个抽烟的男人正好走过。**他的幽黑头颅的剪影，恰好接触到了灯箱女郎那美丽高贵的艳红嘴唇。**

淮海路已经沉沦。它曾经喧闹的市声，已经化为此刻僻静马路上积聚的恐怖树影。某处浓密树影的深处，是老式洋房的宾馆，但它浊重高大的雕花铁门却严密封闭。它拒绝客人。里面上演的，应该是后现代大都市的秘密浓情聊斋。街角便利店的灯光，则始终明亮如甜蜜蛋糕。靠窗的简易台椅旁，有饮酒却无声的四个异域男女。

这个城市复杂胃管般四通八达的高架道路就在身侧、头顶。此时，有时寂静、有时呼啸的灰白高架路，像巨型海船上倒伏的桅杆。而这艘巨船，这艘满载千万人类的沉重巨船，正**缓缓驶向东面不远处的黑暗深渊**：太平洋。

铁锚与安庆城

在寺庙门前定置铁锚，普天之下，可能仅见于安庆迎江寺。安徽省安庆城东门，北宋名刹迎江寺，如其寺名，迎长江而立。赫然入人眼目的，是庙门两侧砌入台基的一对巨大铁锚。

此举何为？原来，从空中俯视，安庆城形如一只大船（据传王母娘娘曾经乘此巨舟游览过东海）。迎江古寺大铁锚，正是**以其亿万钧之神力，定住安庆城**，使其不被滔滔江水冲走。

有铁锚在，安庆城便有根，便稳固如磐石。

关于迎江寺铁锚，还有一则有趣的民间故事。长江下游地区流传一句俗语："南京不打五更鼓，安庆不坐彭知府。"

先说题外的"南京不打五更鼓"。明朝朱元璋打下江山，在南京修筑城墙。筑城至水西门一带，由于水深流急，城墙难以修成。于是，朱元璋便向江南首富沈万三借聚宝盆，以镇压水妖修城。沈小心询问何时还，朱元璋答五更归还。城墙修好，朱元璋想占有聚宝盆，便下一道密旨，通令全城不准打五更之鼓。从此，南京不打五更鼓。

"安庆不坐彭知府"则直接跟铁锚有关。安庆如大船，迎江寺内建于明代的七层振风宝塔，就像船的高大桅杆。有船有桅，如果再有了篷帆，那么安庆城就会顺流漂走，不复存在。所以，安庆百姓不想有姓彭（篷）的人来当知府。然而怕什么有什么，某年，果真有一位姓彭的被派安庆做知府。彭知府知道安庆百姓心思，但圣命难违，左右为难。彭知府母亲知道原委后，面带微笑劝慰儿子：不用担心着急，安庆虽然是一只大船，但娘不是姓毛吗？有娘这只毛（锚）镇住，安庆就永远不会漂走。彭知府闻言豁然开朗，按期上任后第一件事，就让铁匠赶制了两只巨大铁锚放置在迎江寺门口。从此，安庆城果真无恙，历经风浪而在汹涌长江之畔屹立不动。

在迎江寺，手摸铁锚，我想弄清楚的是，**现实中的铁锚重量几何？** 迎江寺门票（每位10元）背面文字介绍："迎江寺大门两侧各置铁锚一个，重约3吨，是该寺有别于海内外寺庙的独特之处。"这个句子语焉不详。是一个铁锚重约3吨，还是两个铁锚总重约3吨？无法判断。

再查百度百科"迎江寺"条："迎江寺大门上方书有'迎江寺'三字匾额，门两边各置铁锚一个，重约3吨，这是该寺有别于其他寺庙的独特之处。"几乎和门票文字相同。仍无答案。

从安庆返回后,这个问题一直萦绕于心。于是微信询问居住于安庆城中的诗人、中医研究专家沈天鸿兄:迎江寺铁锚,是一个重3吨,还是两个总重3吨?

天鸿兄回复:这个倒从没有注意过,我来问问其他人。过后不久,天鸿兄复信又来:问了一个朋友,他和迎江寺住持相熟,他去问了,但最后也不清楚铁锚的重量答案。——看来,这个问题只能待有缘时再解了。

形如大船的安庆城中,印象深的还有"江万春水饺"。这是一家百年老字号。城中建设路"江万春水饺"总店。此地名为水饺,实是馄饨。当一碗清汤漂细碎绿蒜的馄饨端上,第一口汤喝下,关于**乡镇童年鲜美馄饨的记忆便如泉涌出**。安庆馄饨,"皮薄如纸,馅如珍珠,状如猫耳,味美汤鲜",确实。"江万春水饺"建设路店,和城中的赵朴初故居,就在同一区域。

奇幻

在徽州。进入一幢无人的破败老宅。**白昼的灿烂光芒**,从四水归堂的狭窄天井上方,像瀑布一样,涌泻下来。

这耀眼、神性的光瀑,似乎只是瞬间,就被宅中森严古老的木柱,被饥饿的、**徽州内部的千年幽暗**,吸收殆尽。

在文天祥墓地

5月。置身于突然如山洪暴发般的绿色豪雨之中。绿雨奔腾,冲刷着江西省吉安市青原区富田乡——文天祥的故乡和墓地所在。**奔泻的滚滚绿雨**,夹杂有满山浓绿的茂盛植物,夹杂有古朴石俑和"仁至义尽"的牌坊,夹杂有极富力量的往昔清咏:"天地有正气,杂然赋流形。下则为河岳,上则为日星。于人曰浩然,沛乎塞苍冥。"初夏,这轰响的绿瀑里,唯有"宋丞相文信国公天祥之墓",在我们湿透静默的瞻谒中,岿然不动。

极轻微的、银质的声音

一条清澈的山溪,从山中,经平缓的山坡曲折流下来,溪水两旁,逐渐建起马头墙的房子,溪上也陆续架起了石板铺筑的简易石桥——于是,一座古老的皖南村落就诞生了。枯水期时,人们为了方便取水,还在溪滩上开挖了方形水井。久而久之,"九井十三桥"就成了这个村落的标志;"井水不犯河水"这句中国俗语,据说就出自这里。

溪水进村处的山中,溪岸的石头缝隙间,生长着鱼腥草、车前草、绿苎、野燕麦、蛇莓、野菊和蜡质毛茛,有时一丛突然出现的茂盛野蔷薇,像花的微型瀑布,让你惊艳。桥头,一位农妇正在出售刚从山里采来的野樱桃,半竹篮新鲜娇嫩的红果子,晃耀人的眼目。10元买了一小袋,在溪水中略略冲洗,吃在嘴里,是**暮春山野的清甜**。

有廊棚的溪边,年过八旬的王姓老者,坐在家门口的小板凳上，在敲剥紫藤子。和精神矍铄的王老汉聊天，他是此间神人。他神秘又自豪地告诉我，紫藤子是神药，能治世上一切癌。他和小儿子的病，都是紫藤子治好的。他从观音老母讲到太阳神再讲到菩萨。他特别分享了紫藤子的具体吃法：将紫藤子塞入小鲫鱼的肚子里，干烤后碎成粉吃——"我自己得过胃癌，吃了四颗后，连吐了两三次，就好了。"他还说，他的妹妹也有病，但她不肯吃，"这是菩萨神仙施了法，未到时候"。王老汉最后叮嘱我，第三次世界大战假如爆发，这个紫藤子能治世上人、救世上人。

晚上借宿的房子，就在村落水口处。皖南山夜，一切皆是天籁。激荡的溪涧之声，此起彼伏的蛙鸣之声，漆黑天宇上群星的移动之声……人家场院之畔，**大丛的金银花正在吐放香气**，仔细听，金银花吐放香气的过程，也有极轻微的、银质的声音。

20世纪上半叶：江南城镇商业构成举要

商业，即以物易物的交换行为，以及后起发展的以货币为媒介从而实现商品流通的经济活动，是或大或小的人类聚居地——城镇的重要属性之一。20世纪上半叶，一座江南城镇，它的主要商业种类有：

饭店、茶馆、旅馆、浴室、布号、绸号、染坊、茧行、猪行、钱庄、典当、米号、南货号、肉庄、鱼行、药号、茶叶铺、面筋号、盐店、烟酒号、酿酒作坊、酱园、茶食号、寿衣店、竹器店、圆作店、铜锡号、铁号、剪刀店、京货号（出售进口商品）、春花粉铺（出售女性化妆品）、鞋店、香烛号、骨货店（出售杂货）、纸作坊、笔铺、书局、纱号、席行、皮箱号、皮货号、洋货店、洋镜号、钟表店、修发店、木行、木作行等。

商号取名，多用顺、泰、乾、义、昌、裕、隆、盛、聚、宝、寿、益、济、茂、福、鑫、源等字，在中国传统文化语境中，这些汉字，寄寓着人们**希冀顺利、兴旺、昌盛、财源滚滚**的观念。

例如：义源、裕泰、新万兴、仁济、鸿兴裕、嘉泰、恒润、鼎盛、同泰、鸿运楼、永泰、源丰、聚兴园、富春、荣昌祥、鑫润、王兴记、益茂、晋丰、协昌、日升、瑞昌、茂兴、德寿堂、益大、源裕、天益、兴泰、义和祥、全顺兴等。

超现实

蓝色巨大的海,是一块无垠固体。东方的月光非常锋利,月光的利刃,轻易就能**切割这块巨大无垠的蓝色之海**。

切割。家乡一下子裸露呈现。凝脂似的肌躯,那么莹润,那么光滑。

然而,似乎只是瞬间,这莹润裸露的肌躯上,又渗绽出:血珠和鱼米的赤亮火星。

剑·龙（一则译文）

中国古人有极大格局，他们视天地为一体，构建了一套天、地联系感应的模式，具体来讲，就是天上特定的星区，对应地上特定的地域，以天象预兆地域的吉凶，这就是**"分星""分野"理论**。所谓"古者封国皆有分星以观妖祥"。

当年，东吴未灭之时，斗、牛二星间常聚紫气。而斗、牛二星之分野，即为吴地。相信道术者都认为：此天象，象征吴正强大，不可图谋。唯有张华（西晋名臣，《博物志》作者）不以为然，力主征伐。奇怪的是，等到东吴被平，这斗牛之间的紫气，不仅未散，反而愈明。张华听闻豫章人雷焕道术高超，就邀请雷焕，与他同宿，并说："可共寻天文，知将来吉凶。"于是两人登楼仰观。雷焕说："仆察之久矣，惟斗牛之间颇有异气。"张华问："是何祥也？"雷焕答：**"有宝剑的精气，一直上彻于天。"**张华兴奋："你说得对！我小时候有个相面的给我看相，说我年过六十，会做高官，并当得到世所罕见的宝剑佩带。这话大概是应验了。"因而继续问道："剑在何郡？"雷焕答："在豫章丰城。"张华建议："想委屈您去做丰城令，我们一起暗中寻找此剑，可以吗？"雷焕应允。张华大喜，立即补雷焕为丰城令。

雷焕到达丰城，测算方位后，挖掘监狱屋基，入地四丈余，得一石函，内中隐隐透出非常之光气。开函之后，内有双剑，剑上均刻有文字，一曰龙泉，一曰太阿。这天晚上，斗牛之间的紫色光气便消逝了。雷焕用南昌西山北岩下的土擦拭二剑，剑的光芒艳丽四发。再用大盆盛水，置剑其上，视之者精芒炫目。雷焕派人送一剑和北岩土给张华，留下一剑自己佩用。有人提醒雷焕："得两送一，瞒得过张公吗？"雷焕说："本朝将要大乱，张公也要在乱中遭祸。此剑当如当年季子挂剑于徐君墓树之上一样。**此剑为灵异之物，终当化去**，不会永远为人所佩带。"张华得剑后，非常珍爱，终日不离左右。他给雷焕写信："详观剑文，此剑就是干将，与其相配的莫邪，怎么没有送来？即便如此，此二剑为天生神物，终当合耳。"并且，张华认为南昌土不如华阴赤土，随信送给雷焕一斤华阴土。雷焕换土拭剑，剑倍益精明。

后来，张华罹祸被杀后，宝剑不知去向。雷焕死后，其子雷华为州官佐吏，一次带剑经过延平津，剑忽然从腰间跃出，坠入水中。雷华连忙使人入水寻剑。然而剑已不见，入水之人但见水中盘绕双龙,各长数丈,周身花纹。寻剑人惊惧而回。须臾间水中光彩照人,波浪惊沸,于是失剑。雷华叹道:先君"化去之言",张公"终合之论",今日算是终于验证了。

铁笛道人

写庐山瀑布,李白用银河做比喻:飞流直下三千尺,疑是银河落九天。面对李白题诗在前的这个著名瀑布,杨维桢依然敢写,而且想象诡谲,气魄同样极大:其一,和李白一样,是自上而下的想象,庐山瀑布是天仙正在织的一匹白练,这匹无限长的白练,偶然从织机上脱轴,便垂挂于青天之下("我疑天仙织素练,素练脱轴垂青天");其二,是自下而上的想象,也许是杨维桢本人,也许是某一巨神,酒后夜渴难耐,便骑鲸抽吸沧海,沧海被吸的凝定画面,便是眼前"十万丈"的庐山瀑布("酒喉无耐夜渴甚,骑鲸吸海枯桑田。居然化作十万丈,玉虹倒挂清冷渊")。

杨维桢(1296—1370),**江南旷放傲岸之士**,元末浙江诸暨人。其家乡有铁崖山,"因岩石呈铁色而得名",故号"铁崖";又因善吹铁笛,故又号"铁笛道人"。维桢少时,其父在铁崖山麓筑读书楼，楼旁植梅百株，楼上藏书万卷，令其与从兄专心攻读，并撤去梯子，每天"辘轳传食"，如此苦读5年。

杨维桢虽然32岁即中进士，但因性格狷直，得罪权贵，不达并无欲于官场。他的后半生，处身江南之野，放诞睥睨，沉浸于歌饮、诗书、访友、雅集、文会之中。他的浙江同乡、被朱元璋称为"开国文臣之首"的义乌人宋濂，为铁崖作墓志铭，竭尽赞叹："元之中世有文章巨公起于浙河之间，曰铁崖君，声光殷殷，摩戛霄汉，吴越诸生多归之，殆犹山之宗岱，河之走海，如是者四十余年乃终。"在这篇墓志铭中，宋濂描述了杨维桢当年的异俗形状："或戴华阳巾，被羽衣，泛画舫于龙潭凤洲中，横铁笛吹之，笛声穿云而上，望之者疑其为谪仙人。晚年益旷达，筑玄圃蓬台于松江之上，无日无宾，亦无日不沉醉。当酒酣耳热，呼侍儿出歌《白雪》之辞，君自倚凤琶和之，座客或蹁跹起舞，顾盼生姿，俨然有晋人高风。"

杨维桢徙居松江后，门上书文，示其"五不"："客至不下楼，恕老懒；见客不答礼，恕老病；客问事不对，恕老默；发言无所避，恕老迂；饮酒不辍车，恕老狂。"

杨维桢同时代人、同样生活在松江的陶宗仪（元末兵乱时避居于此），在《南村辍耕录》中，记载了铁崖一个著名的放诞细节："杨铁崖耽好声色，每于筵间见歌儿舞女有缠足纤小者，则脱其鞋载盏以行酒，谓之金莲杯。"因为此举，据说杨维桢被他的好友、洁癖专家、无锡人倪云林痛斥。

元亡明兴，面对朱元璋的征召，杨维桢极力脱拒："**岂有老妇将就木而再理嫁者耶**。"生命最后一年，再被敦促赴京，见朱元璋，奏称："陛下竭吾所能，不强吾所不能则可，否则有蹈海死耳。"

字为心画；字，是一个人显露于外的先天性格肖像和后天精神肖像。当代无锡书家胡伦光先生认为，书家作品，即是其本人的"心电图"。杨维桢，便是上述观念最有力的例证。中国书法史上，铁笛道人是我个人特别偏爱的一位个性张扬的书法家。其书，真、行、草诸体交融杂糅，初看粗头乱服、浓淡不拘、放浪形骸，实则恣肆古奥、不论规则、雄强超逸。这种磅礴的、"狂怪不经"的书法，正是铁崖自身的逼真写照。

像中国文化史上的所有通灵者一样，杨维桢看透兴亡："越王百计吞吴地，归去层台高起，只今亦是鹧鸪飞处。"人评其诗，"**有旷世金石声**"。

对于这位"奇人"，明人安世凤如此总结："不遇其时，不偿其志，遂奇其歌辞并奇其踪迹。"

飞鲤镇

那是位于南方两省交界处的丘陵乡镇。很深、很清澈的溪水中，产有美丽皎洁的鲤。**鲤都很小，闪闪发出金色的鳞光。**月夜无人时，她们会从溪水中飞起，到深蓝色的星空之海嬉戏。然后，在黎明之前，重新回归水中。溪水和星空，是金色之鲤的两个家。

镇上的一个男孩和一个女孩，两小无猜。他和她，同在镇郊一大片黑松林旁的学校上学。放学时，他们总喜欢在很深的溪水边看鲤。镇上古时传下的风俗不吃鲤，所以，这里的鲤不怕人。当**他和她的身影，映入清澈的溪水**时，那些美丽皎洁的小鲤，便会群聚过来，轻轻碰啄。

后来，他考上了县城的高中；她，初中毕业，就正式告别了学生生涯。他在县城的高中寄宿；她留在镇上，在远房亲戚开的一家名叫"大富豪"的饭店打工。

每次放假回家，原来很宅的他，会抢着主动去镇上买东西。有意无意地，总要多多经过她所在的饭店。

知道他回家，他家门前的路上，便也多了她有意无意走过的鲤般身影。

唯一的一次，是个周末，她去县城有事，曾和放学的他，一起乘了中巴车回乡镇。竹林、田野、起伏的茶园。美好路途。下车，金色夕阳把乡镇的溪水染成同样的金色，这条她和他无比熟悉的**家乡深溪**，突然变得陌生起来——溪水，在他们眼里，变成了一条奇异闪烁的巨大金鲤。

他考取大学的升学喜酒，是在"大富豪"办的。酒席之间，在喧杂吵闹的热烈人声和蒸腾缭绕的酒气烟气中，他和她的目光，曾经深深注视过对方。

他，去了距离家乡非常遥远的大城市。

她，仍然留在空空的镇上。

很深、很清澈的溪水中，**美丽皎洁的鲤**，仍在游来游去。只是，再没有人来看她们了。

呼啸地铁,疯狂高耸的楼厦。远方的都市中,本科之后,他继续读研。

留在乡镇的她,嫁到了邻省。

某个夏日黄昏,回乡的他,曾远远地,看见白色连衣裙的熟悉身影,抱着一个婴孩,在她的家门前,上了一辆邻省牌照的厢式货车。

这辆载着她的车,将会经过镇郊学校旁边的那片黑松林。擦着松林,狭窄无人的漫长乡道,连接着两个省。

城市之中,他也已经成家。

他常常做梦。很深、很清澈的溪水中,那些美丽皎洁的鲤,在月夜无人时,仍然会从溪水中飞起,一直飞向头顶的星空。只是,她们不再嬉戏。到达深蓝的夜空后,她们,便凝定为安静的星。

这些碎鳞般闪烁的星,多像,熟睡婴儿眼角那**金色、晶莹的残剩泪滴**。

专车

    她是他的学生。今天,她在下面的乡镇视察工作。她这样回复他的微信:她等他。他在太湖边那座著名工商城市的讲学,已于下午结束。他坚决拒绝了热情的邀请方本来安排的告别相送。他决定今天不回上海。他在脑子里想了一会儿她。是的,有些人的光华,是需要时间慢慢酿制然后再显现的。

    现在,他退了房。在酒店大堂,他用手机叫了一辆专车——显示到达那个乡镇需要一个半小时,这正好是**完美的晚餐时刻**。在等待专车的空隙,他给上海的家里发了信:明天将准时到家,不会误了儿子 18 岁的生日,并且,儿子从小喜欢的克莉丝汀奶油大蛋糕,会由他带回家中。

光影幻境：沪上展览说明

Initial × Studio Nick Verstand 展览，围绕"湮没的自我""观照的自我""表达的自我""解放的自我"四个部分依次展开。此次展览旨在**将自身的感知与洞见投射进光影深处**，让觉醒的力量与体验共振。展出的三个光影互动装置作品跨越了主体与客体的界限，跨越了民族与国家的疆界，甚至跨越了时空的维度，在此时此地相遇。

Initial 与荷兰当代艺术家 Nick Verstand 继香港 Art Central 首次跨界合作，于上海时装周期间再次携手打造一场"非寻常体验"。此次联乘合作也是 Nick 于中国内地的首次大型艺术展示，他将为上海的观众带来数个享誉全球的沉浸式视听艺术装置。

第一个装置：APERTURE。仿若是**通往异度空间的时光隧道**，它是以动态流体的激光技术设计而成。该作品利用音乐和光影的变幻呈现人们对于空间和时间的感知。参与者在穿越光隧道时，感受五蕴皆空的冥想状态。

第二个装置：ANIMA。在拉丁文中意为"灵魂"。Nick 希望通过探索科技人性的一面，创造出带有生命和灵魂的作品。该装置利用运动、纹理、光线和声音交互，当参与者接近球体时，它会在视觉上对它们的存在做出反应。在生成的视听行为中，**ANIMA 创造了一种技术性感官反应的幻觉**，这一特性让参与者感到敬畏和惊奇。为了营造出众的视觉效果，装置是从内部进行投影，让影像呈现出一种液体流动状的效果，从外观上看像是个装满各色发光液体的球状物。

第三个装置：ESPER。Nick 以其荣获"2017 年全球十大艺术装置"的 AURA 作品为雏形，为 Initial 量身定制 ESPER 交互装置。它结合了激光物化和 4DSOUND 系统先进技术，让人们能身临其境地体验声音在上下左右四周游走的神奇体验。参与者在这个结合听觉和嗅觉的黑暗空间内，与移动的光帘布展开互动，犹如进入一个美轮美奂和叹为观止的三维空间，从而将意识引领至另一个感知维度。

附一：关于 Initial。

复合式品牌 Initial 于 2000 年创立。Initial 理念不只走进顾客的衣柜，还深入生活、艺术、人文各层面。借时装成为着装者、身体与精神意韵这三者的纽带。从踏进店内的那一刻，复古陈列撞击现代设计，在静水深流的细意表达中彰显澎湃的感染力。幽幽的香氛，深远的氛围音乐，配合个性化陪衬服务，与顾客一同从视觉、听觉、嗅觉、味觉和触觉展开一场"非寻常体验"。

附二：关于 Nick Verstand。

荷兰知名当代艺术家，擅长通过**建构空间视听环境来研究人类的行为与感知**。其作品曾在阿姆斯特丹市立博物馆、全球数码艺术大展（英国）以及 SXSW 音乐节（美国）上展出。其创作的 AURA 艺术装置，被权威的艺术设计建筑杂志 Dezeen 评选为"2017 年全球十大艺术装置"之一。

一个黎明

那个黎明起早行走,我看见:古老的城郭,陷在黑暗中,仍然坚硬、沉默,似乎仍然没有一丝变化。唯有**江水中的霞光**,已然悄悄萌动,开始复活。

古老的城郭,陌生,却又熟悉。城外的野地里,滚落着沾染浓重霜露的大小石础——那些昔日贫宅或华屋的累累构件。

新鲜的霞光,从江水内部孕育出来。此刻,天地间的霞光,映照城郭,映照城郭外滚落的大小石础——它们,像是正在绽放的、**残损却润红的片片莲瓣**。

抽汲机

万物，犹如故国满眼的参差荷叶，在迅疾地失水、发枯、衰败。

秋天，这天地间残酷的抽汲机，庞大、强劲、无形。

现在，它准时地，启动了电源。

东乡县郊

江西省东乡县。因在古老的临川之东（临川，诞生过晏殊、曾巩、王安石、汤显祖的风水宝地），故名东乡。坐在从抚州（临川）到鹰潭的中巴车上，经过这个县域。这是灰尘、颓败的县城边缘。陕西重卡，中国重汽，红色的沾染污泥的金属庞然大物，呼啸往来。"新杆觉桌球室"。字迹渐褪的"无饿不坐餐馆"。暮前的阳光里灰土腾起。鑫源、煌盛、福鑫……"洗头·足浴"，玻璃破裂的封闭店门，显示关张日久。尘世脏重。一个穿藕色旗袍的丰腴女子，手撑遮阳小伞，出现在这灰尘、颓败的县城边缘，感觉她完全是从另一个世界而来。中国石化。江铃皮卡。冷寂孤独的街头小吃摊。**一个标配的、虚幻感十足的中国南方县城**之表征。正是放学时间，穿蓝色校服的喧杂学生，似乎突然间，就潮水般拥挤在路上。疲惫的司机被迫减速，同时在打着积累了半天的一个巨大哈欠。东乡，红军书法家舒同的家乡。舒同,这是我最早知道的书法家名字,因为他为我的小学所在地"东坡书院"写过匾额。终于,中巴车就要挣脱这个县城的边缘区域。绿色广大的田,被挖去一半的远山,又出现在视野里。有一个男人,在空旷的田野边招手上车。中巴车喇叭始终在放的流行歌曲,与天地、时间的特性高度一致:它冷酷,完全不关注车中人各自不同的喜怒哀乐,只是自己在唱;或者也可以说,它仁慈,对所有的人完全一视同仁。半开的车窗,有让我舒服的晚风持续吹进来。鹰潭,就在前方渐渐浓起来的暮夜中。

看见

那个沉默男孩,正在用收集的家乡雨珠,耐心地,擦拭夏日那一道寂静的闪电。

念郎桥

江南水乡的桥梁多为石拱桥。桥工中的作头师傅（领头），将最后一块刻有"腾龙"图案的大方石（称"龙门石"）安放在桥面正中央，谓之"合龙门"。合好龙门，即告桥梁竣工。

造桥是暗含危险之事。**"合龙门"尤须择吉日吉时**，一般在清晨鸡鸣、太阳未出之时，忌将人影合入龙门。而且要万般小心，恭敬慎行，不然，必有一名工匠亡命。

在偏僻的江南乡野中，我遇到的这座残破石拱桥，它的故事，印证了上述说法。

相传，此桥在"合龙门"之日，因为耽搁了时辰，朝阳已起。恰有一新郎从"龙门石"上步行经过，晚上即猝死。新郎之死，为所有工匠消了灾，并给当地人带来了平安，于是将这座石拱桥起名"念郎桥"。

桥下券石上，"念郎桥"三个隶字，虽然漫漶，至今仍可辨清。

行刑者高顺昌

犯人被处极刑，清末民初仍用斩首方式。在江南无锡，民国初年还有行刑的刽子手。无锡史学前辈章振华先生，在他编著的《无锡风俗》一书中，介绍了一个名叫高顺昌的行刑者。

当时无锡城里斩首犯人，都由高顺昌执刑。奇怪的是，他只是一个业余的刽子手。

高顺昌住无锡城西水关附近，身材瘦小，细眼睛，额上青筋突起，两颊凹陷，臂细如柴，手似鸡爪。他本身是漆匠，不过既不受雇于漆匠铺，也不雇帮工，是一个独立劳动者。高顺昌除从事漆匠主业外，还兼为丧家死尸穿衣、入殓等。

高顺昌行刑用的鬼头刀，较普通单刀短尺余，但刀柄很长，刀背很厚，分量也很沉。**平时他将此刀挂在西水关城楼上**。如果县里通知他第二天要行刑斩犯，他就用梯子爬上去把刀取下，脱去皮壳，在西水关桥上打一脚盆水，用砂石磨刀。锈迹斑斑的刀，经他一磨，闪闪发光。

行刑前，高顺昌换上青粗布短衫裤，下腿用粗草纸裹着，外用细麻绳扎紧，以防行刑时斩犯的颈血喷溅，污染了他的裤子。穿戴停当，他卷起袖管，捎了那把鬼头刀，健步如飞地向南校场刑场走去。

行刑毕，他把犯人的斩条取下，蘸上犯人的颈血放入袋中。他取斩条有两个原因：一是以此向县衙门钱粮师爷领取工钱（420文制钱，即42个铜板）；二是藏着，将来临终时请人烧化，据说他的阴魂可以拿着这些斩条向阎王交账，证明他是奉命杀人，不算罪过。

行刑后的鬼头刀染满血污，但高顺昌故意不加揩拭。他从南校场出南市桥，向北往县衙门走去，到城中大市桥那些鲜肉铺门前停下来。肉铺老板连忙把早已扎好的一两斤肉送上。如不，他会把袋里蘸了血的斩条和鬼头刀放在肉砧上，假装休息，和别人闲谈。这样，血淋淋的斩条和那把刀放在那里，还有谁会来买肉呢？经过闹市区几家纸铺时，高顺昌又站立，纸铺老板也把早已准备好的草纸或表芯纸数刀送给他，说是给他揩刀用的。在那个时代，有人认为人血馒头可以治绝症，也有人认为斩人的鬼头刀能够压邪，如果有人托他用白馒头蘸血或借他的鬼头刀镇宅压邪，那他更有一笔额外收入。

辛亥革命后，无锡城中用刀斩决的犯人是因一起盗劫杀人案，凶犯五人，仍在南校场执行。监斩官高崇山，行刑者高顺昌。五个强盗砍了五刀半，第一个至第四个一刀一个，杀到第五个，高顺昌有些力乏，多斩了半刀。

高顺昌晚年时已经结束刽子手生涯，除了年老，那时行刑也已改为枪决。他死于20世纪30年代，享年80多岁。

战争回忆：一位营长的自述

1. 黑夜和泥泞中

我是营长。1月3日黄昏，我部在安徽繁昌的沙滩脚附近集结出发。

那天是农历腊月初六，下着雨，寒风凛冽。部队站在雨地里，老乡们都出来送行。驻扎此地3年，我们同这里的群众结下了深厚感情。

部队开动。雨越下越大，安徽南部山区的天，黑得像一口铁锅，倒扣在人们头上。因为路窄，队伍成一路纵队，在黑夜和泥泞中摸索前进。

1月4日拂晓，我们走到泾县的云岭附近。找地方埋锅生火，吃了一顿早饭。稍微休整片刻，又继续赶路。

很快，部队便到了章渡（云岭到章渡约4公里）。**章渡就在**

青弋江边。青弋江，源出安徽省黟县黄山北麓，于芜湖入长江，全长275公里，是长江在下游地区最大的一条支流。青弋江边的章渡，是北去泾县的交通要道，从云岭方向南下的部队都要从这里过。

我们赶到的时候，军部直属部队已经挤在江畔。因为江上只有一座简易浮桥，大部队根本无法通过。于是，我们营在上游方向选了一段较浅的河道，动员并组织大家涉水过江。

正值严冬，天气很冷，大家把裤管卷到膝盖以上，开始涉水。刚下过雨，青弋江水冰冷彻骨，赤足一进河水，马上打起寒战，不一会儿双腿就麻木了。江水很急，脚底的石头不断在移动。身边不断有战士不慎摔倒在江中，浑身湿透。部队过得很慢。

1月5日，我们到达章村、溪口、茂林一带的指定位置。部队已经很疲劳，就在附近的村庄、树林里休息，等待军部对下一步行动的指示。

2. 跑步前进

这次北撤，全体部队9000人，共编成左、中、右三个行军纵队。我们营所在的团，属于右路第三纵队，作为全军的后卫，随军直属队向丕岭方向行动，任务是随时准备迎击尾随我们的敌人，保证军部所在中央纵队的后翼安全。

1月6日夜，天继续下着冷雨，山陡路滑。我和副营长老马带着部队，作为团的前卫，紧跟在军部后面。

这时，前方漆黑的山岭处突然传来一阵阵枪声，敌军开始拦截我军，前方部队与他们发生了激战。**震惊中外的一场局部战争，自此爆发。**

由于前进受阻，行军速度很慢。1月7日下午两点左右，军部通信兵突然跑到我们队伍面前，找到我说：军首长要求你们团马上跑步前进，赶到军部！我问是什么任务，他说不清楚。

我们随即向后传令，加快了行军速度。道路很窄，前面的部队知道我们有新的任务，都停下来，站在路边，让我们过去。虽然又冷又饿又累，但战士们士气很高，没有多长时间，我们便赶到了军部所在地：丕岭脚下的百户坑。

百户坑说是一个小山村，其实只有几间简陋的茅草屋，军指挥所就临时设在这里。我们赶到时，刚好军长从星潭方向看地形回来，他提着手杖，走得很急，身后跟着一些工作人员。看到我们赶到，军长很高兴，说，你们来得正好，敌方部队正在星潭、徽水河一线构筑工事，阻挡我们前进，现在我方攻打星潭受阻，你们赶紧察看地形，做好战斗准备，等军部决定以后，在星潭附近河岸选择有利地形，强渡徽水河，消灭对岸的敌人，为全军打开前进的通道。

军长讲完，就快步走到上面几间茅草屋里去了。我当即带上几个连长，到前面察看地形。部队原地待命，由老马进行动员。

3. 察看徽水河

徽水河，是青弋江上游的支流，弯弯曲曲从旌德方向的濂岭流下来，在星潭附近，河道有四五十米宽。由于几天来连续下雨，河水上涨，水流很急，河道中心有齐腰深。

敌方约有一个团的兵力驻在徽水河南岸，正在构筑工事，看样子他们也是刚来不久。在看地形的时候，我方兄弟部队还在继续攻打星潭，星潭上空笼罩着浓重硝烟。由于敌人凭险固守，我方进攻一直没有突破性进展。

根据这些情况，我们决定避开敌人正面，从星潭以北檀皮庄附近强渡徽水河。因为这里河道相对狭窄，对岸敌人工事也不甚完备；而我们这边的河岸山坡上又到处长满了松树和高密茅草，便于部队隐蔽突袭。只要组织好火力，付出一些代价，强渡过河，夺取对岸阵地，打开一条通道，是完全可以做到的。几个连长都很有信心。

看好地形回到百户坑，已经是1月7日黄昏。这时副营长老马也已经组织部队动员完毕。为了渡河作战，部队进行轻装，大家把棉被、棉裤里的棉花都掏了出来，只穿一条夹裤，背一床夹被，除了武器弹药，能不带的东西都尽量扔掉。

天黑下来了，军首长们正在开会的茅草屋里已经亮起灯光。大家听着星潭方向的枪声，焦急地等待着军首长们的最后决定。

茅草屋里这时传出的，是激烈的争论声。会议开了很久，最后他们决定：部队由原路返回，重新折回里潭仓，再向泾县方向突围。

会后，部队开始原路向后转，原来的前卫变成了后卫。军长突然来到我们团，他心情沉重地说：你们团连夜由原路返回，走里潭仓，去抢占高岭，遇到敌人就坚决消灭，**无论如何要在高岭坚守 3 天**，阻住由太平方向来的敌人，掩护军部和大部队向泾县方向突围。完成任务后，你们可以分散单独行动，在皖南坚持游击战争，再等待时机，北渡长江找大部队。

4."你们是哪一部分的？"

高岭，位于里潭仓的正南，在濂岭、麻岭之间，海拔 1000 多米。这里山岭蜿蜒起伏，地势险峻，是阻止太平方向敌人北进泾县的重要屏障。

1 月 8 日拂晓，连夜赶路的我们到达高岭。刚刚爬到山顶，就看到敌方部队正坐在不远处的山梁上休息。我迅速把部队分成两路：一路抢占顶峰，一路由我带领，向敌人迎了上去。

走不多远，敌人也发现了我们，便喊话过来：喂！你们是哪一部分的？

我们故意回答：我们是一四四师的！你们是哪一部分的？

对方答：我们是七十九师的。

我们加大声音：谁知道你们是哪一部分的，你们派两个人过来！

不一会儿，那边摇摇晃晃来了两个兵，走到跟前，猛然看到我们胳膊上的袖章，一下子明白过来，刚要呼喊，我们几支枪已经顶在了他们腰间，吓得他们不敢出声。

我们要他们按照我们所说，给山上回话。这两个兵只得扯起嗓子，对山上喊："自——己——人，不要误——会——"

听说是"自己人"，敌人放松了戒备。我们趁机像猛虎扑羊一般，迅速冲了过去，山头上的敌人还没明白怎么回事，便被我们的步枪、机枪、手榴弹打蒙了。敌人的这一个营，就这样基本被我们消灭了，只剩少数几个人连滚带爬跑下山去。我们顺利占领了高岭。

这时，全团也很快上来了，各营立即控制各制高点，抢修工事，准备迎击敌人反扑。由于全团据险固守，敌人一次又一次的冲锋都被我们狠狠打退。我们据守的山顶上，有一座用石头砌成的旧山寨，因年代久远，大部分已经坍塌。为了节省子弹，敌人进攻时，我们往往利用有利地形，一齐向下掀石头，漫山遍野的大小石头，越滚越快，砸得敌人无处藏身，鬼哭狼嚎。从此，敌人再也没有敢上来。

在高岭，我们坚守了整整3天，敌人在阵地前横七竖八地丢下了几百具尸体，而我营只伤亡二三十人。高岭就像一道钢铁屏障，牢牢挡住了太平方向的来敌。我们胜利完成了军长交付的任务。

5. 上东流山

1月10日黄昏，部队从高岭下来，根据团首长的决定，我们重新返回里潭仓，追赶军部，进行突围。

天像被子弹打漏了似的，整整一周了，还在下着雨。连续打了几天仗，战士们又冷又累又饿，已经疲惫不堪，但由于在高岭打了胜仗，缴获了敌人不少枪支弹药，我们也没有什么伤亡，部队情绪还是很高的。一路行军，我营继续担任团的前卫。我带着队伍，走在最前面。

过了里王家，遇到了我们许多的零星人员。1月11日拂晓，当我们赶到石井坑时，听到四周山上到处响着枪声，石井坑周围的几个村庄以及山坡、路旁，到处有不成建制的部队。我预感到部队突围很不顺利。询问周围的人，说是前天在高坦打了一仗，部队在夜间失去了指挥，被冲散了，并说军部就在前面，军长正在组织部队。

我赶紧带着队伍往前赶，远远看到前面树林里有电台的天线，知道军部就在前面。走近了，看见军长站在一个小土坡上，手里举着望远镜，正在观察周围山上的战斗，身上还穿着那套黄呢子军装，神情很镇静。

见到我们队伍很整齐，军长高兴，他笑了笑，对我说：又碰到你了，你们来得好！现在我们的部队正在石井坑周围的山上跟敌人激战，部队已经很疲劳，你们赶快上东流山接防，把教导总队换下来，掩护其他部队休整。

队伍出发前，军长用目光看着全体战士，提高声音对大家说：你们是一支屡建战功的老部队，军部之所以把坚守东流山的任务交给你们，就是考虑到你们是过硬的！大家一定要坚守住东流山的阵地，东流山不能丢！说完他指着旁边山坳里的指挥所，又大声讲：**我就在这里，跟大家同生死，共存亡！**

听了军长的话，部队情绪非常激动，大家不约而同呼起口号：坚决听从军长指挥！坚决打退敌人进攻！部队士气大振。

东流山是黄山余脉，位于泾县茂林镇东南侧，距泾县城约20公里，主峰海拔800多米。山上没什么树，除了一人高的茅草以外，全是石头，山势陡峭，起伏不平。我和老马带领部队很快上了山。

6. 机枪吐出愤怒火舌

1月11日，阵地上只有几次小的接触，没什么大的战斗，我们赢得了一天的准备时间。而且到了下午，连日阴雨的天空终于出现了一点阳光。

1月12日上午，敌人连续进攻了十几次，都被我们一一击退。下午，敌人开始总攻。

我们的对手是从星潭方向过来的一个师，装备比较好。总攻开始后，敌人先用大炮朝东流山猛烈轰击，整个山头被炮弹炸得土石横飞，硝烟滚滚。快接近我们时，炮火停了，改用机枪扫射，**密集的子弹把茅草都扫断了**。

他们仗着人多势众，成营、成团地轮番进攻。我们的捷克ZB-26式轻机枪、马克沁重机枪，吐出愤怒的火舌，手榴弹也发挥了最大的威力。战士们像猛虎一样，枪管打红了，就从敌人尸体堆里捡一支再打。尽管有几次敌人已经冲了上来，但是到12日黄昏，冲击东头山的敌人还是被我们反击了下去。

激烈的战斗中，部队伤亡很大。但从抓到的俘虏口中知道，敌人伤亡更大。敌方一个旅长被我们击毙，另一个旅长被击伤，人员损失过半，敌人这个师基本被我们打残了。

这一夜没有什么动静，我们抓紧时间一边整修工事、整顿组织，一边派人到敌人尸体堆里去收集武器、弹药和食物，充实自己。大家心里明白，更严峻、更残酷的战斗在等着我们。

7.带着气泡血涌出来

1月13日上午，也没有大的动静。远远望去，正面山下的敌人正在频频调动。一夜之间，对面阵地上新挖了不少工事。

1月13日下午，敌人又开始总攻。这一次，敌人显然增加了兵力，他们首先用八二迫击炮轰炸我们的阵地。顿时，山顶又被爆炸的烟雾团团罩住，阵地上到处是炸断的树枝和炮弹掀起的黄土，茅草和松树燃烧起来，发出哗哗叭叭的声响。

敌人炮击时，部队都趴在战壕里，不时有炸飞的树杈砸到头上和脊梁上，大家忍着疼痛，警惕地注视着山下敌人的行动。果然，跟着炮击，敌人又一群一群向阵地冲上来。战士们在数倍于我的敌人面前，毫不畏惧，英勇反击。阵地有几处被敌人突破，战士们就同冲上来的敌人肉搏。有的连续刀挑了几个敌人，还勇猛如常；有的负了重伤，就抱住敌人滚下山崖；有的在敌人的围攻下，干脆拉响手榴弹跟敌人同归于尽……山坡上堆满了血肉模糊的尸体。

敌人已经孤注一掷，他们一次又一次向我们的阵地发疯扑来，不但攻我们的正面，而且攻我们的侧面、侧后面。我组织阵地上的战士们顽强反击，我们用马克沁重机枪，对着敌人的主攻方向猛扫，有的战士把几个手榴弹绑在一起，往敌人堆里甩。这突然密集的火力，打得敌人像秋天收割的高粱一样，一片一片地倒下去。

突然，我猛然觉得胸部像是被人狠击了一拳，接着，**带着气泡的血**，从左胸上部涌了出来，子弹已经穿透胸部，前后棉衣很快被染红了。副营长老马听说我负伤，急忙从后面上来接替我指挥。没多久，敌人又进攻了。老马看到我们营已经伤亡大半，气得两眼冒火，他把指挥旗一举，大喊："为牺牲的战友报仇！向敌人讨还血债！坚决把敌人反下去！"在他的带领下，队伍像狂风般扫下山去，敌人退却了，阵地仍然掌握在我们手里！

就在反冲锋时，老马的左胳膊也负了伤，因为流血过多，卫生员背回来时，他已经昏迷。看到这种情况，我躺在阵地上，让通讯员迅速报告团部。团里派来了接替我们的指挥员，我和老马便被抬下山去。

卫生指导员把我们抬到一个僻静处休息。这时，团里一位领导赶上来看望我们。他看了看我们的伤，对我说：团里已经接到军长命令，准备在今天黄昏以后突围；又说：你们打得很好！请放心，团里已经商量好了，准备给你们每人组织十几个小伙子，轮换抬你们一起突围。

听了这话，我心想，我们的伤都很重，要别人抬着突围，不仅行动起来很困难，而且还减少了十几个人的战斗力。想到这里，我对团领导说：我们负伤以后，不能带兵打仗，已经焦急万分，如果再让战友们抬着突围，会给部队行动带来很多麻烦，我们不能再拖累部队，如果组织上相信我们，就让我们带一个卫生指导员、一个侦察班，就地隐蔽养伤，**如有可能活下来，伤愈以后，待机过长江**，争取早日归队。

最后，团里同意了我们的意见，要我们注意安全。这样，我们便带了一些药品、粮食、食盐和一竹筒熬熟的猪油，告别了部队。

后来才知道，我们离开阵地不久，部队就组织突围了，下山后全营只剩下几十人，其他战友全部壮烈牺牲在东流山上。

8. 隐蔽在半山腰

1月13日我们告别部队时，天已经完全黑下来了。侦察班的战友用树棍和绑带做了两副简易担架，抬着我和老马顺着一条山沟，向枪声稀疏的方向前进。

走了一段时间，听到四周山上到处都有敌人的吆喝声。为了不留下足迹，我们顺着水沟往前走。走着走着，来到一个山坡很陡、林木茂盛的山谷。坡上长满了高大的杂树和灌木丛，谷底,是一条弯弯曲曲的山沟,夜里能清楚地听到沟里哗啦哗啦的流水声。凭着多年游击战争的经验,我们决定在这个山坡上找地方住下来。

好不容易爬上一个陡坡,再往上走,担架就不能抬了。我让大家把担架放下来,老马和我由几个战友架着上山。为了不暴露我们的行踪,后面的人小心地用树枝把脚印扫掉,再盖上一些枯树叶,并把踩倒的枯草扶起来。大家一步一步往上爬,终于,在半山腰找到了两块小平地,十几个人便分两处住下来。

1月14日早晨,激烈的枪声已经听不到了,山顶和山脚底下,到处都是敌人的喊叫声。我们潜伏在敌人的鼻子底下,一切行动都轻手轻脚,非常小心。不敢生火做饭,只好用咸盐和猪油拌着生米嚼。

敌人在搜山,我们只有待在山上不动。山上长满的红豆杉、枫香、马尾松、苦槠、杨梅树、石楠和核桃树,严严地掩护着我们。

天又开始下起小雨,我们几个人便挤在一起,头上顶着几块仅有的小雨布。睡觉的时候,大家折了一些树枝铺在地上,**人就睡在树枝树叶上,山上下来的雨水从身子底下流过去**。腊月的寒风一吹,又潮又冷,冻得人浑身直打哆嗦。雨后来总算停了,但突然之间,西北风又卷起鹅毛大雪,白花花地向山上扑来。雪越下越大,越积越厚,大家的脚被埋在雪堆里,不一会儿就冻僵了,脸上、耳朵像针扎一样疼痛。

9. 一头大野猪解除了我们的危险

在山谷中的那些天里,我由于胸部贯通,流血过多,身体很虚弱,稍微活动一下,就浑身直冒虚汗。老马是左肩胛骨被打穿了,伤了关节,连续几天发着四十度的高烧,痛得他直打滚。卫生指导员给他吃止痛药,也无济于事。我担心老马得破伤风,问有没有什么预防的办法,卫生指导员回答说:"药品很缺,能做的都做了,现在也没有别的办法了,只好听天由命。"非常幸运,过了几天,老马的高烧退了,我也能慢慢地活动了。

敌人还在不断搜山。他们成营成团地在山下摆开队伍,像梳头发那样,一个山头一个山头地搜过来。我们所在的山坡很陡,山上到处是雪,他们怕冷,在坡底下打几声冷枪,咋呼两句就走了。因此,我们隐蔽的地点,一段时间还比较安全。

可是,有一天,敌人向我们这个山坡搜来了。他们一边咋呼一边往上爬,盲目地打着枪。大家马上做好战斗准备,驳壳枪里压满了子弹,手榴弹握在手里。当时我们决定,不被敌人发现决不自己暴露目标,即使敌人放火烧山,宁愿烧死,也不暴露其他战友;如果敌人来了,就跟他们同归于尽,坚决不做俘虏。

敌人走近了，拨动树枝和茅草的声音已经听得清清楚楚。我们还听到敌人这样的对话：

"排长，这里没有人哪，太陡了！"

"我不信，你他妈的真笨蛋！越是上不去的地方越要搜，说不定这儿真有他们的伤病员，快给我搜！抓到了有你的赏！"

说完，这个敌排长就呼哧呼哧地往我们隐蔽的地点爬上来。

千钧一发，大家迅速交换了一下眼色，准备一旦这个家伙上来，先把他打死，然后再同敌人拼。

大家沉住气，等着这最后的时刻。突然，呼的一声，在我们下面十多米处窜出了一头大野猪，从敌排长的身边钻进了乱树棵子，把搜山的敌人吓了一大跳。他们神经质地朝野猪逃跑的方向放了几枪，气得敌连长在山下骂起来："三排长，**你这个笨蛋！有野猪的地方还能有人吗？快给我下来！**"敌排长受了一场惊，挨了一顿骂，垂头丧气地带着部队下去了。

10. 两个战友当场被捅死

从那以后，敌人不再搜山了，但是山下仍旧控制得很紧。晚上他们在路口、要道派潜伏哨。山上没有水，我们听到山沟里水哗哗地响，也不能下去喝。卫生指导员看我们渴得不行了，冒着危险，晚上悄悄地从山上爬下去，用随身带的一个热水袋在溪沟里灌满水,再往回爬,一边爬一边还要把身后的痕迹遮掩起来。好不容易搞到一点水,大家高兴得要命,谁也舍不得多喝,只轻轻地呷上一口,润润干得冒烟的嗓子。这样一直坚持了20多天。后来有一天,卫生指导员从溪沟里爬上来后,只背着一个空水袋。原来返回的路上,树枝把热水袋剐了一个大口子,水全漏光了。

这时候,生米也嚼光了,饥饿、寒冷、伤痛威胁着我们。在严酷的环境面前,有的战友开始出现急躁情绪。为了安定情绪,鼓舞信心,晚上我们就讲之前的胜利经历,讲将来突围以后的打算给大家听,说明只要团结一心,坚持到底,就一定能够战胜困难,顺利突围。

为了解决吃的问题,我们发动大家在身边挖野菜,找野果和无毒的植物块根。我们还从山下挖来生油菜,放上一点盐,揉了揉以后就吃。这样的生油菜放进嘴里,又苦又涩,一股生辣味直往鼻子里钻。我和老马首先抓起一把,鼓励大家说:"来,看谁吃得快,吃得多!吃下去就是胜利!"于是,呼呼啦啦一会儿,装油菜的茶缸全空了。大家似乎吃的不是生油菜,而是又香又热的白米饭。

就这样,我们在陡峭的山林里,度过了春节。

大约坚持到1月底,敌人开始松懈,只是白天在山顶上放哨,夜里就撤了。我们决定派几个人在黑夜下山,侦察敌人情况，探索突围道路，并买回一些粮食。

两天过去了，下山的战友毫无消息，我们非常焦急。一直等到第三天上午，才回来两位。看到他们难过的神色，我们知道事情不好了。他俩说，他们下山后到了一个村庄，进去几位战友，他俩在村外警戒。不一会儿，**听见战友的惨叫声**，就明白中了敌人的埋伏。不久，看见敌人押着我们的人走了。等敌人走远后，他俩进了村，一位老太太说，敌人的便衣，埋伏在村里，我们的战友一进去，就被捆起来吊打。惨无人道的敌人，像野兽一样，把擦枪用的通条，烧得通红，往他们肛门里捅。我们的战友非常坚强，宁死不屈，没有泄露一点秘密。当场就被敌人捅死了两个，剩下的被押走了。

根据汇报的情况，我们分析后决定，暂时继续隐蔽。

11. 好人凤木匠一家

到了2月底，敌人的包围松下来，我们白天也可以在山上活动了。这时，我和老马的伤都已经大有好转，能够和大家一起做些轻微的活动。一次，我们转到所在山坡背后的山梁上，忽然山腰里冒出一缕白烟，远远地也能听到狗叫的声音，晚上还能看到隐隐约约的灯光。我们判断：那里肯定有人家。

一天晚上，我和老马商量了一下，决定到那里看看，了解一下情况，再弄点吃的。我们走到这家老乡的门前，正准备叫门，突然一条大狗从柴草堆里窜出来，冲着我们乱叫。随着狗叫，屋门打开了，走出来一个老乡。他一见我们胳膊上的"抗敌"袖章，就明白怎么回事了，赶紧把我们领进屋，并把躲藏的家里人都喊了出来。

老乡妻子给我们烧了一锅香喷喷的米饭，还给我们端来了蜜枣。交谈中，知道这家人姓凤，父亲叫凤大树，我们喊他凤大爷；儿子叫凤志旺，是木匠，我们喊他凤木匠。凤木匠说，我们老百姓都明白，**你们是好人受难！**他接着介绍，现在查得很严，他家房子后面山坡上就有二三十个敌人，天天在那卡路口，你们千万不要轻易下山。

凤木匠问我们住在什么地方，我告诉他就在后面山坡上露宿。他听了以后，急忙说："现在山上到处是雪，你们身上又有伤，那怎么行。这样吧，我家山后有一座旧木炭窑，里面挡风避雨很暖和，你们可以进去住。"

他见我有些迟疑，就说，这口窑是他家过去自己砌的，已经多年不用了，现在谁也不知道，上去没有路，敌人也不会来。听了这番话，我们决定去住。凤木匠非常高兴。我们在这户老乡家谈得很晚。临走时，听说我们早已断粮，凤木匠家又给我们炒了一面袋玉米花，给了一些食盐和一大袋蜜枣。我们给他钱，他怎么也不要，后来我们讲这是部队的纪律，他才勉强收下。

当天夜里,凤木匠就把我们带到炭窑,还背来一大捆干茅草,让我们铺在窑里。我们长时间露宿山头,一进这木炭窑,浑身感到又舒服又暖和,心里也是暖烘烘的。这一夜,大家终于痛痛快快地睡了一个好觉。

打这以后,凤木匠经常装作上山砍柴,悄悄地来看我们。每次来,总给我们带来一些吃的东西。他经常下山到茂林镇做活,每次都给我们打听消息,并买一些米,回到家就赶紧送来。

一天晚上,我们又到了凤木匠家。一进屋,就觉得出事了。满屋是敌人抢砸后的惨象。凤大爷告诉我们:下午**敌人包围了他家,问买那么多米干啥**,要他们老实交代。凤大爷说了声不知道,就被他们打掉了两颗牙齿。后来又把他儿子捆走了。凤大爷愤愤地说:"狗日的,越是这样凶狠,越不得人心!没有好下场!"我们一面安慰他一家老小,一面帮助整理敌人翻箱倒柜时扔出的东西。

为了以防万一,我们转移了一个地方,并派人下山打听凤木匠的消息。过了两天,下山的战友回来说,据群众讲,凤木匠真是个硬汉子,口真紧啊!敌人用绳子拴住他的两个脚拇趾,反吊在屋梁上,用皮鞭抽打,让他说出我们隐蔽的地方。凤木匠宁死不讲,只说买米是他家自己吃的。没有人性的敌人,又将他双手的指头扎紧,顺着指缝钉进松树枝,然后拔出来,再钉进去……直到十指都见了骨头。**凤木匠疼得昏过去**，又被他们用冷水泼醒……即使这样，凤木匠还是什么都没说，敌人没办法，只好把他放了。

一连几天，我们派人暗中注意他家的动静，发现凤木匠伤势稍好以后，又到我们原来住的地方找我们，看样子他不仅没有灰心，反而更加坚强。于是，我们同他见了面。我们抚摸着他受伤的双手，双方都激动得说不出话来。

凤木匠对我们说："敌人放我回来，可能会盯梢，你们是不是转移一下，我带你们到山那边的一个亲戚家隐蔽一段时间再说。"当晚，凤木匠带我们翻过山，走了二十几里路，来到一个叫金毛坑的地方。这一家户主姓姚，我们叫他姚老板，老婆姓陈，我们叫她陈大嫂。他家草棚后面有一片树林，我们就隐蔽在树林里。姚老板为我们买米，陈大嫂帮助我们照料伤病员，他们的大儿子（小名叫姚和尚）十二三岁，为我们送信、送饭。

我们在金毛坑住了一段时间，凤木匠又把我们接回了他家的炭窑。

有了凤木匠的帮助，我们的生活明显好转，身体也一天天好起来。

到了3月，我和老马的伤基本痊愈，敌人的设伏卡路口也松多了，白天我们也可以在山上大胆地活动。由于不断地在山上碰到事变中失散的战友，我们的队伍一天天扩大，已经有30

多人了。凤木匠的炭窑住不下了，我们便搬到山上，用树干搭棚子住。这时，我们开始准备突围。

12. 突出重围

转眼之间，就要清明了。山上山下到处一片新绿。**被炮火炸断的树干已经抽出新芽**，人们在被炸弹翻起的新土上，又播下了春天的种子。凤木匠家正在忙着育秧苗，山坡坑口到处可以看到劳动的人群。看到这些，我想，尽管这里依然遍地残留着战争的痕迹，但是春天毕竟又来了。

清明节一过，我们决定实施突围。这时，敌人外圈的包围松了许多。听凤木匠说，敌人怕群众有组织地帮助我们，把以前的保长、甲长都换掉了。其实他们哪里知道，新换上来的许多人还是向着我们的。

正式突围的那天黄昏，我们在凤木匠家门前集合，每人身上背一袋炒米，一一向凤家告别。凤木匠眼睛湿润，拉着我的手说："你们走吧，将来有一天打回来，千万别忘了来看我们。"听了凤木匠的话，大家都流下泪来，连说："忘不了，忘不了！我们一定会打回来！"队伍走远了，我回过头看，**落日余晖中，凤家人还站在房前的那棵树下，向着我们摇手**。

告别了凤木匠家，我们避开大路、村庄，专沿山间僻径，向茂林、章渡、北贡里、戴家汇、板石岭、泥埠桥方向急速赶路。我们几十个人分成了几个战斗小组,行军时拉开一定距离。为了防止意外,一路上,太阳一落山,我们就走;天亮前就潜伏在山里休息。渴了喝口山泉水,饿了嚼把炒米,轻易不到村里去。就这样一直走了三夜。

到了第四天,队伍来到过去我营的驻地老虎山。这里的地形我非常熟悉。这个村西边有一座大庙,庙的四周是一片毛竹山,地形很隐蔽,躲在庙里,老虎山的情况看得很清楚,万一有事,出庙就可以上山。我们决定在这里潜伏一天,打听一下情况再过长江。

过去我们驻扎这里,庙里的和尚都认识。一看见我们这么多人,他们又惊又喜,赶紧招呼大家进殿休息,并主动介绍了周边的一些情况。我们在庙里待了一天,美美地吃了一顿竹笋白米饭。天黑以后,我们连夜赶到长江边**繁昌县境内的油坊嘴**,通过老乡找到了渡船。

黎明前,我们一行几十人,未放一枪,终于顺利过江,突出重围,到达了长江北岸无为县的白茆洲。

(此文综合、改写自《皖南事变回忆录》,傅秋涛、叶超等著,杨明主编,安徽人民出版社、上海人民出版社1983年2月联合出版。谨此致谢!)

| 苏皖交界·冬月

朝南山坡上,散立的冬天树枝,像静默凝固的黑色火焰。书院和乡镇间的河流内部(流向太湖,范蠡和西施曾经潜舟于此),倒映着夕阳。红云燃烧。一座孤独的烟囱。像孤独默立的艺术装置。烧制紫砂陶器的火焰早已停止。龙尾桥。杨梅涧。涧,如落叶枯寂。散堆滚落的冬笋,像古代小脚女人的尖鞋。应山寺。应山。是谁,在应答山的秘密问询?竹林的青碧影丛中,两个古黄的僧人,蹲在山殿之旁。正是竹子砍伐之季。**被砍伐的粗长毛竹**,在路侧,在捆扎堆放的拖拉机或大型卡车之上,**疼痛、青碧**。一位腰后挂着竹刀的山农,扛拖五根扎在一起的青竹,正从曲折的石头山道上缓步而下。

然后是浓暮。江南丘陵山区。一条长长、蜿蜒的山沟中,是一条长长、如线的公路。被两山夹住的、散落的山沟人家,次第,亮起了灯火。而我的脑海中,还全是白昼经历过的乡镇。乡镇,永远像热闹的梦境。水果摊。鞋子摊。带着泥土根须的花木摊。鸡蛋糕和面包摊。日用杂货摊。奶茶摊。衣服摊。音响摊……全部堆放在街沿,并永远暗暗涌动,欲要堵满整条街道。

浓暮的山沟中,全是冬天的银杏。数百年或上千年的古老银杏。落光了扇形叶子的银杏树冠,疏朗,尖锐,**刺破暗蓝的空气**。银杏古老的深山之中。结婚人家灯火堂屋里的大红喜字。烟花爆竹的满地纸屑。杨梅烧酒。后方前圆的质朴竹筷。红漆的八仙木桌上,摊放着半爿日间刚刚斩杀的新鲜猪肉。八都。刘秀躲藏过八次的江南之地。紫笋街。紫笋乡街上整洁好吃的大馄饨。紫笋茶。茶叶之色似早春拱土的紫色之笋。陆羽。陆鸿渐。墨汁的《茶经》。江浙交界的山中榛莽间,孙权射虎的嗖嗖箭镞之声,依然,在烫红此时的夜空。紫笋茶冷了。偶尔有狗吠。山中夜晚突然来临的逼人寒气,让**银杏树枝间的一轮冬月**,愈加皎洁。

周铁镇

因周朝设铁官于此,故称周铁。这一座江南古镇,坐落在形如蜷缩胎儿般的太湖的西岸。或隐或显的湖风味道。参差残荷。公路边有自发的鱼市,塑料盆筐中,常有银色的鱼身跃起。田野中的金黄稻穗,透出静静的、沉郁的收获之美。

土黄的**城隍庙前,挺立千年古银杏**。粗壮,枝繁叶茂。白果成熟时,会自己掉下来,闲坐的镇人就会捡拾。两个老年男人坐在树下。乐心介绍,其中一位会画道士的符。送他们新采的橘子尝尝。河岸老宅连绵。清代残损的牌坊立于其间,粗糙黄石构件。周铁老桥。20世纪80年代建造。水泥单拱,高高的。桥下是有些急的横塘河,一直通向太湖。

下桥。老镇之东街。遇人乐心皆熟。香烛店老板70多岁,完全不像,看起来50多岁。乡邻都信赖他,据说**他保管了周围邻居的7把钥匙**。"长脚",头发吹得油亮。"跳舞去。"他是泥水匠，长得高，所以人称"长脚"。理发店男人也看着年轻，刚从常州回，"小辈在那里"。东街40号，即是属于乐心的"牧笛书屋"——友人"老农"所书隶字。单开间。靠壁书架。一张长木茶桌。两层，由木梯可上。窗口挂有两只小葫芦。

老镇格局依存的十字街头。往北街走。传统的江南乡镇的杂货店。灰尘般冷落。程天民，第三军医大学校长，周铁镇人。木楼上的镂空雕花砖砚。与横塘河垂直的小河。老石桥。**竺西书院**。在竺山之西，故名。书院内供奉乡中前辈、南宋词人蒋捷。书院清末建，培养乡中人才累累，其中有中国首批留英人士。书院内植有樱桃和芭蕉。"流光容易把人抛，红了樱桃，绿了芭蕉。"蒋捷传世名句。两河汇合处水面宽敞。桥与亭台。风筝博物馆。乡镇上的博物馆。周铁是风筝名镇。鹞笛与鹞灯，风筝饰件，一个会响，一个会亮——在风中，在夜晚。物质之后的精神性娱乐。江南之富足象征。馆内志愿者小伙，据说身体有疾。

沿河向南走。美人蕉。菊花。蟋蟀草。椭树。枣树。天竺枝。种在盆里的青菜大蒜。那人的茶杯放在河沿栏杆上，脚也搁上去，朝对面城隍庙前小广场喊：吴司令，好开始了。对面的他们在练"十番锣鼓"。横塘河水。曾经和现在都可以扳银鱼。新镇区。高桥桥塊。农贸集市。老凌卤菜。各式时尚店铺。新镇区十字街头。往北走，到"群英饭店"。乐心乡邻，企业家宋广州请。陈大哥。"镇长书记的话可以有的听有的不听，但陈老兄的话，错佬也要听。"宋说。还有红卫，比乐心小4天的老弟。自小就同学。灵山大佛的吴国平是他们一个班的。"红卫是人物，把自己的厂700多万卖掉，现在是镇风筝协会的秘书长。"据说他有一手好厨艺。皇家黄色、矮瓶的白酒，"市政府招待就用这种酒"。红烧老鹅。花瓣状的茄汁鱼片。香菜牛肉片汤。油爆再红烧太湖虾。红卫与宋。上海滩往事。"借了两千块钱，先安排他们吃住。"红烧面。宴散。走回东街"牧笛书屋"吃茶。镇街古老的静。一盏孤零零的路灯。说话。乐心的病。光滑细腻的青石板路。和马汉穿过夜街，回住处。宋老板开的快捷酒店。我410房。窗外市声不歇。

早上7：30。乐心来。快捷酒店的三张早餐券，需在店外的一个早餐铺用餐。"无锡小笼包"。我要的鸡蛋面一般。马汉粥。乐心赤豆汤。早饭后。开车到小学门口。前文化馆长岳老师在**等待，他是岳飞之子岳霖后代**。去看镇西稻田当中的岳飞衣冠冢和岳霖墓。岳家与宜兴缘深。岳飞第二位夫人，是宜兴人李娃。生有岳霖等。岳飞在宜兴剿湖匪。此地的衣冠冢，比杭州西湖边的岳坟早。成熟稻穗之香。广大稻田，当年岳飞演兵场。四面环水。有四顶桥与外界交通。看见青龙桥、武昌桥。河对岸人家累累欲坠之红柿。有老妇在割稻。有中年西装男在清理空心菜根。**青石老桥上，晒满新稻草把**。特别清香。稻田中间蜿蜒狭窄的乡路，汽车犁开稻浪。

辞别岳老师，去儒芳里。莫森渊先生，乡中收藏人士。藏品有陈立夫字，有清朝宜兴词论家周济（止庵）四个立轴画。莫先生父，系苏南兄弟道房领头人，画有十殿阎罗。另有剑人者，工笔画极佳。莫先生自己爱画葡萄，带拙朴乡土气。儒芳里，与苏东坡有关。当年坡翁从太湖上岸，路经此地，赞叹"孺子可教，儒风芳菲"。吴冠中1981年在此地画过一幅油画。所画村中白墙夹成的小巷，如今犹在。莫之收藏，还有唐三彩、宋碗等，他还帮人设计工厂生产流水线。他与杨仁恺等友善，送我打字复印本兄弟道房书。村中对联全系他撰。某联中有一字不工，但文气尚浓。乐心带领我们去一农庄吃饭。红烧鸡、一网鲜。**包间窗外，是苏南乡野间的寂寞大河。**

南方星空

福建、浙江的星空,闪烁有**太平洋的鱼鳞之光**。无法胜数的鱼们,箭雨般跃上夜空,然后停止。它们银质细腻的鳞片,在呼吸、翕动。

江苏的星空。"蘇",鱼和米。它历史上曾经密集丰腴的鱼米,今天,因为工业的蒸腾,已经日渐干涸、稀散。

上海的星空,**由人类伟大的科技重塑**。这是亿万璀璨,似乎永远不会停熄的幻感灯彩。它繁华而冰凉,热烈又冷漠。在冰凉、冷漠的镜像中,上海星空泄露了它隐藏的本质:人造式的虚假。

安徽星空的结构,注视久了,有**雕梁和马头墙的影姿**。徽式建筑,徽式星空。仔细辨认,安徽星空中,有淮河和长江的泠泠水声。

江西的星空,充满山脉深绿的馥郁;偶然的午夜,又有红壤汹涌而下的灼烈温度，会烫醒我们的睡眠。

湖北、湖南的星空永远新鲜潮湿，它们**被古代的云梦大泽熏染**。屈原的灵魂，在每一粒楚地的星尖，闪射至今疼痛的银光。

——浩瀚盛大的江南星空，**照耀**黑夜，也照耀黑夜中，那个，仍然醒着的我。

地铁站内的"爱情毒鸡汤"

江苏无锡。地铁1号线"市民中心"站。地下的某条商业走廊。乳白带黄的浅色地面,洁净如镜。它倒映着上端的各色灯光,因此,如镜的地面,像深渊似的大海;这整座海里,还散发出**面包、奶油和咖啡热腾腾的香气**(源自"面包新语""全家"或某间狭小的奶茶铺)。走廊两侧墙壁上,有广告,特别引人注目的,是巨幅手绘的妙龄女郎胸部至脸部的艳丽图像。不过,这些表情各异的女郎图像,只是底图和背景,印在上面的,是"一句爱情毒鸡汤,请你细细把它听"——当然,"爱情毒鸡汤"并非只有一句,且抄录如下。

人世间最快乐
的事就是看着
你慢慢变老,

而我依旧

美丽动人。

——Timothy（提摩太）

（海尔 Haier 冰箱广告。**高尚大气**的一台冰箱，矗立在冰雪山原的背景之上。"时间在变，新鲜不变。海尔冰箱，锁住新鲜。飨宴系列，全空间保鲜"。）

当你觉得自己

又丑又穷时，

别绝望，

至少你的判断

是对的。

——Carolyn（卡洛琳）

（咖啡广告。**纯蓝字体**："ALFEE HOME COFFEE 艾神家咖啡"。店内空无一人。）

如果你迷恋

一个人，

那么你一定

配不上他（她）。

——Yvette（伊薇特）

（途锐汽车广告。皑皑雪山，身穿红色登山服的帅气男影星。"途锐·吴京：下一次登峰""途锐Touareg携手吴京先行而动：人生的登峰者，身处巅峰，志在更高更远。**实力澎湃，不惧山外有山……**"）

男女之间
不可能存在友谊，
有的只是
爱恨情仇。
——Alan（艾伦）

（橱窗。蓝色背景上，浮动白云和白色心形："**缤购·表白季：爱就大声说出来**"。）

谈个恋爱没几天
就想过一辈子，
你不失恋
谁失恋？

——Cassell（卡塞利）

（吃饭广告。"五条人糖水铺：秘制叉烧饭·猪扒饭·牛腩捞面·XO猪排炒饭·XO鸡排炒饭·牛腩河粉"。）

如果男人不帮
你穿上婚纱，
那你就送他件
袈裟。
——Elena（艾琳娜）

（**人形跑动绿色标记**，一个右向箭头："安全出口·EXIT"。）

"岂以人言易吾操哉"

明代苏州人顾元庆曾撰《云林遗事》,分高逸、诗画、洁癖、游寓、饮食五类,记元末无锡人倪瓒事迹。

元代高士倪瓒(字元镇,号云林子,1301—1374),孤标特立,嗜洁如命,自古所无。**时人称其为"倪迂"**。顾元庆曾记倪云林"洁癖"一事。与云林同时代,苏州光福徐氏,在邓尉山中筑有养贤楼,一时名士都集于此。云林亦爱来此,有时一住就是半年。一日,徐氏陪游西崦,偶饮七宝泉,云林爱其美。从此,徐命仆人每日去担七宝泉以供云林。云林也怪:以前桶煎茶,后桶濯足。有人不解其意,云林解惑:"前者无触,故用煎茶;后者或为泄气所秽,故以为濯足之用。"

顾元庆记载至此结束。七宝泉故事的发展,在同是明代苏州人王锜的《寓圃杂记》中得以继续。

云林从养贤楼回无锡。某天徐氏从苏州来谒。徐氏久慕云林之清閟阁,恳请能够入内一观。

神秘的清閟阁是倪瓒书房,珍藏有他的图书古玩,陈设之高雅,藏品之珍奇,已经成为世间传说。明末张岱《夜航船》中对此阁有这样的描述:

倪云林所居,有清閟阁、云林堂。其清閟阁尤胜,前植碧梧,四周列以奇石,蓄古法书名画其中,客非佳流不得入。尝有夷人入贡,道经无锡,闻云林名,欲见之,以沉香百斤为贽,云林令人绐云:"适往惠山饮泉。"翌日再至,又辞以出探梅花。夷人不得一见,徘徊其家。倪密令开云林堂使登焉,东设古玉器,西设古鼎彝尊罍,夷人方惊顾,问其家人曰:"闻有清閟阁,可一观否?"家人曰:"此阁非人所易入,且吾主已出,不可得也。"夷人望阁再拜而去。

此"夷人"献以重礼,诚心诚意,仍然无法踏入清閟阁半步。相比之下,苏州徐氏实在幸运,因为在养贤楼厚待云林,所以得允入内。但最后是一口唾沫坏了事,惹动了"倪迂"的迂性。《寓圃杂记》这样记载:

恳之得入。**偶出一唾,云林命仆绕阁觅其唾处,不得,因自觅**,得于桐树之根,遽命扛水洗其树不已。徐大惭而出,其不情如此。

云林洁癖，不单在其生活，亦在其节操。顾元庆《云林遗事》载其"高逸"事：

张士诚弟士信，闻元镇善画，使人持绢缣侑以币，求其笔。元镇怒曰："予生不能为王门画师。"即裂其绢而却其币。一日，士信与诸文士游太湖，闻渔舟中有异香，此必有异人。急傍舟近之，乃元镇也。士信见之，大怒，欲手刃之。诸文士力为劝勉，命左右重加箠辱。当挞时，噤不发声。后有人问之曰："君被士信窘辱，而一声不发，何也？"元镇曰："出声便俗。"

过洁则世嫌，"后人皆传云林为太祖投溷厕中死，尽恶其太洁而诬之也"。真实情况是，经历了元明易代，曾经富甲一方而晚年贫病交加的倪瓒，于1374年冬，**卒于江阴长泾**姻戚邹惟高家中（云林妻蒋寂照系江阴人）。旅葬江阴习里，后改葬无锡芙蓉山祖茔。

"举世混浊，清士乃见"（"同邑后学"高攀龙）。"萧散如孤云"的倪云林，在晚年赠好友陈汝秩（字惟寅）的诗前文字里，表露心迹：

十二月九日夜，与惟寅友契篝灯清话，而门外北风号寒，霜月满地，窗户阒寂，树影零乱，吾二人或语或默，窅寐千载，世间荣辱悠悠之语，不以污吾齿舌也。人言我迂谬，今固自若，素履本如此，**岂以人言易吾操哉**！

友人言

古称"白岳"的**皖南齐云山,实是"红岳"**,因为它的山体,为赤红丹霞地貌。皖之齐云,与赣之龙虎、鄂之武当、川之鹤鸣,并称中国四大道教名山。10多年前,和数位师友曾专程瞻拜过此山。"红石奔象驮经函",红色山岩如奔象,驮来道教经函,在咏齐云山的诗赋中,这是让我印象深刻的一句。

看微信,知当年同游的章为民兄又重上齐云。他的个人公众号"云烟供养居"记:"傍晚时候,和芸坐在客栈前的悬崖边,看夕阳慢慢在归鸟的清响中熄灭,看八分满的月亮,踱到齐云山的最高峰。人心天宇,般般洁清。"读此,又想起昔日**在齐云山上黄连树下喝啤酒看白云**的美妙时光。此篇文字中,为民有一段议论特别好,特别深恰,兹录如下:

吾生有涯,吾躯亦微,在浩浩天地间,再泼洒开去的人生,亦只有限。那么，将深情注入有限，用文字、线条和思考，观照无穷宇宙，为自己的人生赋意义，使笃定、安宁弥漫身心。

深秋的阿多尼斯

古城东郊,深秋的山林依然蓊郁,其间,藏有众多大人物的陵墓。枝柯交蔽的某处高档宾馆内部,一场会议正在进行。灯光明亮,巨幅的会议电子背景板前,阿多尼斯,按照中国算法虚岁已经九旬的这位叙利亚诗人,斜靠着坐在沙发上。黑皮鞋,极普通的牛仔裤,浅褐色休闲西服——两个肘部有更深色的补丁,土红色长围巾,戴眼镜,头顶,是蓬松稀疏的白发。这位 1930 年出生的叙利亚老者,他整个的装束,带有长途行旅的疲惫与尘色。他像一块来自异域的、收敛的岩石,在他身上,看不出年龄,或者说**时间早已被他的诗歌凝固**——可以说他是 70 岁,也可以说他是 80 岁,但是完全看不出他年已九旬。拿着打印好的一叠纸,他侧着身子对着话筒在读,译者薛庆国,坐在他的身后。中国东部的深秋在持续落叶,**阿多尼斯的声音**,也像深秋的金色落叶纷纷而下。他的语言,通过话筒传播在下午的空间——

真理来自不断地追问。

今天的中国,正在发生中国历史上,也可能是人类历史上从未有过的政治和经济的巨大变化,我想看看中国的艺术和文学有没有发生与之相称的变化,以及这种变化的程度。

诗歌何为?

…………

远处的火车声,透过金陵落叶的山林,隐隐传来,它们正在**震颤着这座古城**的明代城墙。

水

书

亚欧大陆的水口

水口，东方传统人文观念，指某一人类聚居地的流水进出口处。流水进处，谓"天门"，**天门要敞**，可以不管不顾，纯应自然；流水出处，谓"地户"，**地户要闭**。东方尤其重视地户，一般所称水口，几乎专指地户而言（"水口者，一方众水所总出处也"）。地户为何要闭？在东方观念中，流水，承载着一地的财气和勃勃生气，不可随意让其流泻，必须隆重锁、送。地户如何闭？从村落、乡镇格局言，常规是在流水出口处修桥、筑坝、栽树，或者是建造亭、塔、庙等，以此增强地户的关锁和闭合。**从亚欧大陆这个格局来看，中国是其水口**（地户），因为数条著名大水，自大陆东缘的中国流注入海。所以，中国地位关键。中国兴，即水口锁闭有劲力，如此，则亚欧大陆兴。亚欧大陆兴，从某种意义上讲，又寓示着整个地球兴、人类兴。

水厚则徽盛，水浅则徽耗

练江清浅。我站立其上的歙县太平桥，是安徽最大的古石拱桥，精确长度为279.8米。整整16个桥孔。**红色砂岩，是它的古代桥身和雄伟分水尖**；桥面，已经改为新式钢筋混凝土性质。如果是夜晚，站在桥上，可以望见北岸灯火旺盛或者零落的昔日徽州府城（那个著名的八脚许国石坊，就在其中，我在某个雨夜看过它在积水街面上的孤寂倒影）。而现在是夏日白昼。身下汇丰乐、富资、布射、扬之四水而成的练江，又是著名新安江的主要支流。山中水流，经过深渡、威坪、淳安、建德、桐庐、富阳等地之后，将在杭州湾，注入这个星球表面的浩瀚太平洋。而现时代的道路，较之水系，更像是世界这个生命体的繁密血管，四通八达。南宋就有的太平桥（当时为木质），是这个世界的一个重要节点。身侧，古老桥身与新式桥面之上，汽车奔驰。徽杭、芜屯等干线公路仍经此桥。**从太平**

桥出发：向北，可达滚滚长江边的芜湖；向东，能直抵烟媚水软的南宋都城杭州；向西南，则通往火焰中成就瓷器的景德镇。披云山庄，在太平桥以南高处。披云，披着山中的前朝白云？徽菜。笋炖肉和毛豆腐。笋炖肉特别入味。笋，青竹的前身。青竹，属于世外；肥瘦相间的肉，则属世内。两相混炖，某种中国哲学式的中和。滋滋煎着的毛豆腐，有特殊香气。毛豆腐，徽州名菜，之前是被动，现在是主动通过人工发酵，让豆腐表面长出白毛，经过煎或炸之后，豆腐的口感、质地顿变，独异的鲜美滋味被完全激发而出（佐以当地的辣椒酱，更是鲜醇爽口）。长庆寺塔，北宋造。练江南岸歙县古城的风水塔。七层实心方形塔，在西斜太阳下巍峨。练江之桥与西干山之塔，正好为一横一竖。李白当年来江边问津、饮酒，还没有此塔。渔梁坝。始筑于唐，明代重修。**筑渔梁坝的花岗岩石巨大**，有人测算，每块重达1吨。坝旁江滩，遍布各色卵石。寻捡，相逢一尊微型石佛。渔梁坝和长庆寺塔，是歙县（徽州府城）之巨大水口。前人有云："徽郡山奇水泻……渔梁一筑，明堂聚，二十年来出相公。""府南叠石阻流，曰渔梁，宋、明咸出官钱加筑。相传水厚则徽盛，水浅则徽耗。"如此，**粼粼水之中，充满了我们不知的秘密**。

长江，像细鳞巨鱼

从安庆往池州。高耸的、特大型斜拉公路桥下，是宽阔伟大的长江。8月下午4时左右的夏阳照耀，江面波动万点银光。此刻长江，像细鳞闪烁的**巨鱼，裸呈在天地之间**——但是，只有极少数人才能看见。

细鳞闪烁的长江巨鱼，在我的目送下，奋力向东北方向涌游，她将在南京折而朝东，最后在上海，归入大洋。

风流浪漫润泽

南方的典型物象：风、水、草木。人在草木间走，是谓楚，是谓广大国度。水，是南方之基。水生万物，水上风行。"风流、浪漫、润泽"，**在南方，显现它们的原初之义。**

风：八风。东方明庶风，东南清明风，南方景风，西南凉风，西方阊阖风，西北不周风，北方广莫风，东北融风。风动虫生，故虫八日而化。

流：水行也，流动也。

浪：沧浪水也，南入江。波浪。

漫：水涨，淹，无边无际。

润：水曰润下，滋润。风以散之，雨以润之。

泽：光润也，雨露也。

天上地下，那么多的水。南方生命，全由透明的露珠雨珠江珠河珠湖珠海珠凝聚而成。他们奔放，飞跃，轻飘，萌生，流动。他们闪闪发亮,永远是动态的生命。他们以意写神,随意流泻,便成独特的书法绘事。他们是朦胧的黄昏、黎明、夜晚。他们的南方,是人间,亦是神界。

夜

平缓、开阔的山谷地。乡镇与乡镇之间，仍剩断续的青石板古道。夜晚行走的人，偶尔仰头，会看见黑蓝寂静的星空大海，正在头顶，浩瀚涌流。

1988年关于桃花潭的一封信

手头有一本藏了20年,简陋印刷的内部资料集。此资料集16K大,绿色封皮,题名《泾川桃花潭》,翟光逮编著。封底文字为:泾川桃花潭·泾县建筑设计室科研论文第一集;安徽省泾县印刷厂印刷,1992年9月第1次印刷,印数:1—1000册。无定价。

这是当年和阿福、荣君豪师首次寻到桃花潭,在踏歌古岸旁和人交谈后获赠的。

资料集有编著者简介:"翟光逮,安徽泾县水东人,生于一九四一年,毕业于合肥工业大学建筑工程系建筑学专业,中国建筑师学会第一批正式会员,现任泾县建筑设计室主任,高级建筑师。"

读资料集可以获知,桃花潭本地人翟光逮在《泾川桃花潭》编著完成后,曾送给当时"泾县的负责人"谢群,并附信建议开发桃花潭风景旅游区。谢群"粗看"之后,相当重视,专门写了一信给"县委办公室汪主任",就桃花潭事谈了自己想法,并请汪主任将他的意见转告翟光逵。这封写于 1988 年 12 月 11 日的信,在 1992 年印刷的《泾川桃花潭》中,被作为"代序"。现将谢群此信照录如下,**为桃花潭的发展历史留存一份档案。**

县委办公室汪主任:

翟光逵同志送来他编著的《泾川桃花潭》粗看了一下,实在没有工夫细读。难为他花了许多心血编写了这本可贵的资料,请你抽空认真看一看必有益处。桃花潭因李白一首诗名扬天下,但像翟光逵同志这样对其作详细考证的人恐怕不多。他还写信给我,建议开发这个风景旅游区。我们作为今天泾县的负责人,从提高泾县的知名度和发展经济角度考虑,应该发扬当年汪伦邀李白来游那样的精神,发展我县的旅游事业。特别是对陈村镇那里的一些重要景观的保护和维修,应当在已做的工作基础上进一步采取措施。只是当前正处治理整顿时期,不可能有多少资金来办这些事。请你代我找文化局、旅游局、城建局和县志办的负责同志商量一下,在可能的条件下能办些什么事,譬如维修文昌阁等,既然已筹到一点款子,是否可以做个维修安排,哪怕是采取一点应急措施也好。我上半年曾亲自上去看过,已经破败得十分厉害。还有踏歌古岸旁边好多块石碑,散卧路边任人踩畜踏，令人痛心。我到省里跑过两趟，下决心搞钱争取两三年内把到陈村的柏油马路先修通，省长亲自批示解决，这已不成什么问题了。待整个国家经济整治以后，预计旅游业的开发还是要搞的，也许那时我们能为桃花潭风景区的建设多做一些工作。"李白乘舟去，何人继雅游""莫辞无与继，尔来三百秋"（引自《泾川桃花潭》中的诗句）。我想，随着社会主义现代化建设事业的发展，桃潭重光定当有时。对瞿光逵同志编的这本资料，请你阅后及时归还，不能有失。他给我的信不再另复，可将我上述意见转告于他。对于关心家乡建设的同志，我们是高度评价的。

谢群

一九八八年十二月十一日夜十一时

从谢群信中我们能够看出，这位"泾县的负责人"有情怀且务实，十分重视地方文化。查考得知：**谢群，安徽郎溪县人**，1944年出生，历任郎溪县委副书记、广德县委副书记、泾县县委书记、马鞍山市市长、安徽省劳动保障厅厅长等职，2014年辞世（信息来源：2014年10月26日《安徽日报》）。

八柱石坊在积雨的灯彩街面显示倒影

江苏宜兴境内的渎边公路,新徐公路,东氿大道。从老104国道拐往善卷张渚方向。入安徽广德境。太极洞。祠山岗。漫长的光藻路,广德城南外环路。广宁公路(广德到宁国)。柏垫。曾在一首诗中追问:用柏木垫高的,是什么理想建筑?杨滩。沿途大雨。刮雨器最快挡。从宁国上溧黄高速(溧阳到黄山)。空旷的、雨中的、**青色群山间的新筑高速公路**。虹龙隧道(宁国华和平老师的家乡)。霞西隧道(拜谒过石观音和红豆杉)。大雨的间隙,<u>丛丛青山之袅袅仙气</u>。仙气是雨水之气。雾白的,或者乳白的。白色仙气自翠绿、黛绿的青山间升起。大团大块的雨云,像南方中国水墨画。

雨中青绿的万千丛山之间,还有白色徽州民居。朴素又强烈的色彩对比,让我感动。自然。人类。胡乐、甲路出入口。金沙出入口。绩溪出入口。诞生著名徽菜的绩溪。群山间数不清的大小溪水,如绩如麻。

歙县东出入口下。往歙县古城,12公里。练江。青年时候到过的古徽州府治。住歙县饭店。348元。1310房。二楼餐厅,满墙夸张的图片菜单。晚餐。土咸肉炒笋尖、碎肉羹、螺蛳烧土鸡、长豆烧茄子。四瓶啤酒。饭毕20点。雨黑却闪亮的古城夜。穿"天润发"超市。乘三轮车到古城。6元。香烟壳子自制的名片:"客运三轮。13355598198。许"。歙县许姓。古城中的许国石坊。明人许国,歙人,皇帝老师。当年,**有人曾劝官场不顺的汤显祖来徽州找许国**。《吴序怜予乏绝,劝为黄山、白岳之游,不果》——"欲识金银气,多从黄白游。一生痴绝处,无梦到徽州。"这是汤显祖的诗,他极倔:我的"痴绝处",是做梦也不会去到黄金白银的徽州找人说情。跨街的八柱石坊("八脚牌楼")此刻在冷清、积雨的灯彩街面显示倒影。昔年我住过的"徽州旅馆"哪里去了?夜之古城内街。充满各式小店。书店内,淑和童各买本子。旗袍店的色彩玄幻。仍在营业的"蜜雪冰城"。似乎像超现实主义的红色消防车,在街头,突兀显现。

新安江

欲望和物质喧嚣蒸腾的现时代，新安江顽强保留的天然清音，近乎是一个奇迹。它像曲深狭长的山水廊舍，至今依然深藏着最自然本色的、东方的云山碧溪。它明明是如此惊艳的存在，却似乎被世人遗忘一旁。它是**隐秘而强劲的江南灵魂**，是穿越时间的巨大变迁之后，江南之所以仍是江南的能量之源。

我熟悉这条江的童年、少年、青年和壮年。

童年：在皖赣交界的崇山深谷间。

少年：在古徽州，活泼泼的山间众水汇集，是谓"屯溪"。

青年：在建德，以及上游的淳安和下游的桐庐富春。"人行明镜中，鸟度屏风里"，李白所见，至今未变。

壮年：在杭州湾。壮伟异常的钱塘江潮中，隐藏着人所尊崇的潮神伍子胥。

新安江，是如此罕见、如此高贵的一条江南大江——

它永远年轻，没有暮年。在杭州湾，壮年的江水，**直接汇入了浩瀚的太平洋。**

在江南境内，它又是罕见的独立之江。不像汉水、赣江、青弋江、水阳江、黄浦江这些著名大江，都只是长江的支流。唯有新安江，不倚不靠，独立前行，从皖赣交界处的六股尖发源，青山碧水，一路曲折向东后激荡入海。

那么多水的名字，都是新安江的局部，都与新安江有关：率水。横江。屯溪。浙江。丰乐水。富资水。布射水。扬之水。练江。徽港。歙港。建德江。兰江。胥溪。桐江。富春江。钱塘江。浙江。

我记得个人与这条江的众多细节。

从江西浮梁翻越山岭进入安徽境后，**我喝过斑斓岩石间清澈的山溪**，这是新安江的源头之水。7月僻静山中，满谷无人注目的野花烂漫。一位戴草帽的老农，在山中独自行走。

屯溪老大桥（镇海桥），它迎着上游的桥墩，巨大，稳固，又那么尖锐。

渔梁坝前，练江之上，**一弯悬停的红月亮，令人心惊。**

歙县深渡古镇，从码头上岸后，在镇内某个路边小店，吃到了绝对美味的"徽州包袱"（馄饨）。

凛冽冬晨，从淳安开出的新安江客轮上，我看见一柱朝霞，在碧蓝色的江水内部尽情燃烧。

富春，郁达夫故居内的一丛芭蕉，绿得逼眼。

盐官，**钱塘江潮的巨力**，让月亮，久久晃动……

楚江两岸

芜湖高铁站洁净宜人。在站内排队等候出租车。芜湖，长江下游重镇（皖境长江，古称楚江），徽商当年出行的重要目的地。到达芜湖，即可沿长江通达四方。现代交通兴起之前，**芜湖与徽州之间，有两条连通的道路**。其一：是从芜湖沿水阳江，乘船到宁国的河沥溪，然后舍舟陆行，向南越丛山关（此关处天目山脉与黄山山脉接合部，为宣州入徽州之门，亦是长江与钱塘江水系分水岭），进入绩溪，到达徽州府治歙县。其二：从芜湖沿青弋江，乘船到泾县，然后登岸南行，经旌德县，越新岭关，进入绩溪县，到达歙县。

芜湖出租车触目所及全是"奇瑞"。奇瑞汽车，总部就在芜湖。近水楼台之便或有地方补贴之利。芜湖新百金陵大酒店，就在**青弋江入长江口**。两江交汇处之中江塔，五层八角。一、二层明代建，三、四、五层清代建，前后逾60年。巍峨塔成，"以镇水口"。眼前长江宽阔急涌。夜色渐覆，通体燃灯之中江塔，如热烈火炬。城区长江边有渔船饭店。回新百金陵六楼餐厅。当地名菜水阳三宝。饭后到附近步行街。塑料式，虚假感。现在各城市新建的此类步行街几无区别。奇异的是还有傻子瓜子专营店。傻子瓜子，似乎20世纪的记忆。

次晨5时起。和麦阁从芜湖打的往繁昌县，50分钟，110元。长江南路。黎明渐来。和麦阁在繁昌寻一街头早餐店。面条，馄饨，香干肉丝，茶叶蛋。一对夫妻经营，利落干净。**从长江之南的繁昌县往江北之无为县**。繁昌车站。如往上海，有警察要求登记身份证，国际进口博览会在沪举办之缘故。7∶20车票。晚开20分钟。坐中巴车最前面。一路尘色。有水泥厂、大卡车和矿山。路旁植物蒙尘。焦冲。桃冲。地名之冲：三面环山一面开阔，较偏僻之地曰冲。长江渡口到了。江南，是繁昌县荻港镇。想象的荻花满眼之江港。1170年农历七月二十一日，45岁的陆游乘舟入蜀途中，曾"晚泊荻港"，上岸游观，"荻港盖繁昌小墟市也，归舟已夜矣"。江北，是无为县泥汊镇。汽渡。乘坐的中巴和两辆卡车同上渡船。渡过长江。

长江北岸大堤公路。中巴车在堤上行驶。田地，植物，散养的鸡。长江在侧。无为县。米芾曾是无为军知军。黄宾虹夫人宋若婴亦是无为人。无为板鸭著名。途中路边，有人在宰羊。继续乘车：无为到巢湖，15元。巢湖吃中饭。小杂鱼，大蒜炒咸肉，啤酒。饭后再巢湖往含山，车票每人8元。路上小片松林旁，有买农具的老者上车。安徽省马鞍山市下属含山县。县城边缘的汉爵华阳大酒店。打车35元，前往县城东北方向7公里外的**褒禅山**。乡野。稻田。山林。褒禅山，旧名华山，唐时高僧慧褒禅师结庐于此，圆寂后葬此，后人遂改华山为褒禅山。华阳洞。半价35元。水洞乘船再10元。此洞已经开发1600米。1054年7月，34岁的王安石过此，写下《游褒禅山记》："夫夷以近，则游者众；险以远，则至者少。而世之奇伟、瑰怪、非常之观，常在于险远，而人之所罕至焉。"出洞，乘电瓶车下山，10元一人。秋之山林。敬看褒禅寺。慧褒道场。气象甚深。寺之住持绍云和尚，含山人，1938年出生，为虚云关门弟子，著有《虚云老和尚在云居山》。褒禅寺内，俗家修行者众多。出寺，走伍子胥古道。7.5公里，**从褒禅山到古昭关**。16：30开始走，18：00到昭关。黄昏到夜晚。无人山中行走。山林之气涤心胸。鳘鱼岭。千金湖。公路边隐于夜色中的昭关。伍子胥急白头发的昭关。楚人伍子胥，著名的逃亡者和复仇者。路边拦车回含山县城。15元。县城"小陈土菜馆"。蒸菜之咸肉香肠咸鱼，黄豆打底。今年的新花生米极其好吃。

第三日晨。从含山乘车到马鞍山。麦阁小包失而复得,感谢含山出租车好司机。过马鞍山长江大桥,友人孙凯兄开车在桥堍等。"采石第一楼"饭店。华鱼。黑猪肉。南瓜。芹菜苗。采石矶公园。著名的采石矶。矶:水边突出之山岩或石滩。始皇东巡曾过的采石矶,为东南形胜,与岳阳城陵矶、南京燕子矶,并称"长江三大矶"。矶上临江处,悬空横出一块巨岩,岩上至今深印一只大脚印,传说是明初大将常遇春渡江时,率先纵身跃上矶边巨岩,杀入元军而留下的印记。长江就在眼前身旁。李白纪念馆。青莲祠。**李白衣冠冢**。采石矶山顶(翠螺山)有三台阁。阁内壁上有余秋雨文。阁外密飞野蜂。黄宾虹高足、"江上老人"林散之艺术馆、林散之墓亦在采石矶公园内。散翁七十感赋:"不随世俗任孤行,自喜年来笔墨真。**写到灵魂最深处,不知有我更无人**。"郭沫若访问南京时曾言:"有林散之在南京,我岂敢在南京写字。"空敞幽静的艺术馆,进去时,发现只有一位女性工作人员,正在凝神临写杨凝式的《韭花帖》。

分水关

黄昏。青色万山沉默起伏。分水古关,作为江西省与福建省的分界,就隐立于中国东南这万山丛中。分水关地区,是整个武夷山地势最高之处,所以,明代江苏太仓人王世懋(王世贞弟)坐轿从此关入闽时,见"山势皆如龙翔凤舞,水从云中下堕百千丈"。**武夷之水,在此分流**:"其水一南流崇安入海,一北流铅山入江。"崇安,即福建省崇安县,现已改名为武夷山市;铅山,即江西省铅山县,鹅湖书院所在地。在 2016 年 4 月黄昏的分水关,我寻觅过两个曾经在此过往的身影。一位是住在关南崇安五夫里的朱熹,他去临安行在,去婺源祖地,分水关为必经之地;一位是住在关北铅山瓢泉的辛弃疾,出闽返赣,过了分水关,家就在眼前了。辛弃疾对年长自己 10 岁的朱熹十分敬重,两位前辈有着坚实的友谊。1200 年朱熹因病辞世,辛弃疾不顾朝廷禁令,前往吊唁,并撰文称颂:"**所不朽者,垂万世名。**孰谓公死，凛凛犹生**。"苍山如海，身影无觅。但我相信，这群山间磅礴的空气里，一定有他们的信息存在。

分水关狭隘，被东侧东路山与西侧望夫山所夹。在关旁山头上，立有"孤魂总祭"古碑一块。附近行善之乡民，将累死、饿死、病死或者是被害死的行旅之人，收敛埋葬，并立碑祭之。晚风瑟瑟，看见这简陋之碑，天地凝郁。岩峦峻绝的分水关，向为闽赣要冲，当年，如王世懋《闽部疏》记："凡福之绸丝，漳之纱绢，泉之蓝，福延之铁，福漳之橘，福兴之荔枝，泉、漳之糖，顺昌之纸，无日不走分水岭，及浦城小关，下吴越如流水。"今天这里仍然是交通要道，高速公路、国道、铁路均穿行于分水关。但我们到的黄昏，237国道出奇冷清，只是偶尔有车，凶蛮却寂静地，从身边、从"江西""福建"的界碑旁驶过。

晚饭的地方是铅山丁智兄请朋友找的，就在群山中分水关铁路隧道旁似乎废弃的隧洞内。极其荒诞，极其如梦境。隧洞外小块的空场上，木杆上孤灯如星。昏暗洞内，我们晚餐。丁智、王俊、傅菲、马叙、耿立，还有丁智朋友。**在野生的、夜的武夷山脉中，世界完全遗忘、远离了我们**，或者说我们完全遗忘、远离了世界。完全的超现实主义场景。在夜的隧洞内，我们晚餐。深夜，回铅山的高速公路上，傅菲恸哭，若干年前，他的一位好友带着儿子就在此突遭车祸，双双遇难。马叙在后来的记述中,是这样说的:"那一晚,我记住——分水关,时间,物件,达利画境,诗,空隧道,八百里外的大海,以及返回时一车的沉默……"

河口镇

江西省铅山县河口镇，赣中四大名镇之一。徐霞客《江右游日记》记过此镇："河口有水自东南分水关发源，经铅山县，至此入大溪，市肆甚众，在大溪之左，盖两溪合而始胜重舟也。"此处"大溪"，即指信江；"入大溪"的"河口有水"，即指铅山河。河口镇，正因位于信江、铅山河两河交汇口而得名。这条"大溪"为赣中名水，由发源于浙赣交界怀玉山南麓的玉山水，和发源于武夷山北麓的丰溪，在上饶汇合后组成。信江能量极大，我在河口镇，脸上身上晃满的，全是清澈激越的信江波光。

因为"两溪合而始胜重舟"，河口历史上曾经"商贾云屯雨集"。清代《铅山县志》载："河口之盛，由来旧矣。货聚八闽川广，语杂两浙淮扬。舟楫夜泊，绕岸灯辉。市井晨炊，沿江雾布。斯镇盛事，实铅山巨观。"河口一镇为什么会成为"**铅**

山巨观"？根本原因在河口独特而重要的交通区位。信江流至河口，江宽水深，又有铅山河水南来合流，信江上往来的商货，大多在此换成大船，再转运别处。由河口镇顺信江而下，达于鄱阳湖，经鄱阳湖出湖口，可进入长江；由鄱阳湖溯赣江而上至大庾，越大庾岭入广东境内的北江，可抵广州；由河口沿信江溯流而上，至江西玉山，转陆路可达浙江常山，进入钱塘江水系。所以，铅山河口，能够联结闽、浙、皖、赣、湘、鄂、苏、粤，是南方诸省的水运中心之一，明清时河口就有"八省码头"之称，此镇作为商品集散地，以茶、纸、布匹、药材、瓷器、粮食等为其大宗。

河口古镇布局阔大，保存很好，与安徽宣城境内的水东古镇颇为相类。镇内宽阔幽深的青石板街道上，留有条条往昔的车辙深印。街道两旁，大屋层楼，鳞次栉比。人家或店铺门上，多为手书的红色对联。各家门前悬挂的小红灯笼，显示此镇在现时代的某种欲望。河口镇目前正在打造**"万里茶路第一镇"**，它是武夷山茶走向世界的起点。河口镇集聚的武夷山茶，在此上船，从信江入鄱阳湖进长江，再上溯到汉口，经汉水北上至襄樊，然后越河南，进山西，从张家口继续北上，前往中俄边境恰克图，继而莫斯科、圣彼得堡，如此贯通亚欧，堪与丝绸之路媲美。

在镇上学校放学时孩子的喧杂声中，我在一处类似食堂的空敞饮食店内，吃过一碗河口"清汤"——就如同皮薄馅鲜的江浙小馄饨。我也喝过著名的"河红"（河口红茶），汤色明亮的"河红"茶，有武夷岩茶的劲道和野香。走出古街，独自在信江边漫行，一位步履迟缓的镇上老者告诉我：这里信江的对面，是九狮山，所以此段信江又称狮江（这才明白古街人家门牌上"狮江·一堡街"某某号的含义）；九狮山是铅山县北的门户，又称龙门，"**山下江水深不可测，可以直通龙宫**"——老者为我指示着身旁江水，神情平静而又邈远。

夜晚图景

在上海,我看见**燠热的全部人间**,倒映在深暗、沉默的太平洋中,无尽而又迷离。

太平洋的深渊内部,剧烈、蒸腾、诱惑的人欲幻彩,尚未被那条忧郁的夜晚巨鱼最后吞净,又重新,喷瀑般诞生。

三座楼阁

古云梦大泽仍然存在的蒸腾之力,让湖南岳阳楼,浮停在低低半空。

李白登临过的湖北黄鹤楼,因为有梦中万千神鹤的托举,慢慢地,飞动上天。

只有江西滕王阁,是端重的一方印章。站在黄昏的阁前,我在想,谁会把它提起来,将它的篆字,盖在眼前这落霞孤鹜、秋水长天的暮色宣纸上?

上元水府

长江下游地区的江神信仰，自古有"三水府"之说：江西彭泽的马当上元水府，安徽马鞍山的采石中元水府，江苏镇江的金山下元水府。水府，即江神所管辖的区域。"三水府"所祀江神，在南唐中主李璟时有封：上水府广佑宁江王，中水府济远定江王，下水府灵肃镇江王。

上元水府马当，位于江西彭泽县东北。滔滔长江东流至此，宽阔江面突然变为一个狭窄的瓶颈。江中沙洲把江水一分为二，北江称别江，水浅不能通航；南江即长江正流，江面极狭，宽不及半里，**马当山就耸立在长江南岸，横枕大江，山形似马，**是天然的军事要冲。"彼之为险也，屹乎大江之旁，怪石凭怒，跳波发狂，日暗风助，摧牙折樯"。故此，"贵贱至此，皆合谒庙，以祈风水之安"。

南宋祝穆《作滕王阁记》载，唐代王勃13岁，侍父宦游江左（江左、江表，即江东，是中国北方视角下的江南指称），有次所乘之舟停在马当山下。看见山半有古祠，危栏跨水，飞阁悬于崖上，王勃于是上岸攀登观览。古祠大门当道，榜曰"中元水府"之殿（唐时，马当山庙并非称上元水府，而是被称中元水府）。祠庭森严肃穆，所塑神像面目生狞。王勃瞻仰跪拜而返。返归回船时，遇一老者，年高貌古，骨秀形清，坐于江边巨岩之上，拱手向王勃道："子非王勃乎？"完全不相识的老者却说出自己姓名，王勃内心惊异。老者继续说："来日重九，南昌都督命客作滕王阁序，子有清才，曷往赋之？"王勃答："此去南昌七百余里，今日已九月八矣，夫复何言？"老者笑说：**"子诚能往，吾助清风一席。"**王勃欣然拜谢，拜谢同时，说出心中疑虑：您是仙耶？神耶？老者复王勃："吾中元水府君也，你归帆时有便可再一叙，让老叟沾沾你的文采。"王勃登舟，风行水助，第二天黎明，已抵南昌，然后滕王阁一赋，震惊四座……归舟行至马当故地，以前的老者，已经早早坐在江边那块巨岩之上。王勃长拜：我当具薄礼，感谢府君您赐予的福祥。老者微笑："但过长芦，焚阴钱十万，吾有未偿薄债也。"长芦在南京地界，王勃经过长芦，遵照府君所嘱，如数焚之而去。

1170年农历七月二十八日，45岁的陆游入蜀途中，船也至500年前王勃到过的江边马当。他在当天日记中这样记录："山势尤秀拔，正面山脚，直插大江。庙依峭崖架空为阁，登降者，皆自阁西崖腹小石径，扪萝侧足而上，宛若登梯。飞甍曲槛，丹碧缥缈，江上神祠，惟此最佳。舟至石壁下，忽昼晦，风势横甚，舟人大恐失色，急下帆，趋小港，竭力牵挽，仅能入港。系缆同泊者四五舟，皆来助牵。早间同行一舟，亦蜀舟也。忽有大鱼正绿，腹下赤如丹，跃起舵旁，高三尺许，人皆异之。是晚，果折樯破帆，几不能全，亦可怪也。入夜，风愈厉，增十余缆。迨晓，方少定。"

七月二十九日，**陆游仍然被阻马当**："阻风马当港中，风雨凄冷，初御袄衣。有小舟冒风涛来卖薪菜豨肉，亦有卖野凫肉者，云猎芦场中所得。饭已，登南岸，望马当庙，北风吹人劲甚，至不能语。既暮，风少定，然怒涛未息，击船终夜有声。"

20世纪30年代，抗日战争爆发后，由于马当是溯江而上通向鄂、川的咽喉，亦是屏蔽武汉的重要长江防线，为防日军西进，专门成立了**长江阻塞委员会**，马当航道水下阻塞工程就是该委员会的重要工作。查有关资料，当年阻塞方案分上中下三层构成：最底层用铁丝结成大网，内以乱石拌水泥凝固后，逐个逐段投沉江底，然后以铁丝缆和粗麻绳连接成串，再打木桩于江底固定；中层用铁锚、石块等放置在驳船内，再用水泥凝固，沉列在底层之上，期以铁锚之利齿和乱石之锐角，阻挡来船；上层为军队布置的水雷。此种航道阻塞工程，当年有力地阻滞了日军的进攻。

中华人民共和国成立后，政府十分重视长江航运的发展。1956年起，前后利用八个枯水期，打捞、炸除马当沉船11艘，开掘出一条宽140米、深4米的航道；2000年起，长江航道救助打捞局再次开始对马当沉船的打捞工作，据统计，三个枯水作业期，共打捞废铁1400吨、废铜5吨以及大量的障航石块。

江水易流，航船轻快，"上元水府之君"重新恢复了他的安闲岁月。

分风擘流

江西省星子县（现已改为县级庐山市）城东有宫亭庙。宫，前人有解"大山曰宫"，此处大山，即指庐山；亭，通"渟"，指水积聚而不流通，此处不流通之大水，即鄱阳湖（古彭蠡泽）。所以，**宫亭庙者，庐山和鄱阳湖之庙也**。庙中宫亭神，据传甚为灵异，职能是提供便风顺流，能于湖心、江心分风分流，使上下各得顺风顺水，南北舟楫故能无所滞留。

黄庭坚有诗云："一风分送南北舟，斟酌鬼神宜用此。"郦道元《水经注·庐江水》："山下又有神庙，号曰宫亭庙……山庙甚神，能分风擘流，住舟遣使，行旅之人过必敬祀，而后得去。故曹毗咏云：'分风为贰，擘流为两。'"世界的神异或者说人的美好理想，在此获证。

12世纪陆游扬子江上见闻

事之观。

江苏镇江金山寺长老宝印告诉陆游，寺之旧额，原来是宋仁宗赵祯御书的飞白之体。但是，皇帝书写的牌匾挂上之后，江中便风波汹涌，蛟鼋出没，不复平静，于是只得收藏在寺阁之上。陆游到时，御匾已经不复存在。

在安徽当涂，陆游认同《姑熟十咏》系伪托李白之作。他记得他的同族伯父陆彦远曾说，苏东坡从黄州还朝，路过当涂读《姑熟十咏》，读了拍手大笑说："赝物败矣，岂有李白作此语者！"到得池州，重读李白《秋浦歌》，陆游更加坚定这种看法："然观太白此歌，高妙乃尔，则知《姑熟十咏》决为赝作也。"他还顺便比较了李白和杜牧所作的池州之诗，说杜牧诗初看也觉清婉可爱，但如果与太白诗同时读，则如酒味，醇厚与淡薄立判，所谓"醇醨异味"也。

山突入江中谓之矶。安徽芜湖地界有枭矶，矶在大江之中，耸拔挺出。传说矶上有枭害人，故此得名。后人恶其名，说矶在江中，江水会浇到岩石上，所以另称此矶为浇矶。浇矶很大，有道士在上面造房居住，名宁渊观。陆游过浇矶时，宁渊观有二十余间房，但观中只有一位道士。相传如有二人，则其中一个必死，故此，没有第二人敢往。

在湖北黄石富池，有昭勇庙，庙神为孙权属下将军甘兴霸。兴霸曾任西陵太守，故在此立庙，享受祭祀。过此庙时，陆游特地以"壶酒特豕"入庙谒拜。昭勇庙极灵。南宋建炎年间，外号"一窝蜂"的大盗张遇，拥兵经过庙下，准备卜珓，以占吉凶。所谓卜珓，就是将两片蚌壳（或以笋、木制成其形），向空中投掷，视其落地后的俯仰，以定祥祸。张遇卜珓的结果是，"一珓腾空中不下，一珓跃出户外"，于是群盗"惶恐引去，未几遂败"。岳飞当年，也曾对其建筑大加修葺。

在近蕲州的长江上，陆游惊奇于一种平生从未见过的**巨大木筏**：宽十多丈，长五十多丈，上面竟有三四十户人家，妻儿鸡犬臼碓——一具备，中间小路纵横交错，供人往来，甚至还有神祠。船夫见状告诉陆游，这种木筏还是小的，至于大的，筏上铺土作成菜园，还有开设数家酒肆的。

景之观。

陆游留宿镇江金山，早起看日出。太阳初出，但见**长江之中，天水赤红融通**，陆游感叹："真伟观也！"

太平州治当涂，护城河中全部种植荷花。农历七月十六之夜，月光皎白如昼，有影入于城溪中，摇荡宛似玉塔。此时此刻，陆游"始知东坡'玉塔卧微澜'之句为妙也"。

芜湖江面，陆游曾见十多头江豚，浮沉出没，颜色或黄或黑。江豚之后，又有身长数尺的东西，全身鲜红，形状像大蜈蚣，昂首奋力逆流而上，激起的水花有二三尺高，令人惧怕。

在望得见九华山的江面，有巨鱼十数尾，色苍白，大如牛犊，出没于江中。每当巨鱼跃起空中，江水便被激起，腾涌白色浪花，极为壮观。

过东流县后，江南群山，苍翠万叠，如列屏障，数十里不绝。这天顺风张帆，舟行甚速。但是江面浩渺，白浪如山，陆游所乘两千斛载重的船，摇荡掀舞，在江上只如一片轻叶。

在望得见庐山的江面，陆游见到奇怪水物："有双角，远望正如小犊，出没水中有声。"

人之观。

在芜湖江上，太平县主簿陈炳来见陆游。陈炳是浙江同乡，义乌人。他告诉陆游，他的从姑在徽宗朝得道，号妙静练师，一辈子不吃熟食，只喝酒，吃生果，替人预测祸福死生，毫厘不差。每当风日清和之时，就闭门独处。有人在室外偷听，只听到仿佛两个小婴孩的声音，或歌或笑，往往到半夜才停歇，没有人能猜测出究竟。从姑90岁那年的正月初一，自言四月八日要出远门，果然，就在这个日子辞世。从姑生前常对陈炳说，你有仙骨，当遇异人。某日，陈炳生病，有皖山徐先生者，来给他服药。服药之后，当天病就好了。徐先生因而留下，教他辟谷的诀窍。陈炳父母望儿成龙，坚决不允许儿子禁食。但从此陈炳断绝了膏滋美味，每天仅吃淡汤饼及饭而已。这样过了6年，更觉**身体轻捷，每天能行200里**。后来陈炳中第、娶妻，又近荤血之食，徐先生遂告别而去。临行时，他对陈炳说："你24年将再跟随我完成此事。"陈炳送徐先生到溪上，刚要唤船准备过渡，徐先生已经撩起衣裳，疾行水上而去，呼唤他，也再不应答。

繁昌县荻港有龙庙，庙内有一老道人居守。他是浙江台州仙居县人，自云在龙庙已经几十年。每天砍两捆柴，到市上卖了满足衣食之需。遇下雨下雪无法砍柴，就向人乞讨，从来不曾经营别的。

太平州延禧观观主陈廷瑞，也是浙江义乌人，他告诉陆游，延禧观就是古代的青华观。陈廷瑞还讲了一个有关延禧观的故事。有位赵先生，荻港市中人，其父卖茶为生。赵先生小时候名叫王九，13岁时，病重垂危，其父抱着他来到青华观，说救救孩子的命，病好后让他当道士。这天晚上，赵先生梦见一位老人，领他登上高山，对他说："我是阴翁。"并取出柏树枝给他吃。赵先生醒来后，病就好了，从此便不再吃熟食。后来又梦见这位老人，老人教他数百字天上的篆文，醒来仍然全部记得，一个也没有忘。宋太宗召见他，准他出家为道士，赐他道帽度牒，改名为自然。回来之后，赵先生就成为青华观观主。在宋祥符年间，再次召他到京城，赐他紫衣，将青华观牌匾改为延禧观。在京城待了一段时间，赵先生恳求回乡奉养母亲，被允得以归来。一天，赵先生无疾而逝。他的弟子们打算将他安葬在山中，走到半路，棺材忽然变得异常沉重，抬不起来。他母亲说："吾儿必有异。"让人打开棺盖，非常奇怪，里面是空的，不见尸体，唯有剑、履在其中。于是就埋葬在停棺之处，称之为剑冢。陆游考证："自然，国史有传，大概与廷瑞言颇合，惟剑冢一事无之。"

——公元1170年，45岁的陆游（1125—1210），从家乡山阴（浙江绍兴）舟行赴任夔州（重庆奉节），当年闰五月十八日晚出发，十月二十七日早晨到达，共费时5个月零9天。

落日长江

这条青润纯正的中国神龙，它的尾巴在天上——"世界屋脊"青藏高原唐古拉山脉主峰之侧，以 6600 米的巨大落差，**神龙探首向下，每天抽汲大陆东端浩瀚太平洋的蓝色海水**。此刻，2020 年 5 月 3 日 18 点，长江江苏江阴段，落日正红。我的视野里，青润壮阔的神龙躯体内，正游动、燃烧着另一条微型的赤金之龙——这是神龙独特的心脏，还是可视的灵魂？由辉煌落日显影的这条赤金小龙，一刻不停地灼耀我的眼睛，让我感知：这条跃动奔涌着的伟大江流，仍然年轻，仍然拥有本质未减的原始巨力。

雨的记忆

雨会走路,雨也会奔跑。记忆中,雨追赶过在露天乡野中行走的童年。烈日的夏天,突然压过来的一阵乌云,以及随即而来的、突然的一阵雨,会在你的身后降临。大颗大颗铜币般的雨点,在灰白的乡间机耕路上,砸起细微的尘泥之雾。你没有带伞,会紧张得立即跑起来,向着家的方向——**雨,便在身后紧紧追你**。有时,你会成功逃脱雨的追击;更多的时候,雨轻松迅速地追上你,将你彻底淋湿。

茭渎

渎,《说文解字》释:沟也。茭渎,**盛产茭白的沟渠或小河**。作为地名,这是紧临西太湖、明代就有的一处微型乡村集市。湖上的流云、漫漫的岁月,如今已经彻底吹去历史中此地曾经的兴旺喧杂。茭渎,现在是一座被遗忘的、寂静的滨湖小村庄。一条由西向东流入太湖的"渎",将村庄分为河南、河北两小部分。那座由青石、花岗石混砌的明代单孔石拱桥,就在村落中心,稳稳地跨在渎上。桥石缝隙间,长满了茂盛杂草。村庄安宁,近乎无人。人家屋前花白坼裂的水泥场边侧,一棵硕大的柿子树,结满了**残青或已金红的柿子**,青色的大叶子中间,果实累累,无法数清。为了防止鸟啄,主人在树身绑了一支竹竿,在高出树冠的竹竿顶端,系有一只在风中会微微拂动的红色塑料薄袋。**太湖浩大清凉的气息**,通过狭窄的渎,涌进秋天午后的这座空村。渎岸边,两株野生的鸡冠花,茁壮,艳红逼眼。顺着倾斜的河埠石走到水边,溇水中本来安闲的小鱼,因为突然出现的人影而打旋、游窜——凝神于水面荡出的细弱涟漪,恍惚之中,人就进入了刹那熟悉又已然陌生的童年深处。

液体巨兽

洪水,是土黄色的液体巨兽。这只巨兽,最早,曾被伟大的大禹驯服过。不过,它并没有就此完全安静下来,尤其是在夏季,它偶尔仍会显露兽性,在人类的世界肆意虐行。其形不定,其色斑黄,其声恐怖,它轻轻狞笑,稍稍扭摆庞大的身躯(它的躯体内,藏有无数土黄色的利韧牙齿),便冲垮建筑,淹没城镇,便变身泥石流,引发山崩岳裂。人工智能、无人驾驶、火星计划……骄傲的人类在它面前,仍然何其渺小。在蓝色浩瀚的海洋母亲最终收纳它之前,这只土黄色的液体巨兽,顽皮地展示着它蛮野的破坏力。

存录一:2020 年 7 月 6 日,**安徽旌德明代乐成桥**被洪水冲毁。

"安徽日报"微博:"7 月 6 日,安徽宣城,旌德县三溪镇境内古桥——乐成桥被水冲坏。原本11孔的古桥，截至今天下午一点半左右，只剩4个桥孔长的桥体，洪水依然凶猛，后续可能还会出现损毁。据悉，乐成桥始建于明代嘉靖年间，距今已有400多年历史，是宣城境内现存最大的古桥，也是皖南第二大石拱桥。2004年被确定为安徽省重点文物保护单位。"

存录二：2020年7月7日，**安徽屯溪明代镇海桥**被洪水冲毁。

"新安晚报"微博："7月7日上午近10时，黄山市中心城区屯溪区，国家级重点文物保护单位——明代镇海桥（屯溪老大桥）被山洪冲毁。屯溪老大桥（镇海桥）去年被公布为国家级重点文保单位，也是黄山市中心城区最古老的明代石桥。"

青弋江畔

青弋江。四周高低起伏的青色群山间,因为下过雨,特别急涌的青弋江,像透明青润的一条巨龙。江龙穿越上游那座**笔直超长的古旧石桥**,在我身边腾然跃过。随即,在前面不远处,又被耸立的、长满植物的岩石山壁阻挡。不甘心被阻的莽健青龙,一刻不停地冲撞着石壁,形成有力漩涡——长年累月,山岩之下的河床沙石被掏空,一处深潭,春天时水面漂浮桃花碎瓣的深潭,于是诞生。

在铜墙铁**壁**般的岩石山壁面前,青弋江被迫右拐,然后继续向前。这一湾急涌的江水,怀抱对侧岸地的一个古镇,万千烟灶聚落于此。

我见过这方地域的昨日雨云。雨前、雨中、雨后的天空中,层出不穷的云,变化不居,浓淡枯湿,各种墨色兼有。神性的大自然，永远给人提供艺术的至高范本。

清晨。独自出行的时候，偶尔的高亢鸡鸣，叫破云阵，露出了那么蓝的一块块晴空。

正是蚕季，桑叶沃若。有着发亮、硕大叶子的倾斜桑树，在破败高大的马头墙前，绿得逼眼。之前，一位走在我前面的妇女，沿途在寻摘路边野树上的桃子。我经过她时，她手头的塑料袋中，已经有大半袋沉甸甸的、青红相间的夏桃。

我走到了上游那座笔直超长的古旧石桥的这一端。一辆印有"**太平湖**"字样的蓝色小货车，迎面从桥上声音很响地驶来，擦过我身边，下桥后左拐就不见了。脚下跨越青弋江的漫长石桥，正通向对岸的古老镇街。

长桥很高。桥下江滩上，散落有一群穿红色T恤的男人，像一粒粒红豆子，他们在**祭龙舟**。色彩鲜艳的龙头和龙尾（尚未安装上长舟），架坐于两条长木凳上，前面，是一张圆形的白色塑料小餐桌，桌上有一对燃烧的红烛，一只小香炉内，插有三支细香。在龙头龙尾和白圆桌子前，人们燃巨束的香，叩拜，放震天响的爆竹。

走过长桥，临桥的镇街上，一大卡车的划龙舟人正翻下车来。他们从镇外的乡下赶来，一律穿白色T恤，戴红色棒球帽。

人未下完，卡车已经发动前移，惹来急叫和哄笑；耳朵上夹着烟的司机，从驾驶室探出身来，满脸歉意。镇街旁，也有在祭龙舟的，点了红烛的龙前香案上，烟雾缭绕中供奉着盘盘水果。

镇上吃早餐的面店，非常热闹。赛龙舟的男人们三五成群都来吃面。还有带着孩子进来的镇上年轻夫妇。我在最里面寻到一个空位，也坐下。人多，生意忙，最后自己去门口的灶台上端了一碗青椒肉丝面，加个煎蛋，6元。皖南各处的青椒肉丝或青椒豆腐干丝，似乎都特别好吃。门口面锅的腾腾热气，交织着各处祭龙舟地方此起彼伏燃放的爆竹火药味，给镇上增添了浓郁的节日气氛。

吃好面，仍是自己动手，在靠墙的木桌上倒了一杯泡在大壶里的绿茶喝。桌上排列整齐的红色热水瓶前，有一只大的搪瓷茶杯，茶杯内，店主人养了满满**一捧刚摘下的纯白栀子花**，满室香气涌袭。

正是端午节，街边到处可见出售的成捆绿白艾叶。肉墩头上刚斩待售的块块猪肉，新鲜诱人。路边临时菜摊，摆满碧绿的各种蔬菜。小卖部前悬挂条条咸肉、只只咸鸡，门口的大塑料盆中，是青翠湿润的成堆辣椒。

"翠兰茶行"茶叶店，进去小坐闲聊。店老板李向阳，属狗,开了30年茶叶店。他的名片背面,印有茶行的"经营范围":"祁门红茶、黄山毛峰、古黟黑茶、涌溪火青、太平猴魁、桃花潭翠兰香、大茶、高山野茶、黄芽、银针、云尖、雀舌、奎尖、各种高中低档茶、土特产等。"

店老板用电壶烧水,试喝他的**太平猴魁**。微型大刀状的碧绿茶叶,在杯中沸水中转动,有栗香和兰香两种香型。然后又换泡"祁红"和"泾县兰香"。喝得浑身发热、舒爽。临走前,买了店中半斤兰香型猴魁,200元。

沿青石凹凸的老街,向西行,便会到达古老的"踏歌岸阁"。柜台玻璃内的古玩,随便放置的大小石雕,成卷成捆的地产宣纸,篮筐篓匾等各种青竹制品,做植物昆虫叫卖的人——沿街清晨刚刚显现的杂乱商业气息。多少年前,第一次来到这条老街时,那种夜晚的荒寂与人家门缝间零落散漏出的灯光温情,已经不复存在。穿过"踏歌岸阁",便又见宽阔急涌的青弋江。这是当年汪伦送别李白的地方。"**桃花潭水深千尺,不及汪伦送我情。**"此时,代替汪伦踏歌声的,是江畔观看龙舟赛的嘈杂拥挤人群。有节奏的锣鼓声中,清澈江面上,正有一红一黄两条龙舟在比赛着奋力前行。

当年到过的20世纪70年代风格的宽敞幽深的桃潭供销社,

现在已改称"天竹居"。在旁边一家空落落的早餐店,再坐下来,吃一碗当地的小馄饨,味道不错。店内零星的就餐人,全是店主妇女熟悉的乡邻。一家三口刚吃完告辞出去,又进来一位年轻的母亲和两个奶声奶气的小丫头。"'天竹居',就是原来的供销社,前些年被一个上海女老板买下来了。"

离开早餐店,走到镇尾的三岔路口,等开往县城的班车。在这种三岔路口,几乎总会有一家规模不小的乡镇超市存在。门口散落或站或坐的等车人。

店内,有醒目的"桃花潭"酒广告。当地产浓香型白酒,分 52 度和 42 度两种。买老冰棍,1 元一支。"9:05 有一班车,就要来了。"店主告诉我。一辆县城过来的出租车在超市门口停下,客人下车后,司机揽生意:可以顺便低价带客回去,10 元一位。等车人中,只有我一人上了他的破旧出租车。

走从茂林—黄村—泾县的老路。老路很美。车子或沿清澈的青弋江,或**在山中起伏狭窄的黑松林道上行驶**。路遇一辆电动车,丈夫开车,坐在身后的妻子拎抱了满满一篮桃子,桃与桃间,垫有新鲜的青叶子。和司机聊茶叶。"不管什么名称,只要自己觉得好喝就行!"他今年喝的是当地 80 元一斤的茶叶。"我总到熟人那里去买,一年大概要喝掉 10 斤茶,一次性买好。"出租车经过黄村镇时,又上来一男一女两位客人。这两位客人中途又陆续下去，最后到县城的，仍只有我一人。"桃花潭到泾县县城，43公里；县城到宣城，51公里。"下车前主动付了15元，司机很感谢。

县城的"茶城"外面路边，有一位清瘦的中年妇女在卖茶。"**汀溪兰香**"茶。她就是汀溪人。儿子在县城读高一，她就上城来租房陪读，500元一个月房租。顺便在路边卖家里茶园出产的茶叶。"不然不放心，住校没人管，要玩手机的。""两年后的今天就是高考的日子，儿子要是考不上大学怎么办，急啊！到那天我肯定睡不着觉了！"她丈夫是泥瓦匠，曾从三层楼上摔下来，捡回了一条命，"现在不能干重活了"。她的面前，放置有好几个白色大塑料袋，分别装满了不同等级的茶叶。180元一斤的兰香茶，她说就算170元。我从包中取出不锈钢杯，她有一个热水瓶在身边，为我试泡。并给我小马扎，让我坐下。她刚在吃东西，是打包买来的，圆纸盒内套了塑料袋，只剩了红汤，应该是面条或馄饨。"中午我不回租屋，儿子自己热了饭吃，再睡午觉。到时间打电话叫他起床。"买了她一斤170元的茶叶。

她从成卷的茶叶包装袋中抽出两个。袋子估计是县里茶叶协会之类部门机构统一设计制作的，250克装的袋子，青绿茶叶色，颇有山野清气。茶叶袋上的文字信息：大字是"泾县兰香"；小字主要有"安徽十大品牌名茶/安徽省畅销品牌""全国绿化模范县——泾县/兰香茶发源地——汀溪"等；在袋的另一面，专门印有一小段话，是"泾县兰香简介"："泾县兰香绿茶产于皖南山区腹地的泾县汀溪，境内覆盖有万亩原始森林，生态环境极佳，常年云雾缭绕，乃香茶生产独厚之地。此茶形如绣剪、清香纯正、回味甘甜，是真正源于自然、品质优异的茶饮品，是绿茶之精品。"

交谈中，中年妇女听说我是买了自己喝的，"不要好看，只要好喝就行"。于是又向我推荐一款80元一斤的："叶子是大了点，但相信我，这个茶叶绝对好喝。"遂又买半斤。告辞时，祝她儿子两年后高考顺利，她连连感谢，并期待："下次来，请再来买我的茶叶。"

在县城独自游逛。巨大的菜市场。批发烟酒店。成扎成箱的饮料。摆满路边的纸箱内的小包装食品。巨大热烈的炒货摊。糕点铺刚刚出炉了整板的**应季重油绿豆糕**，分10元一盒和15元一盒两种。菜市场湿漉漉肮脏的地面。新摘的整筐整篮的桃子在卖，4元一斤。菜场中的卤菜店，主打出售的，是祖传的卤鹅和传统烧制的猪头肉……

从老的短途汽车站前打车往高铁站，15元。健谈的司机。

夜晚完全降临。县城之外，连绵山中崭新的高铁站，空旷少人,灯光洁净明亮。

"向群山屈膝";

"群山是失散的朝代,是未完成的古别离";

"白房子的涟漪";

……

这些,是在皖南旅馆的书册中,曾经读到的汉字。

从黑夜中仍可强烈感觉到植物绿色的山地间,"和谐号"准时驶来,并且暂停。空空的车厢。待我上车之后,这一条钢铁电气拼装成的现代白色之龙,瞬间,又和青色的山脉、急涌的溪涧一道,重新飞驰在**被青弋江水再一次清洗过的蓝色星空底下**。

星汉

在地球表面,唯一与天上银河相互映照的,是中国的汉水。

汉者,天汉也,指银河,是浩瀚宇宙星空的代称。从秦岭和巴山之间奔流而出的这条水脉,因为它的流向,与银河的走势几乎一致,故此,得名汉水。

汉水,是大地上的银河;银河,是天空中的汉水。

"维天有汉,监亦有光""汉之广矣,不可泳思"——天上和地下的浩广星汉。

伟大的汉水,东方汉文化之源:汉族、汉人、汉字,尽出于此。

东方,震卦,为雷,召唤水,充满水。以水旁"汉"字命名的东方民族与文化,崇尚水的智慧。水,万类生命之源,外形谦柔,而实质磅礴,其汹涌之力,可摧折、消融一切。

所以,我们的祖先早就谆谆教诲:

上善,若水。

太平洋的黑暗

午夜。我身旁的太平洋，有着巨深、古老的黑暗。

浙江洞头，海洋中的岛屿县城，像一座石头堆垒的迷宫。散发淡湿腥味的街巷。一弯锐利的新月。烟酒店，彩票店，农村信用合作社……早已闭门的各色店铺，曲折、深邃。干涸的巷畔阴沟内，我看见鱼的骨架，精致冷白的、鱼的骨架。这是海岛县城的旧街区。

就在身旁的浩瀚太平洋波涌的黑暗，现在肆意蔓延，浸透一切，形成了世界此刻的浓夜。

如此切近的**太平洋的黑暗，在我的唇齿间轻擦。**

太平洋的黑暗。这是盐的黑暗，是无尽往昔的黑暗，是星空与宇宙的黑暗，是前世的黑暗，是未来的黑暗，是悲与欢的黑暗，是离与合的黑暗，是生死轮回的黑暗，是人的，黑暗。

一刻不歇的波浪之声，绕过礁岩，绕过恐惧地压满累累石块的密集瓦片屋顶（台风呼啸的残痕），绕过午夜遗址般的街角菜市场，隐约传来耳侧。海洋的黑暗，蔓延，并且浸透，如此坚定，不容分说。

是谁，在抗拒这海洋无穷无尽的黑暗？

——岛上水泥电线杆孤独伶仃的路灯的光，

倾斜窄街边侧海鲜排档的光，

朋友眼镜片的光，

含灰油腻的啤酒瓶的光，

人的话语的光，

黑蓝天宇上锐利新月的光……

都在费力地，推开一尺或一寸这大海的黑暗。然而，只是徒劳。

然后，是白昼。白昼，太平洋似乎移到了头顶的天上——无边的天空湛蓝如斯，偶尔的云朵像片片白帆。而在这个岛县的地面之上，仍在梦游的我，仍然发现如此之多的黑暗碎片：

残破海岩背阴处凹积的海水，沉思着忧郁；

海岸上废弃倾倒的高大渔船一侧，黑影浓重胜夜；

我手中的、用沉船的废木做成的两方镇纸，暗色静谧；

就连贝雕厂巨大的砗磲或细小彩螺的精密内部，我发现，都藏有一小团或一小滴晶亮的漆黑——宛如，在海洋中那个小岛上，我听见的一记，燕子乡愁的呢喃。

太平洋，因为过于巨大、漆黑，所以，如谜。

所以，好奇的人们用传说故事，来努力探究、想象它黑暗的内在。

譬如：鱼，为什么没有脚呢？

渔人是这样来填充这个答案的黑暗空间的——

鱼，在远古也是走兽，也会在陆地上奔跑。那时候，盘古开天不久，天和地间隔很近，放牛人站在山顶，用赶牛鞭都能顶着天。天太低了，人、飞禽、走兽、树木、花草，都觉得难受。

女娲娘娘便想把天顶高。她想，只要有一种走兽肯把脚献出来，她就把它们化作天柱。

女娲连问了豺、狼、虎、豹、牛、马、熊，这些走兽一听，都赶紧躲开了。

最后，只有勇敢的鱼，肯把脚献出来。

鱼的脚砍下来了，血流如涌。女娲用手帕帮鱼包扎，还小心地打了两个结。

于是，鱼的脚被放在了大地东、南、西、北四个角，女娲轻轻吹了口气，顿时，这四只脚迅速扎根、生长，顷刻之间，长成了又粗又高的擎天柱。天，被牢牢顶住了。

后来，女娲娘娘便把无垠的大海赏赐给了勇敢善良的鱼。

鱼进入大海，手帕打成的结变成了鱼鳍。鱼靠着尾巴和鱼鳍，在大海的王国里，划水游动，比在陆地上用脚走路还快。

——而我们现在剖鱼，鱼血为什么很少，就是鱼当年献脚时，血流过多的缘故。

太平洋，因为过于巨大、漆黑，所以，令人恐惧。

所以，人们创造了虔诚信仰的神。神护佑着我们，神，能控制并主宰无尽浩瀚的海洋。

神，驱赶了我们因恐惧而产生的内心黑暗。

寂色黎明，我曾偶然进入岛上僻静渔村中一座"观音大士宫"。"宫"，亦只如普通民居。其内，金龙盘柱，莲灯燃明。无人，却异常洁净。张挂有数不清的、敬奉"观音大士、金府王爷、金座佛公"的红色锦旗。

"观音大士宫"中，联语甚多。

这是刺破黑暗的一束光："有求必应，神法威灵"。

这是另一束光："观山镇海扶大植小伏魔力，音临身至劝士佑民捍神威"。

这是又一束光："施法力佑民兴域，显神威伏魔安邦"。

这是再一束光："护持众生身现千手眼，普施无畏心住大慈悲"。

黑夜与白昼，轮回不息。而海洋的黑暗，万古如一。

太平洋，这**江南东缘巨大的水，摇晃着我**。

午夜。我房间的窗户开着。吹入房间的风，从黑暗的太平洋上而来。《太平洋的风》。又想起胡德夫。那个歌手，那个台东大武山中曾经的放牛孩子，现在的老男人——仿佛被海洋之风终日摧损却顽固不屈的一尊残破岩石，正用他沧桑深厚的嗓音，在此刻的黑暗中，吟唱吹拂我身的风。手机中，他的歌声闪闪发亮：

最早的一件衣裳

最早的一片呼唤

最早的一个故乡

最早的一件往事

是太平洋的风徐徐吹来

吹过所有的全部

…………

岛上。我的眼前，太平洋的黑暗，沿着歌声，渐渐，浸透了昏灯的整个房间，浸透了我所置身的全部世界。

潮神

伏剑（一）

属镂宝剑，在吴国 8 月惨白的日色下，闪着寒光。仔细看，锋快的剑刃里，隐有南方花枝般的精密纹理。

吴王夫差送剑的使者，低头肃立一边。

过昭关时已然花白的须发，入秋以来，我已经不再打理。长长的须发，在依然燥热的暮前秋风中，飘飘拂动。

闪着寒光的**属镂之剑**，被我提起，锋利的刃，割向自己的颈脖。

……鲜血溅流。

花白的须发上，花白的衣袍上，瞬间，斑斑鲜红。

后世的东汉人赵晔，在《吴越春秋》中这样描述我："身长一丈，腰十围，眉间一尺。"这有些夸张了。但当鲜血溅尽，这具伤痕累累、确乎沉重的肉身，重重倒在了由他亲手建造的吴都城中。

后来有人说：在我倒下的瞬间，阖闾大城，也就是现在世人熟知的姑苏之城，确实为之深深震颤。

那一刻，我如此清晰地感知自己的精魂在缓缓上升。那一刻，一生的各种场景，像闪电般疾速回放，不，甚至不是一生，包括我的前生和后世，一切历历在目。

出生

伍氏21世纪后人、中国地质大学的教授伍颖，这样呈现我的人生简历："先祖伍公名员，字子胥，袭明辅上将，号南神将军，周谥忠孝英烈王。诞辰为公元前555年正月二十六日，忌辰为公元前484年八月十八日。"

我的出生地，在古云梦泽，今中国湖北省监利县黄歇口镇伍家场。

我的曾祖父叫伍参，祖父伍举，父亲伍奢，我们家族在楚国世代为官，以耿直忠义闻名。

在我的家乡，至今流传着我出生的神异故事，他们说我是金狮大仙转世。

我的前世金狮大仙，传说一直蹲守在玉皇大帝灵霄殿前，很受玉帝喜欢。王母娘娘开蟠桃会,金毛雄狮好奇加嘴馋,偷吃了一只异常珍贵的大蟠桃。王母娘娘知道后,在玉帝大驾前奏了一本。玉帝遂罚金狮挨四十御杖,并将其赶出南天门,贬到人间云梦泽畔。

金毛雄狮来到凡间,一头钻进我父亲——楚国太傅伍奢家里。其时,我母亲已经怀孕3年6个月,但迟迟未能分娩。我父正为此事发愁,忽见一道耀眼金光闪入母亲房中,正在惊疑,丫鬟欣喜来报:"夫人生了!夫人生下二公子了!"于是,我正式出生了。

初到人间,连续3天3夜,我有力的哭声震天动地。全家由此不得安宁。灿烂的哭声传到天庭,玉皇大帝笑了,于是派太白金星下凡,处理我的事情。太白金星化作一个白发银髯的老道,来到我家,自称能止公子的哭声。

我父亲伍奢抱我出来,太白金星看着仍然大哭不止的我,在我头上轻轻拍了三下,同时念唱道:

你莫吵,你莫叫,
你是楚国的活宝宝。
大难不死全孝道,
死后不住忠臣庙。

说也奇怪，太白金星声音刚落，我立刻就安静了下来。

惊奇之余，家人正要酬谢老道，却见一道白光，从家中冲向天空，太白金星不见了。

成名

楚国地大物博，其疆域，西北到武关（今陕西省商洛市丹凤县），东北到昭关（今安徽省马鞍山市含山县），北到城父（今安徽省亳州市），南到洞庭湖以南。

"楚地阔无边，苍茫万顷连"（后世苏东坡语）。在空阔的楚天底下，我茁壮成长，他们说我是"脸如银盆，头似笆斗，咧嘴一笑狮子口"。

书上这样记载我：

3岁，体貌多奇异，声音如洪钟。

5岁，能识三才、五行之序。

7岁，又习六韬、三略。

10岁，言语有章。

12岁时，我随一位高人隐士——钟离道长，深入罗浮山中修行。文，学天文、地理、兵书、前贤经典；武，习排兵布阵、各种战法，兼及个人的徒手和器械。师傅小试过我的膂力，见我能够"横推八匹马，倒拽九头牛"，师傅微笑颔首。于是，整整14年之后，我26岁，钟离道长让我下山：你已学成。

临别时，师傅赠我宝剑一口，名曰"龙吟"，其剑之利，切金断玉，世所仅见。

春秋后期，秦国欲称霸天下，以周天子的名义，邀请十七国诸侯会盟于秦国的临潼。表面上，是连秦在内的十八国诸侯斗宝、献宝，实则暗含阴谋：如有不赴会者，十七国可起兵征讨；如诸侯到会，暗中教秦将率领秦国大军，把住潼关，"那十七国诸侯，便插翅也飞不出秦国去"。

当时的天下，名义上属周天子，实际已分为十八国：秦、魏、韩、赵、楚、燕、齐、鲁、郑、宋、陈、吴、越、蔡、曹、梁、杞、晋。

接到秦国发来的周天子诏书，面对这封"请柬"，楚平王思虑再三，决定赴会。初出茅庐的我，随平王入秦，保驾护航。

就在这次往临潼的路途上，我首次结识了吴国的公子光。

公子光是吴国参加临潼之会的代表。入潼关前，我们楚国代表团路遇了双眼垂泪的公子光一行。原来，公子光携带的参与斗宝的吴国珊瑚宝枕，被藏于崤山上的强盗柳展雄劫走了。

年轻气盛的我，听后大怒，征得平王同意，便携白虎鞭，**上崤山为公子光讨宝枕**。感激万分的公子光与我同行。

在崤山，我与威风凛凛的大盗柳展雄，大战了三百回合未分胜负。我见柳展雄也是一条响当当的汉子，便跳出圈外，手指身旁一块青色巨岩，提议说：我们快刀斩乱麻，谁用三鞭抽开此石，就算谁赢了，如何？柳展雄当即同意。我让他先抽。柳展雄手持铜鞭，摆开身架，静心运气，连抽三鞭而岩石未裂。我接鞭在手，注目青岩，只用两鞭，岩石就轰然而开，但见岩中一条白龙腾跃而起，在空中盘旋一周，朝我嘶鸣数声，向西飞去。据说，这条白龙因犯天条，被玉帝囚禁于此，幸我过此才得以解救。

颇讲义气的柳展雄见状，大惊失色，随即拜倒在地，叹服不已，称我为兄。他不仅马上归还了公子光的宝枕，还向我坦白：是秦王要他在此袭扰、阻止赴临潼之会的各国诸侯，欲使诸侯耽误会期，如此便可借违旨之由，剿灭诸侯。他保证，从此再不为之。临别时，柳展雄还悄悄告诉我，秦王已在潼关等秦国各重要关隘偷偷派驻重兵，要我注意安全。

帮公子光讨回了被劫的宝枕，我与公子光，就此结下了友谊。

以"斗宝"为主题的临潼会盟，如期举行。秦王居上，列国君臣分坐两旁。

斗宝之前，先选"盟辅"。盟辅，即盟主之辅（后讹为"明辅"），权力很大，不仅掌司礼监酒之责，如有不守法制者，还有权即刻制裁。

这盟辅的人选，秦王早有打算，要给他的弟弟、力大如牛的秦将秦姬辇。

盟辅的选择办法，是先比武，比武胜出者，再由秦王重臣、著名政治家学问家百里奚考核文化。

比武很简单，有谁能将秦王殿前的千斤铜鼎，连扳三倒、连扶三起者，即有做盟辅的资格。

晋国代表奋勇先上，只见他用力扳倒铜鼎，欲想扶起时，鼎却纹丝不动。

郑国代表接着上，他首先扶正了千斤铜鼎，再扳倒，但想再行扶起时，鼎又纹丝不动了。

韩国代表、赵国代表、齐国代表，都次第上来，但那只倒卧的鼎，像有定海神针一般，一动不动。

早就按捺不住的秦姬辇上来了。将倒卧的铜鼎扶正后，他将鼎扳倒、扶正，再扳倒、扶正，第三次想将鼎扳倒时，扳到一半，鼎却重新回正了过去。秦姬辇脸色涨红，他朝掌心吐了口唾沫，猛然发力，终于将铜鼎又一次扳倒在地。然而，当他试图将扳倒的鼎再扶正时，却无论如何做不到了。这时，秦王高声喝彩：姬辇贤弟，你已经连扳三倒、连扶三起了，你成功了！

目睹此情此景，我微微一笑，上前一步：各位尊王，且让我试上一试。

我将秦姬辇最后没有扶正的铜鼎首先扶正,然后左手撩衣,右手握住一只鼎脚,嗨的一声,将千斤铜鼎举了起来!**单臂举鼎**的我,并没有马上将鼎放下,而是稳稳举着,在殿上绕了三周,这才重新将铜鼎安放殿前。各国诸侯连同殿前侍卫们都看得呆了,待我放下鼎后,这才爆发出轰雷般的赞叹之声。座中秦王,面露尴尬;而平王,此时难抑骄矜之色。

伍员神力,老夫佩服、佩服!百里奚上场了。伍员将军威武异常,确非凡人,且待老夫试一试你为文如何。

百里奚出谜:东海鱼,既无头尾,又无脊骨。这是何意?

罗浮山钟离道长十数年对我的教诲,让我觉得此谜太过简单:东海鱼,无头尾,"鱼"字去了头尾,就是"田"字;又无脊骨,"田"字中间,再去一竖,谜底就是一个"日"字。

听了我如流的对答,众诸侯佩服不已。

我答毕,也请百里奚猜一个谜语:出兔口,入鸡肠;画时圆,写时方。这是何意?

这个谜语,百里奚斟酌再三,竟然没有猜对,这让我很感意外。

实际这个谜底,和百里奚的一样,也是"日"字。我解释道:兔属卯,卯在东方,日出在卯;鸡属酉,酉在西方,日落于酉,这不就是"出兔口,入鸡肠"?一轮红日,画它是圆的,写它是方的,岂不是"画时圆,写时方"?

我的这番解释,又赢得众诸侯一片赞叹。

如此,经过比武、论文,我"武胜秦姬辇,文欺百里奚",列国诸侯包括神情尴尬的秦王,一致推选我坐上了盟辅的位置。秦王的如意算盘落空了。

临潼斗宝正式开始。各国的宝物,实在是让我眼花缭乱,大开眼界。

齐出宝物夜明珠。置此物于黑夜之中,明珠周围则灿烂光明如同白昼。

卫出宝物镇风石。风力强劲、尘土飞扬之际,此石一出,天地澄明。

晋出宝物水晶篮。此篮挂于庭前,可自然生风,晴雨随人心意。

鲁出宝物雌雄剑。两剑同匣,有敌人靠近,则匣中之剑会自动齐鸣。

宋出宝物温凉盏。用此盏饮酒,冬日酒温,夏季酒凉。

燕出宝物水火衣。穿上此衣,可避水火。

吴出宝物珊瑚枕。此枕冬暖夏凉,可以醒酒,一枕消百病。

秦出宝物万年烛。此烛风吹不熄,万年不灭。

……………

十五国诸侯,各自展示了自己的宝物,唯独陈、蔡、楚三国无宝。

秦王发话:陈、蔡国僻,无宝情有可原;楚乃千乘之国,地富民殷,何亦无宝?莫非是藐视天子、不尊此盟?

面对秦王的咄咄逼人,楚平王结结巴巴,难以言对,他把求救的目光转向了我。

我随即起身,回应秦王的诘问:楚国并非无宝,而是特意携了二宝,来参加秦王的临潼之会。

二宝何在?秦王追问。

我从容而答:

其一之宝,是楚国上下人人珍视、践行的"善"宝。臣所谓楚以善为宝者,表现为君君臣臣,父父子子,四民乐业,路不拾遗,此善,实乃镇国之奇珍、安邦之至宝,岂是方寸珠玉所能比哉?

其二之宝,便是在下。不谦虚地说,我就是宝,楚国的人就是宝。天下人传我是"整骨排牙",并非虚言。诸位尊王请看,我的牙齿是整排的,不是一颗一颗;我的肋骨也是一整块的,不是一根一根。秦王在上,贵国宝物万年烛,号称风吹不熄,万年不灭,但臣能吹熄。话音未落,我在距万年烛一丈开外的地方立定身子,深深吸气,扑的一声,吹灭了秦国万年烛。

"楚国无宝，送了个活宝"，这是后世传扬的说法。我的宏词大辩和过人神勇，让秦王哑口无言，列国诸侯则交首称赞。

秦王最后也无奈却由衷叹道：看了那伍子胥，真个是论文欺天下群儒，论武有万夫之勇，论英雄名镇诸邦……秦邦空有千员将，怎出英雄楚伍员！

临潼斗宝圆满结束，我想起柳展雄的叮嘱，便以盟辅的身份，明让百里奚随行相送，实际以他为人质，保十七国诸侯东出潼关，安全离开了秦国。

从此，春秋诸侯，皆知楚国有个伍子胥了。

血仇

我与无德的楚平王，结下了血海深仇。

因为，我的**父亲伍奢**、我的**兄长伍尚**，连同全家上下近300口人，都被这个无耻昏君给杀害了。

说来并不话长。楚平王有太子名建，太子建有两个师傅：我父伍奢是太师，费无忌是少师。我父正直，而费无忌谄媚阴毒，乃楚之逸人，同僚皆知。

太子建到了可以娶妻的年纪，为了与秦缔结友好关系，楚平王派费无忌求亲于秦。临潼之会让秦国见识了楚国的人才和强盛，秦王便准备把公主孟嬴许给太子建。孟嬴非常美貌，先行赴秦商谈的费无忌回楚国后，为讨好平王，暗报："秦女绝美，天下无双，王可自取。"好色的平王遂将秦女孟嬴纳为己有，并且宠爱有加，后来生子珍。至于太子建，则偷梁换柱帮他娶了一个齐女。

纸总是包不住火的。费无忌担心平王一旦卒而太子建继位，自己必定倒霉。于是决定搞掉太子，专事平王。费无忌日夜在平王耳边诬陷太子："太子以秦女之故，不能无怨望之心，愿王早做防备。太子在城父这个地方带兵，外交诸侯，有情报说太子就要入朝为乱。"

太子建一向敬重我父，讨厌费无忌；我父也从来鄙视费无忌的那些小人所为。所以，费无忌想一并除掉常常让他畏首畏尾的我父。他跟楚平王说：太子建意欲谋反，伍奢是太子同谋。

平王于是召见我父：建有叛心，汝知之否？

犟脾气的我父从来不屑鉴貌辨色，他几乎压不住自己的愤怒，这样回应平王：

王纳子妇，已过矣！又听细人之说，而疑骨肉之亲，于心何忍？王独奈何以谗贼小臣而疏骨肉乎？

听了我父之言，平王的脸色，红一阵白一阵。

费无忌则继续进谗于平王：当断不断，反受其乱，大王您再不先发制人，等他们事成了，等待您的，就只剩下被抓被擒的份儿了。

于是，昏聩的平王立囚我父，并派司马奋扬去擒杀太子。

司马奋扬这人我了解，不仅武艺好，人也极讲义气。他知道太子建无辜，就立即暗中派人先去向太子建通报消息：太子急去，不然将诛。自己则不慌不忙从容上路。自然，司马奋扬到达时，太子早已不见了踪影。

我还知晓司马奋扬的后续故事。

因未完成擒杀太子的任务，奋扬自缚，往郢都（今湖北荆州）请罪。

平王问奋扬：擒杀之令，出自寡人口，进到你之耳，是谁泄露给太子建的？

奋扬坦然：是臣。大王曾经嘱咐臣要像服侍大王一样服侍太子，臣虽不才，但不敢三心二意。臣按大王先前的嘱咐行事，不忍按大王现在的命令执行。臣把太子放跑，现在追悔莫及。

平王问：那么，你如何还敢来见寡人？

奋扬答：臣未完成大王使命，如果不来，就是再次违命，臣不敢。

楚平王无奈，最后也就不了了之了。

太子建没有杀到，但我父伍奢还关在郢都牢里。如何处置我父？平王又问计于费无忌。

费无忌恶毒，回复平王道："大王，伍奢有两个儿子，皆勇武贤能，如不诛除，日后必为楚忧。何不以免其父罪为由召之。

他们兄弟仁义，我相信肯定会来的。"

平王于是派人谓我父："能召你的两个儿子来，就让你生；不然，则死。"

我父回应："我的两个儿子，大儿伍尚为人慈温仁信，若闻召，他也许会来；但小儿子胥，文治邦国，武定天下，有预知之能，安可致哉？"我父坚决不肯落墨召儿。

平王遂派信使，假持封函印绶，找到我们兄弟。

信使道：大王惭愧囚系忠臣，为弥补过失，准备封伍奢为相，封你们兄弟为侯，请入郢都，既见尔父，同时受封。

兄长伍尚欲往，我力劝：楚之召我兄弟，完全是诈，我们到，则父子俱死。

兄长对我说：我知道这是诱杀之计。你赶快逃吧，我准备跟他们回去。我是这样考虑：父亲肯定很想念我们，我代我们兄弟见父亲一面，能陪父亲就戮，虽死无憾。你能为父亲和我报仇，你赶快逃吧。

事实果如我们所料，兄长一入郢都，便被执而囚之。

与此同时，楚王派人前来抓我。面对追捕我的使者，我张大强弓，箭如闪电，声同呼啸，但我并不真射他们。追捕者皆知我神勇，史书上载其纷纷"俯伏而走"。我在他们身后厉声呼喝：

报汝平王，**欲国不灭，释吾父兄；若不尔者，楚为墟矣。**

昏庸荒淫的楚平王听闻禀报后大怒，公元前522年初夏，我父伍奢、我兄伍尚，两位楚之忠良，连同我的全家，一起被害。

阴云满布楚天。临刑前，我父叹道：危哉，楚国君臣且苦兵矣！

昭关

背负着父兄之仇，我昼伏夜行，**由楚奔吴**。

为什么奔吴？春秋之时，天下实际分为晋国、楚国两大争霸集团。而吴、越，开始皆附属于楚。后来，晋国联吴制楚。晋侯派申公巫臣赴吴联吴。"吴始伐楚，伐巢，伐徐……蛮夷属于楚者，吴尽取之，是以始大。"

自此以后，吴、楚交恶，从而开始了春秋后期吴、楚之间长达百年的战争。其核心原因是国家利益：吴与楚争夺重要的战略经济资源——两淮（淮东、淮西，泛指淮河南北地区）所出的铜矿。

吴楚为敌，所以我由楚奔吴。况且，从个人而言，在东方吴国，还有我的故交、吴王诸樊之子公子光。

我辗转宋（今河南商丘）、郑（今河南新郑）、晋（今山西侯马）等国后，终于来到了有吴楚咽喉之称的楚国昭关。

世人熟知的我**过昭关，一夜白头**的故事，就发生在此。

后代《汉语大词典》介绍昭关："在安徽省含山县北，小岘山西。山势险仄，因以为关。春秋时为吴楚界地，往来要冲。楚人伍子胥奔吴，曾经此道。"

昭关关隘险峻，森严壁垒。我暗中近关观察，关前不但有重兵把守，关门旁边，还贴有榜文和我的大幅画影图像。看来，要过昭关，实非易事。

我退避至昭关附近的一片山林之中。暮春时节，山花野发，烂漫一片。我完全无心赏看，如何才能闯过昭关，让我身心欲焚。

正在这时，忽有歌声由远及近传来，所唱内容，颇有遗世独立、超然物外之意：

时光如水啊，往不可留，
人生在世啊，祸福总有，
争名夺利啊，费尽机谋。
羡万物之自得，无尽无休，
悔半生碌碌啊，空自悲愁，
似梦中初醒啊，既往不咎。
清粟为友啊，胜似珍馐，
葛衣遮体啊，优于丝绸，

伴浮云野鹤啊，垂钓渔舟，

逍遥自在啊，闲度春秋……

听着渐近的歌声，就见一老者，葛衣竹冠，银髯飘拂，双目炯炯有神，向我走来。

我朝老者深施一礼：行路之人，迷失路程，饥饿无食，望老丈垂怜！

老者一怔，想不到在这山林之中还能碰见人。他目不转睛地盯看我片刻，忽然问道：壮士莫非楚之名将伍子胥乎？

我大吃一惊，但看老者神情，并无丝毫恶意，于是避开问话，又施一礼：老丈何人？请赐尊名。

老者答道：将军不必疑虑，我乃你父伍奢多年的好友东皋公是也！

东皋公，神医扁鹊的弟子，楚国闻名的高手名医。浮云野鹤般的东皋公，昔年确实常来我家找我父饮酒喝茶，总指着我对我父说：此子骨相奇异、英才超众，日后肯定非同寻常！

回忆之余，看眼前的东皋公，虽然白发银髯，但说话间的神情，仍是当年模样。我心中大喜：伯父大人在上，请受小侄叩拜！

东皋公连忙将我扶起。

我不解：小侄久违伯父，不知为何能一眼认出小侄？

东皋公答：楚王无道，贤侄一家惨遭不幸，我已知闻，心中也是悲愤难忍。我刚从昭关过来，因守将夫人患病，请我去看病。在关门旁有榜文和贤侄画像，云有能捕获叛臣伍员来献者，赐粟五万石，官封最高爵位；有窝藏及纵放者，全家满门抄斩。刚见你与画像极似，故然动问。此地不是说话之处，请贤侄到寒舍一叙。

我怕连累东皋公，但他坚持：无妨，寒舍极为幽僻，家中只有童子相伴，别无他人。

到得东皋公家，茶饭毕，东皋公说：老夫近来听说，那费无忌已派出大批楚军，驻扎各边防要道，为的就是捉拿贤侄。现今情形，不知贤侄意欲何往？

我实言相告：如今列国多畏于楚，唯有东方吴国与楚相抗，况且吴国公子光过去在斗宝大会上曾与小侄结下情谊，今若投之，必会相助。所以我想过昭关，投吴栖身。

东皋公听后点头：好！昭关是通吴要道，现在有楚兵严密把守，不过贤侄放心，我一定想办法助你过关。

于是，我暂避东皋公家。老丈每日以酒食款待，让我一住就是七天，他自己则早出晚归。

第八日，我心焦急，对东皋公说：小侄大仇在身，在此度日如年，不知何时才能过关？

东皋公略有些神秘地安慰我：老夫已有周全之计，就等一人到来,贤侄请耐心稍待。

是晚,我回想全家被杀的惨状,夜不能寐。想要辞别东皋公前行,恐不能过关,反惹其祸;如果再住下去,又是耽搁时日,且所等之人不知是谁。如此辗转反侧,身心如处芒刺之中。我卧而复起,起而又卧,卧而再起,不觉东方之既白。

金鸡啼鸣,叩门而入的东皋公,见到我时先是一惊,随即又转惊为喜:贤侄须发,何以一夜变白?!好啊,好啊,实乃天助豪杰,苍天不绝伍氏之后啊!

我取镜自照,大惊:昨天还是满头的乌发,一夜之间,真真切切竟然全部苍然斑白了!

我当下痛泣:一夜愁肠,竟使须发皆白。大仇未报,一事无成,岂不悲哉!

东皋公连忙制止我:贤侄不必悲伤,这是佳兆啊!你想,贤侄你状貌雄伟,见者易识,现在须鬓顿白,一时难辨,如此就容易混过俗眼了。况且我所等待之人,今天就要到了!

东皋公所等之人,是他的朋友、住在西南70里之外龙洞山的隐士皇甫讷。原来,身材魁梧的皇甫讷外貌与我极为相似,东皋公的计划,是请他假扮我高调过关,待他被关兵盘查捉拿时,我便可乘机混出昭关。

午时,皇甫讷准时到来。东皋公介绍我们相识。

我深深施礼:皇甫仁兄与弟素不相识,今替员赴关,实属不忍，无以为报！

皇甫讷回礼：久闻伍将军英名，皇甫甘愿，不足挂齿！

东皋公在一旁解释：贤侄放心，我与昭关守将相熟，待你过关走远后，我自会前去解救皇甫，你尽管放心！

次日凌晨我们即起，皇甫讷与我互换了衣服，黎明天色朦胧时到达昭关。守关军士，正手执我的画像，一一核对排队过关的人。轮到皇甫兄，关卒看他状貌与画像高度相似，又见他在接受盘查时故意装出来的慌张神情，便立即高喊：伍子胥，他就是伍子胥！喊声中，守关兵士一拥而上，不顾皇甫讷挣扎分辩，将其捉住。过关民众听说抓住了通缉要犯伍子胥，也竞相围观。关门大开，两个仍在岗位上的守卒，心思也完全在抓住了伍子胥这件事上，须发皆白的我，便混杂于众人之中，顺利闯过了这道生死之关——昭关。

芦中

混出昭关后，我丝毫不敢停留。从昭关到褒禅山（褒禅山，原名华山，唐代始改此名，再后来的北宋名相王安石路过此地，曾写有著名的《游褒禅山记》），这15华里丛林间的山中小道，我几乎是一口气狂奔而到。

然后，再经过高祖集、善厚集、乌石山、草窝街、小陡岘、寡妇街、光蛋桥、大陡岘、岚龙山（今伍庙坊）、西埠，无间断急走了四五个时辰，终于来到了长江西岸的古历阳（今安徽省和县）。吴国就在江东，我准备在历阳的渔邱渡附近，渡江入吴。

长江两岸仍是楚国控制区，时有楚兵往来巡查。我谨慎行至江边远眺，唯见江面广阔。何以得渡，心内焦急。

天无绝人之路。正在此时，有渔父驾一叶渔船，在离江岸不远的江面上出现了。我急忙招手大喊：渔父渡我，渔父渡我！

渔父听见我喊，便划动双桨，小渔船朝我渐来渐近，双方的脸都看得清清楚楚了。然而，忽然间渔父倒划一桨，船头一转，小渔船竟又掉头走了——原来，江边岸路上，这时恰有一群人杂乱走来。

我赶紧蹲下身子，低头假装整理包裹；渔船上的渔父也哼起了歌，江上的风，把他的歌声吹送过来：

日月昭昭乎浸已驰，**与子期乎芦之漪**。

我明白了，这是专门唱给我听的：日光虽亮，但日头已经在逐渐西驰，与你相聚在芦苇滩吧。

果然，前面不远处江滩，就有一大片茂密的芦苇。等那群人走远，我赶紧朝那处芦苇滩奔去。钻入芦苇丛中，青绿的芦叶在脸上刮来戳去，几乎不辨东南西北。这时，我又听见了渔父的歌声：

日已夕兮，予心忧悲；
月已驰兮，何不渡为？
事浸急兮将奈何！

渔父的意思我懂，他是在催我了！循着歌声，分开苇秆苇叶，我终于上了渔船。不到一个时辰，在江上微红的落日黄昏中，我平安渡过长江，抵达采石矶附近的江之东岸。

既渡，渔父视我有饥色，就对我说：将军就在此树下等我，我为你寻些吃食来。

将军？他怎么称我为将军？渔父去后，我疑之，于是再次潜身深苇之中。没过多久，渔父来了，我却不见了。渔翁于是又歌：

芦中人，芦中人，岂非穷士乎？

（后来，渔翁的这三段歌咏，被清代苏州人沈德潜编入了

《古诗源》中,题为《渔父歌》。)

我在苇丛中观察,确乎只有渔翁一人,于是才应声而出。

渔父见我,笑了:将军莫非怀疑老朽是去叫人捉你?果若如此,我又渡你作甚?

对渔父的不信任,让我内心惭愧不已。渔父手中的提篮里,有麦饭、鲍鱼羹(烧煮咸鱼)和盎浆(米汤),他又像变戏法一般,从渔船舱里拿出一壶酒来。

渔父道:天色已黑,今晚索性就不要走了,我来陪将军畅饮两杯,待到天明分手,你继续赶路,我继续打鱼。

边吃边叙。渔父说昨夜梦见一颗将星坠落他的船中,就知必有异人求渡。今天在对岸看清我时,虽然我须发都白,但知道这个人就是伍子胥。因为不仅是昭关,就连江边每个村庄,全张贴了捉拿我的画影榜文。方今楚王无道,纳媳害子,宠用奸佞,残害忠良,你们伍家的惨事,是世人皆知了。今番我渡将军过江,就是出于义愤,想帮助好人啊!

闻听渔父之言,我感激万分。

饭饮毕,在渔父船中稍眠片刻,就东方显白,天色微明了。

告别时,我解下从不离身的龙吟宝剑,赠送渔父:渡江之恩,无以为报,此剑应该可值百金,以此相答。

渔父坚辞不受:楚国有令,拿获伍员者,赏高官厚禄,我救你,岂是为了这些?将军前路漫长,快快收起。

我又请教渔父高姓尊名。

渔父回我：子是芦中人，就称我渔丈人吧。

渔父指点了我去吴道路，并特意关照：虽然过了江，还是要警惕，这里或明或暗有许多楚兵的侦察部队，要等到过了固城（今江苏溧阳），才算真正脱险。

说完，他便把渔船划离江岸，双桨一摇，准备到江上打鱼去了。

我心中难舍，望着渔船离岸，渐去渐远，正转身要走，忽然想起还有句要紧的话忘记说了，赶紧喊了一声：渔丈人！

芦中人：还有何事？

若有楚兵追问，请千万不要泄露！

听得此言，渔父似乎沉默了片刻，然后回了一句：诺！

我行数步，听得身后响动，顾视渔父时，发现他竟然已覆船自沉于江水之中矣。黎明白茫茫的江面上，不见渔父，只有一叶倒扣的小舟在兀自飘零。

我追悔莫及，痛心疾首，泪如雨下：渔丈人，渔丈人，我遇你而活，你却为我而死，岂不伤哉！啊……

后世《伍子胥变文》记此：

大江水兮渺无边，云与水兮相接连。
痛兮痛兮难可忍，苦兮苦兮冤复冤。

自古人情有离别,生死富贵总关天。
先生恨胥何勿事,遂向江中而覆船。
波浪舟兮浮没沉,唱冤枉兮痛切深。
一寸愁肠似刀割,途中不禁泪沾襟。
望吴邦兮不可到,思帝乡兮怀恨深。

贞女

逃出昭关,渡过长江,月涉星遁,我来到溧阳地界。当然,溧阳当时还不叫溧阳,明弘治《溧阳县志》载:"溧阳,吴楚时曰固城,曰平陵,秦汉始名溧阳县,历代遂沿其名。"

溧阳是吴楚两国的过渡区域,该地区的所有权,吴楚两国数度易手。我到的时候,仍以楚国控制为主。

在溧阳,我确实数度遇险。

一次,在黄昏的旷野上,眼见前方一队楚国骑兵过来,环顾四周没有藏身之处。情急之中,突然一大团浓厚的云气自天而降,将我团团裹住,使我未被发现,得以脱险。

一次,经过一个村庄边缘,遭遇数个前来盘查的楚兵,幸亏我赶路时早就以泥涂脸,楚兵见到的,是一个须发花白、满面污泥的乞丐,就放我走了。后来,这里的人们为纪念我,把村庄改名为**"泥面岗"**。

还有一次最为惊险,在现今溧阳和郎溪两县交界处,楚兵的一个侦察小分队追踪我。附近正好是一座杂树乱长的馒头状小山,我顺着雨后山间的黄泥小路,奋力上山——但我留了一个心眼,我上山是倒着走的。楚兵追来,见到黄泥小路上留下的,是一行清晰的下山脚印,于是就没有上山,转而向山下追去。后来,这座山,就被当地人称作"**伍员山**"。

我终于来到了溧阳的濑水边上。

濑水,源出江苏高淳固城湖,流经溧阳称濑水,入宜兴称荆溪,最后汇入太湖。在我入吴之后,曾为吴王阖闾开掘、连通过一条从太湖直通长江的河道(后人称为"胥河"),濑水就是我借用的天然水道。这条胥河,基本就是现代的芜申运河(芜湖到上海)。

因躲避追兵,我数日未能得食,饥饿至极。这时恰见濑水畔有女在独自浣纱,于是上前乞食。浣纱女授我以壶浆(浆纱用的半桶面糊)。狼吞虎咽食毕,浑身的力气终于又回来了。我向浣纱女再三感谢,然后,我一生无法原谅自己的老毛病又犯了:我请这位女子,掩尔壶浆,无令其露,一定为我的行踪保密。

浣纱女知我意,为了使我放心,也为了保全她的贞节——此地风俗,未嫁女子不能与陌生男子讲话,更不必说是赠饭了,随即抱石纵身跳入濑水,自沉灭口。

这位为我舍命的刚烈女子，姓史，就出生在濑水之畔，今江苏省溧阳市南渡镇上吴村。南渡，即濑渡之讹音，濑水之渡口。传说史氏女父亲早亡，她为奉养母亲，三十未嫁，到濑水之滨的外祖父家（今溧阳市南渡镇中桥村），随舅父学习纺织，并以此为业。

在我1200多年之后的唐代大诗人李白，也被这位救我的史氏女感动，称她为"贞义女"。公元756年（唐天宝十五年）春天，受溧阳县令郑晏邀请，云游至此的李白，撰写了《溧阳濑水贞义女碑铭并序》。

文中称"贞义女者……岁三十，弗移天于人，清英洁白，事母纯孝。手柔荑而不龟，身击漂以自业"。李白对我家、对我也是相当熟悉："当楚平王时，平王虐忠助谗，苛虐厥政。芟于尚，斩于奢，血流于朝，赤族伍氏。怨毒于人，何其深哉。子胥始东奔勾吴，月涉星遁。或七日不火，伤弓于飞。逼迫于昭关，匍匐于濑渚。舍车而徒，告穷此女。目色以臆，授之壶浆。全人自沉，形与口灭。"李白称**史氏女救人自沉**之举，是"卓绝千古，声凌浮云"。

李白撰文，其族叔李阳冰书写的这块石碑，唐代初刻，后损坏，宋代复制重刻，在20世纪被人发现于江苏省宜兴芳庄田野沟渠之上，现存于宜兴市城中周王庙碑廊内——这已是后话。

刚烈贞义、重义轻生的史氏女，让我悲痛欲绝！我咬破手指，在路边石上，写下血书：

尔浣纱，我行乞；我腹饱，尔身溺。十年之后，千金报德。

入吴

历经艰险，我终于真正进入了东方靠海的吴国。

此时的吴国，正处于一场潜在的政治危机中：吴王僚当国，而公子光，暗中想夺回王位。

公子光和吴王僚的关系，要从他们的爷爷——第十九世吴王寿梦说起。

寿梦有四个儿子：诸樊、馀祭、馀昧、季札。四子中，季札特别贤能，深受寿梦喜爱，很想把王位传给这个小儿子。但春秋礼法，实行的是父死子继的嫡长子继承制度。于是，寿梦想出一个兄终弟及的折中制度：死后首先由老大诸樊继位，诸樊死了老二馀祭继位，馀祭死了老三馀昧继位，馀昧死了老四季札继位，如此，寿梦的目的就达到了。

老大诸樊、老二馀祭都遵守先王遗训，死后把王位传给了弟弟。老三馀昧死后，终于轮到老四季札，可以实现先王寿梦的遗愿了。但关键时刻，季札却不愿当王，为了避王，甚至跑出了吴国。

那么，吴国的王位怎么办？此时，便由老三馀昧的儿子继承了下来，这个人，就是第二十三世吴王僚。

但是，此种情形，老大诸樊的儿子不满意：这王位本来是我家的，既然四叔季札不肯做，也该重新还给我家才对，你老三家凭什么霸占这个王位？这个老大的儿子，就是公子光。

夺回王位，回到正统，便成为公子光的人生目标。

为了实现这一目标，"阴有内志""狡而忍"的公子光，长期积极筹措，暗中寻找能够帮助自己的贤人。

公子光派了一个善于相面的心腹，在人来人往的吴国市场上，做"吴市吏"，以便物色人才。

初入吴国的我，光着脚，披散白发，佯装疯狂，**吹箫行乞于吴市**。当年在罗浮山中，不仅跟钟离道长学成剑术，闲暇之时，也向道长学得一手箫艺。当我的箫声响起，身边总有围观啧啧称赞者。吹箫之余，我还唱：

跋涉宋郑身无依，千辛万苦凄复悲！父仇不报，何以生为？

昭关一度变眉须，千惊万恐凄复悲！兄仇不报，何以生为？

芦苇渡口溧阳溪，千生万死及吴陲，吹箫乞食凄复悲！身仇不报，何以生为？

吴市吏观察我3天后，禀告公子光：我相过的人多了，但这个须发皆白的不寻常汉子，让我吃惊，邋遢的外表难掩内在英武之气，我从来没有见到过这样的人！愿公子垂注。

公子光后来告诉我，当时他就想到，此人应该就是父兄皆冤死、自己正被楚国追杀的故人伍子胥。

见面那天，"闻一善若惊，得一士若赏"的公子光，亲自下阶迎我。

3日3夜，公子光与我开诚布公，畅叙连昼夜。他说：难忘崤山之恩，你我兄弟，你的仇就是我的仇，这个仇我们是报定了。

我认定，光就是我伐楚复仇的贵人。我决定帮助他实现他的人生目标。

荐士

为公子光，我推荐的第一个人才，是勇士专诸。

就是这位棠邑（今南京六合）人专诸，用一柄**鱼肠剑**，以自己性命作为代价，刺死王僚，让公子光，成了吴王阖闾。

"吴、越之君皆好勇，故其民至今好用剑，轻死易发。"春秋时期，此地域之人的刚勇蛮悍，并不像千年之后的文质彬彬。

我的兄弟专诸，是我在亡楚入吴途中遇见的。其时，在途中的一个吴国乡市，这个面如黑漆、形似饿虎，以杀猪为业的精健汉子，正孤身对抗数人。"将就敌，其怒有万人之气"——在他将要逼近对手时，他的愤怒，有压倒上万人的气势，完全不可抵挡。然而就在专诸越战越勇、将对手打得七零八落之时，一位拄杖老妇出现，一声呼喝。说也奇怪，听到声音，专诸马上住手，跟着老妇乖乖走了。

后来我知道，这位老妇就是专诸的母亲；而如此勇猛的专诸，"素有孝行，事母无违"的名声，乡人皆知。

这样的勇士，我岂能不交？

我与专诸的结识，是用这样的对话开始的：

楚国有个人，姓伍名员，要我带信来问候足下。不知壮士可知道此人？

伍员？你确定说的是伍员伍子胥？那是我哥哥！

我当下心里惊诧：我何时有过这样一位兄弟？便问：足下与伍子胥结拜过？

没有，见都没有见过。

这就更莫名其妙了：那足下因何称他为哥哥？

告诉你你就明白了，我久闻伍子胥是楚国忠良之后，文武全才，能拔山扛鼎，我就喜欢他，只有这种人才配做我的哥哥！

原来如此!

当我道明自己身份,专诸将信将疑。我并不过多解释,见他院内正好搁了一只数百斤重的大磨盘,便走上前去,轻轻搬起,又轻轻放下。

专诸见状,惊喜万分。真是哥哥!他朝我倒头便拜。

我和专诸义结金兰,重新正式拜见了专诸母亲。把盏畅叙之际,我把父兄被杀、闯过昭关、渡过长江,一路逃亡乞食的情形,向专诸简述了一遍。专诸听得满腔激愤:为报哥哥大仇,日后有用得着小弟的地方,专诸万死不辞!

后来,我向公子光推荐专诸:此人是英雄孝子,可叹可敬,完全可用!

光闻听,马上登门拜访。此后,公子光派人"日馈粟肉,月给布帛",并且不时亲自"存问其母",专诸心中感激。我们三人,相处甚洽,亲如兄弟。

专诸确实是"轻死易发"的义勇之士,他表白:我的命,现在就是两位哥哥的,随时请取。只是要拜托两位哥哥,一定照顾好我的老母。

未等我回答,公子光紧握专诸之手:光之身,子之身也!我就是你,贤弟之母,就是愚兄之母!

如何成功行刺王僚,我们反复商议。王僚行事谨慎,安保措施非常严格,一般人是无法靠近其身的。

专诸勇而有智:凡欲杀人者,必前求其所好,请问,吴王何好?

公子光答:好嗜鱼之炙。他特别喜欢吃烤鱼。

好,那我们就从鱼上做文章。于是,专诸便到太湖边拜师,专门学习烹鱼技艺。三个月后,屠夫专诸,已经成功转型为烤鱼高手。

公子光也为专诸准备好了一柄可以藏入鱼肚的锋利匕首。"昔越王允常使欧冶子造剑五枚,献其三枚于吴,一曰湛庐,二曰盘郢,三曰鱼肠。鱼肠乃匕首也,形虽短狭,砍铁如泥。先君以赐我。"

一切就绪,只待时机。

公元前516年,楚平王病亡——直接的复仇对象死了,我痛憾不已。趁着楚丧,吴王僚命掩馀、烛庸率领吴军进攻楚国。然而进攻并不顺利,"楚发兵绝吴后,吴兵不得还"。

吴军伐楚滞留,国内空虚,最佳时机终于来了。

公元前515年,夏4月,公子光具酒备鱼,伏甲士于家中地下室,宴请吴王僚。

赴宴的吴王僚非常小心,他让全副武装的卫兵从道路两边一直排坐到公子光的府宅门前;而公子光府中,从门口到台阶,直至宴席上,都是吴王僚的亲信执铍(短剑装在长柄上,类枪)护卫在他身旁。凡进献食物者,必须在门外脱光衣服接受检查,然后改穿指定衣服再去进献食盘。当他们端着食盘进献时，要求跪行而入，执铍的吴王僚卫兵用铍夹着他们，兵器的锋刃几乎碰触到他们身体。就是在这样严密的监视下，才让他们把食物递到吴王僚的面前。

经过道道程序，专诸端着一大盘色香诱人的烤鱼，终于来到了吴王僚身前。在专诸具有历史意义的惊人一击之前，公子光"伪足疾，入于堀室"，假装脚有病，临时离开宴席，进入了自家地下室——那里，正埋伏着他的众多甲士。

几乎是瞬间，专诸从鱼肚中抽剑刺王，"贯甲达背，王僚立死"。而专诸自己，则被王僚卫兵"铍交于胸"，喷溅的鲜血，与王僚之血混在一起。

这时，公子光重新现身，"伏其甲士以攻僚众，尽灭之，遂自立，是为**吴王阖闾**也"。

我第二个推荐给吴王阖闾的，是勇士要离。

较之专诸，要离身上，更具有春秋时期"死士"的精魂和"蛮夷"的印痕。

阖闾既杀王僚，吴王僚的儿子，那个有万夫不当之勇的庆忌，逃亡去了卫国（今河南河北山东交界地区）。阖闾时时担忧庆忌联合诸侯来伐。不除庆忌，阖闾无法安睡。

阖闾找我商议此事。非得要赶尽杀绝吗？我表达着自己的犹豫。

必须。请助我！

无奈，我向阖闾推荐了要离——"细人"一个，又瘦又小，家在无锡鸿山，剑术高手。

阖闾见过又瘦又小的要离之后，对我说：庆忌乃传说中的吴国第一勇士，有万人之力，岂细人所能谋乎？

我给阖闾讲了要离的故事。

椒丘䜣是东海一带有名的勇士，某年他来吴国为友人奔丧。渡淮河时，他的马被淮河水怪给吃了。椒丘䜣大怒，跳入水中，与水怪大战3天3夜，结果不分胜负，自己一只眼睛受伤失明。

在丧宴上，椒丘䜣是个话痨，从头至尾，喋喋不休地炫耀自己勇斗水怪的事迹。坐于同席的要离实在听看不下去，便嘲讽道：你与水怪缠斗，不仅没有救回自己的马，反而弄瞎了一只眼睛，这有什么值得吹嘘的？

受到羞辱，椒丘䜣怒火中烧，一言不发就离席走了。

夜间，椒丘䜣上门报复。

两人对面而立，要离淡定：我没有该死的理由，但你，却有三个不像话，你知道吗？

我在大庭广众之下羞辱你，你不敢当场发作，却要晚上偷偷来报复我，这是第一个不像话。

你进我家门悄无声息，登堂入室还是一点声响也不敢发出来,这根本就不配称什么勇士,这是第二个不像话。

你事先拔出了剑,用手揪住了我的头发,才敢大声说话,证明你心虚,这是第三个不像话。

你有这三种不像话,却还要在我面前逞威风,你还说得过去吗?

椒丘䜣扔掉手中的剑,叹了一口气:我自称是天下第一勇士,没想到你要离远在我之上,我今天要是杀了你,一定会被天下人看不起,我如果活着离开这里,也一样会被天下人耻笑。

说完,椒丘䜣自刎于要离床前。

——阖闾听完我讲的要离故事,开始像以前对待专诸一样,把要离奉为上宾。

如何解决庆忌,要离自提方案:臣诈以负罪出逃,愿王戮臣妻、子,焚之吴市,飞扬其灰,以千金与百里邑之厚赏追捕我,庆忌必信臣矣。

阖闾一一照做。

要离出奔,到达逃亡在卫国的庆忌身边。

要离面见庆忌:阖闾无道,王子所知。今戮我妻、子,焚之于市,无罪见诛。当今吴国之事,我知其情,凭王子之勇,阖闾完全可得也。何不东之于吴,我可做先锋!

庆忌信其谋。

在庆忌率领军队渡江要打回吴国的时候,同在一船的要离,寻机用一柄长矛，刺向了庆忌。庆忌看着自己身上汩汩冒出的鲜血，阻止了身边卫士想即刻杀掉要离的行为：

他也是天下勇士，**岂可一日而杀天下勇士二人哉**！

临死前的庆忌，倒提着要离，把他浸入江中，重复三次。最后庆忌说：汝，天下之国士也，幸汝以成而名（你是天下的国士，饶你一死，让你成名去吧）！因此，要离得不死。

功成，回到吴国后，阖闾大悦，"请予分国"。但是，要离无法原谅自己，感到自己"不仁不义，又且已辱"——受到庆忌的不杀之辱，故"不可以生"，最终，以剑自尽。

后世冯梦龙曾这样评价此事：无故戮人妻子，以求售其诈谋，阖闾之残忍极矣！而要离与王无生平之恩，特以贪勇侠之名，残身害家，亦岂得为良士哉？

我向阖闾推荐的第三位人才，是著名军事家、齐人孙武。

孙武是我入吴之后，在虎丘山麓结识的知心朋友。他由齐入吴，我由楚入吴，我们同是流亡异乡者，遂惺惺相惜，一见如故。

孙武其人，英武磊落，精通韬略，有天地包藏之妙，神鬼不测之机，自著有兵法十三篇。

在我数次向阖闾力荐之后，公元前512年，阖闾召见了孙武。

交流未有多久，阖闾即对孙武所言之兵法，"口之称善，其意大悦"。

可以小试否？阖闾问。

当然，臣之兵法，不但能施之卒伍，即令妇人女子奉吾军令，亦可驱而用之。孙武胸有成竹。

阖闾鼓掌笑了：天下岂有妇人，可使其操戈习战者？我们就试上一试。

于是，接下来就有了"**吴宫教战斩美姬**"的有名故事。

吴宫御苑内，一群宫女被分作左右两队，由吴王的两名宠姬，分任队长。详细交代如何操练之后，孙武站在指挥台上，开始指挥操练。令鼓响起，两队宫女只觉得新鲜有趣，都嘻哈大笑，完全不去听从指挥。数次说明数次重来，宫女们仍然嬉笑不止，视操练如儿戏。

孙武见状，停止操练，问一旁的执法官：战场上不服从军令，该如何处罚？答曰：斩首。于是孙武下令：立斩作为队长的两名吴王宠姬！

阖闾闻听，连忙打招呼：寡人已知将军善于用兵，"宜勿斩之"。

可是，孙武不听，两名美姬，当场真的就给杀了。

如此动真格，那些参与操练的宫女，顿时失色，没有一个再敢胡闹。于是，孙武向阖闾报告：队伍已经训练整齐，大王可以下来检阅,"使赴水火,犹无难矣,而且可以定天下"。

一时伤怒交加的阖闾,对孙武说:将军罢兵就舍吧,寡人不去检阅了。

因为失去了两位宠姬,阖闾数日不悦。

我遂向阖闾进谏:兵者,凶事,不可空试。不令行禁止,战场上如何能够取胜?大王如今虔心思士,欲兴兵戈以诛暴楚,以霸天下而威诸侯,非孙武为将,又有谁能够带兵涉淮河、越泗水,越千里而去作战呢?

作为一心"兴霸成王"的有为君王,阖闾最终深明大义,听从我言,亲自去挽留孙武,请他充当统率三军的将军。

于是,初露兵圣风采的齐人孙武,提着吴王宠姬的两颗人头,更凭着他腹中超人的兵法韬略,走向了吴国的帅台。

有了孙武,败楚复仇就更加有望了——我心里的一块石头,悄悄地落了地。

筑城

苏州,东南繁华地,人间胜业场。后世都称我为"**姑苏城之父**",我对这座城市,充满了复杂感情。

公子光成为吴王阖闾后,我暗中观察,他确实是口不贪佳味,耳不乐逸声,胸怀大志,恤民疾苦。

吴王阖闾敬我如宾。他任命我为吴国"行人",主持制定吴国外交方略。

他号令邦中:无贵贱长少,有不听子胥之教者,犹不听寡人也,罪至死,不赦!

阖闾十分谦逊,常常与我谋其国政。

励精图治的阖闾,说其内心隐忧:吾国僻远,顾在东南之地,险阻润湿,又有江海之害。君无守御,民无所依,仓库不设,田畴不垦。为之奈何?

我答:臣闻治国之道,安君理民,是其上者。

阖闾:安君理民,其术如何?

我答:凡欲安君治民、兴霸成王、从近制远者,必先立城郭,设守备,实仓廪,治兵库。这是术。

于是,公元前514年,我42岁时,受阖闾命,负责筑造后世被称为"苏州"的阖闾大城。

到1986年,苏州建城正好是2500年。

唐代张守节《史记正义》载:"太伯居梅里,在常州无锡县东南六十里。至十九世孙寿梦居之,号句(勾)吴。寿梦卒,诸樊南徙吴。至二十一代孙光,使子胥筑阖闾城都之,今苏州也。"

受命之后,我决心在太湖以东的广阔平畴间,为吴国造一座气势雄伟的都城。

我首先"相土尝水,象天法地",即勘察土地,探测水文,精心于天地环境,寻找城址。

最后确定的阖闾大城的地理位置,东近东海,北倚长江,西南靠太湖,河道纵横,水陆交通条件十分方便;城址的西部、西南部多低山丘陵,地势较高,河流向东可以轻易地穿越大城;另外,城址邻近之山丘,盛产石料,可为筑城提供充分的建筑材料。

筑城过程,当然充满了艰辛和困难。这种艰辛和困难,在民间传说中是这样说的——

地址选定,筑城正式开始。然而刚刚破土动工,老天便刮起狂风,下起暴雨,各处水井也怪异喷涌。

接连来报:多处城基才一筑起便被水冲垮,造城工程无法进行。

我立于旷野,仰首观察。但见天空乌云翻滚,一条青龙在云中忽隐忽现,龙嘴一刻不停地在喷下水柱。

我当即明白,我选定的城址,原来是龙宫宝地。一破土动工就惊动了东海龙王,他便来兴风作浪,不让造城。

我双目怒视,须发竖起,抽出罗浮道长赠我的"龙吟"宝剑,震天动地般大喝一声:青龙不得无礼!于是,我和东海龙王,展开了一场昏天黑地的激烈争斗,我傲然击龙,龙也不甘示弱,整整一个时辰,未见胜负。

正在难解难分之时,空中又飞来一条矫健白龙。我心里一惊,这下不好!然而,只见白龙飞近青龙,龙须挨触,耳语片刻,青龙就腾空而起;白龙在我头顶盘旋一周,又朝我嘶鸣数声,随即追随青龙向东飞去。

原来,它就是我在崤山鞭开巨岩、解救出来的白龙!目送空中渐渐飞逝的青白二龙,我的心中充满了感激之情。

龙飞之后,顿时雨过天晴,天地间阳光灿烂。

巍峨不凡的阖闾大城终于造好了(苏州曾有吴县、吴郡、吴州等不同名称,隋代起始改称苏州)!

这座让吴王阖闾大为赞叹的吴国都城,采用"郭城、大城、小城"三重城形制。后代《越绝书·吴地记》对此有详细描述:"吴大城周四十七里二百一十步二尺。陆门八,其二有楼。水门八";大城外有郭,"吴郭周六十八里六十步";大城内有"吴小城,周十二里"。

大城的八个陆城门,每面城垣各开两门。按顺时针方向,南面:蛇门、盘门;西面:胥门、阊门;北面:平门、齐门;东面:娄门、匠门。

大城内有宽阔的街衢和密集的河道,所谓"水陆平行,河街相临"。由此,这座拔地而起的崭新都城,成了吴国的政治、经济、文化中心。

有2500多年历史的苏州城,其间虽然历无数战火的摧残,但古城格局几乎未变,也没有整体遭受水淹等地质灾害,依然屹立于原址之上。对于这点,我很是欣慰。

生于苏州的20世纪历史学家顾颉刚,有个著名论断:苏州城之古,为全国第一,尚是春秋时物。

鞭尸

公元前506年,阖闾随师亲征,我和孙武率领训练有素的吴国军队,开始攻楚的战役,也是开始我个人复仇的战役。

我们没走长江通道,而是由吴北行,进入淮河,沿大别山北麓逆流而上,近淮河源头后,才舍舟上岸。登陆后,我们从桐柏山和大别山之间的陆路通道,也即义阳三关(平靖关、武胜关、九里关)这个地方攻入楚国。

我们的这条进攻路线,是楚国万万没有想到的,他们防守吴国的重兵,都布置在沿长江一线与吴国交界的地方,即是从九江到安庆一带。应该承认,这是孙武出奇制胜兵法思想的一次实践。

吴军的突然出现,让楚军措手不及。楚国有史以来首次被别国军队攻入腹地，他们惊慌之余，急忙调集兵马迎战。我们又诱敌向东，吴楚双方在柏举（今湖北麻城）进行了会战。

柏举一战，吴军以数万远征之师，大败强楚，最终以辉煌战绩，攻入了楚国的国都——郢都（今湖北荆州）。

公元前506年11月28日，这是值得记取的日子，也是我一生中最为酣畅称快的日子，因为，这是复仇成功的日子，这是吴军攻入楚之郢都的日子！

后代史书记载："阖闾伐楚，五战入郢，烧高府之粟，破九龙之钟，鞭荆平王之墓，舍昭王宫。"

唯一让我痛憾的是，在公元前516年，楚平王就已经死了。犹记获知消息的当时，我坐泣于室——当然不是为楚平王伤心，而是我直接的复仇对象没有了。

虽然，重新进入故国郢都时，我父兄已亡17年，楚平王已死11年，但君子报仇十年不晚，我终于复仇成功了！

平王之子珍，也即现在的楚昭王，在吴军入郢之前就逃走了。

枫叶泣血的晚秋，我找到风景壮伟的楚平王埋葬处，命兵士捣毁陵墓。我先行操鞭挞墓，仍不解父奢兄尚被冤杀之恨，便又从新鲜湿润的黄土中，挖出了棺椁之内楚平王熊弃疾的尸体。我践其腹，鞭之三百，"谁使汝用谗谀之口杀我父兄"！

后世成语"**掘墓鞭尸**"，就出于此。汉代那个正直的史官司马迁，在《史记》中这样记我："子胥求昭王，不得，乃掘楚平王墓，出其尸，鞭之三百。"

阖闾之父诸樊，早年死于楚人箭下。所以，父辈均害于楚的吴王和我，对楚国进行了近乎疯狂的报复。除我掘墓鞭尸外，吴军坏楚宗庙，搬走宗庙里的神器，君居其君之寝，而妻其君之妻，大夫居其大夫之寝，而妻其大夫之妻……

应该承认，入郢复仇的我，显示了野蛮甚至邪恶的力量。20世纪研究江南史的专家、苏州人吴恩培教授客观指出：这是一种低位文明的复辟。

如此之后，我仍不甘心，还想留楚，以搜求楚昭王。

孙武劝我：我们使用吴国的战争机器，向西攻破了楚国，追击了昭王，并在楚平王的坟墓上进行了屠杀，所有这些，已经足够可以了。

我最终听从孙武之劝：自霸王以来，未有人臣报仇如此者，是的，我们可以走了。

宋代王安石，在《伍子胥庙记》中安慰过我："予观子胥……以客寄之一身，卒以说吴，折不测之楚，仇执耻雪，名震天下，岂不壮哉！"

在我的家乡监利，至今流传着民歌小调"十枝梅"《子胥报仇理应当》，乡亲们认同我的复仇之举：

昔日有个楚平王，父纳子妻乱朝纲。
忠臣奏本推出斩，奸臣奏本喜心肠。
一道圣旨樊城降，伍氏一门遭大难。
逃出伍员一员将，去到吴国把兵搬。
吴王阖闾会用将，招收伍员当宰相。
兴吴复楚这一仗，杀得费贼滚雕鞍。
子胥进郢把民安，老叟引他找平王。
掘墓鞭尸传千古，子报父仇理应当！

酬恩

吴军破楚，掘墓鞭尸，我终于实现了为父兄、为家族复仇的心愿。

富贵忘贫，皇天不助；有恩不报，岂成人也！自亡楚入吴以来，我每食必祭为救我而舍命的渔父、贞女，"名不可得而闻，身不可得而见"，一想起再也见不到的恩人，心里疼痛不已。

伐楚胜利返吴之时，我让孙武从水路先行，自己另率一部走陆路。我要再走一遍我的逃亡路线，我要酬谢、告慰我的救命恩人。

我准备了金帛，先到昭关寻家父的旧友东皋公。然而，等我找到东皋公的居所，发现这个我曾经在此一夜须发皆白的地方,其庐舍俱不存矣。但见荒烟蔓草,败瓦颓墙,东皋公已不知去向。施恩不望报,东皋公真人杰也!

再往西南70里龙洞山,寻访扮我被抓的皇甫讷,亦毫无踪迹。我叹:真高士也!就其地再拜而去。

到得渔邱渡长江边,但见青色江水依然,无语向东北方向奔流。我洒酒抛食于江中:渔丈人,渔丈人,您在天有灵,请受伍子胥祭拜!

我忘不了溧阳濑水边的史姓浣纱女。从我逃亡溧阳,到现在伐楚返吴的公元前506年,其间已经相隔十五六年,山川未改,但早已物是人非,贞女家中已无一人,唯有贞女芳魂,安息于濑水的粼粼波纹之中。

在贞女投水处(今溧阳市南渡镇中桥村)和她出生的上吴村,我请人为她建祠。时光流转,贞女的义举被广泛传扬,逐渐地,我的这位恩人被尊为"浣纱娘娘"。

据说史贞女当年投水之后,尸身并未顺流而下,而是奇异地向濑水上游逆流3里,漂浮到南渡镇木杓兜村,被村民打捞起来,安葬于村中。贞女是上吴史氏,因此旧时上吴村人年年会来木杓兜村扫墓,两村由此结下深厚友谊。据地方记载,旧时贞女墓有祭祀田6亩。每到清明及冬至前3天,上吴村史氏派人前来扫墓。木杓兜村人则在6亩田地的收成中抽出经费,祭拜之后专门办一桌酒席,作为招待上吴史氏前来扫墓的路餐。

民风民情，淳朴如此！

在贞女墓前虔诚祭奠之后，我践"十年之后，千金报德"之诺，向濑水之中，抛下了**三斗三升金瓜子**。至今，在江苏省溧阳市文化馆内，收藏有一片熠熠发光的金瓜子，这是1976年冬天在疏浚中河（北濑江）时，当地农民在水利工地上捡到的；更早时候，在民国十四年（1925年）10月，木杓兜村一位农民锄桑地时，也得到我投濑水的金瓜子一枚。

唐代李白记述此事："入郢鞭尸，还吴雪耻。投金濑沚，报德称美。明明千秋，如月在水。"

贞女故事已经千古传颂。现在溧阳城中凤凰公园的神女湖中，有用汉白玉精制雕成的史贞女全身像。湖边有贞女浣纱、伍员乞食、舍生成义、投金濑水四幅一组浮雕。其中"投金濑水"浮雕上有题诗云：

子胥还吴雪仇耻，贞女可惜身已死。
一饭之德古必偿，遗以百金投濑水。

我感觉，题诗显然是言轻了：贞女于我，岂止是一饭之德，她为我，是实实在在献出了命！

在溧阳市南渡镇木杓兜村的贞女墓，如今依然保存完好，并在1999年被江苏省溧阳市确定为文物保护单位。贞女墓前的

介绍文字是这样的:

史贞女,春秋南渡上吴村人,伍子胥从楚国逃亡至溧阳,曾得史女赈济,为表忠贞伍子胥之志,史女投濑水身亡,村民收其尸安葬于此。公元前512年伍子胥助吴破楚后,为报史女救命之恩,铸三斗三升金瓜子撒入濑水,以示祭祀。清乾隆三年(1738年)修墓并立墓碑,碑青石质,碑长0.8米,碑宽0.5米,碑厚0.15米。今墓已重修,封土高1.6米,直径3米,并砌护墓围墙,历代后裔祭祀不绝。其保护范围为:本体及外围向四周延伸各20米。

残碑拂拭认前朝,万古贞魂不可招。
惆怅濑江东去水,夜烟汀树共萧萧。

这是元代溧阳诗人严瑄的凭吊诗。其实,贞魂是可招的,因为她永远在我心里。

新主

伐楚回到吴国后,吴国太子终累病死。谁为新的王储,成为各方关注的最重要之事。

后世有书记载："夫差日夜告于伍胥曰：王欲立太子，非我而谁当立？此计在君耳。"

确实，就是这位阖闾次子、终累之弟，知道阖闾与我君臣投契，铁了心找我私通关节，求我帮他上位。

说实话，我当时的感觉是非常好：来请我帮忙的，不是一般人，很有可能就是下一任的吴国君王。

想到未来，心中闪过某种私念，我答应帮助这个野心勃勃的年轻人。我对夫差说："太子未有定，我入则决矣。"

——我这样做，是辜负了阖闾，实际上更是辜负了自己。正是夫差，这位吴国的最后一任君王，最终，将那把让我自尽的属镂宝剑，扔给了我。

阖闾仍然那么信任我。

终累已死，立谁做吴国的新太子，阖闾问计于我。

当我说出"夫差"的名字时，阖闾，勾吴历史上最杰出的政治家，他对自己这个儿子的观察和认识，是非常清醒的——

夫愚而不仁，恐不能奉统于吴国——这小子愚蠢又不仁义，恐怕不能奉守吴国世代相传的国统。

但我违背了自我内心，对于阖闾上述的正确判断，我这样回答对我有知遇之恩的老吴王：

夫差信以爱人，端于守节，敦于礼义。父死子代，经在明文。

于是,阖闾决定:"寡人从子!"

阖闾十九年,即公元前496年,老越王允常死,新越王勾践继位。

阖闾率吴师乘丧伐越,越王勾践领兵迎战。吴越双方在今浙江嘉兴一带的槜李摆开战阵。

吴军战阵严整,勾践派遣敢死队先冲,但两次冲锋的敢死队,都被吴军所擒,吴军阵势不为所动。于是,勾践又派出罪人三排,让他们把剑架在脖子上,先是第一排冲至吴军阵前,一个个割颈自杀,接着是第二排,然后是第三排……刹那间,鲜血溅射,空气腥涩。吴军见此惨烈场面,全都看呆了。

越王勾践乘机进攻,把吴军打得大败。越军有个叫灵姑浮的将领,用戈挥击吴王阖闾,阖闾的一只大脚趾不幸被斩断,连那只伤脚上掉落的鞋,也被越人抢去作了战利品。

阖闾急令退兵,在离槜李七里路的陉地,作为一代霸主的吴王阖闾,未及回到姑苏,就伤口染毒化脓,发生急性感染。

阖闾病创将死,谓太子夫差:**尔忘勾践杀尔父乎**?

不敢忘!夫差答。

公元前496年的这场槜李之战,阖闾因伤而死。其子夫差继位。

公元前495年,为夫差元年。

老吴王阖闾死后,我的这位新主夫差没有食言。他派人立于门庭,只要自己出入,就命令门庭之人每次对他大喝:

夫差,尔忘勾践杀尔父乎?

夫差必对曰:不敢忘!

忠谏

也许是宿命,父亲和我,先后与两个大奸相伴而行。父亲的身边,不幸有费无忌;而我,则遇害于伯嚭。

说起来,伯嚭与我,还同是楚国人。他来吴国,甚至是我直接推荐给阖闾的。

伯嚭也很有来历,他是楚国名臣伯州犁之孙,其父也是楚国高官,以耿直贤明著称,因人进谗而被杀,并株连全族,伯嚭于是逃难,投奔吴国。

因为身世相类,同病相怜,在我的力荐下,吴王阖闾不仅收留了伯嚭,还授予他大夫之职。

然而时间一长,其人向上谄媚、好大喜功、贪财好色的本性日渐显露,完全丧失了其父祖辈的优良品质。最后夫差杀我,伯嚭就是主要的挑唆者,此是后话。

阖闾时代，我们君臣共同制定的基本战略方针，是先南灭越国，后北谋中原。

新主夫差上台后，一切都在发生着改变。

首先是人事变动。夫差撤换了先王阖闾的行政班底，提拔他相信的新人。夫差元年，他任命大夫伯嚭为太宰。太宰，为百官之首，相当于后来的宰相。鹰视虎步的伯嚭，见到我时，难掩满面得意。

年轻的夫差，继位后确实发愤，为报父仇，励精图治。3年后，吴终于败越于夫椒。夫椒，一说是无锡马迹山，一说是苏州洞庭山。

越王勾践带5000败兵退守会稽，被夫差军队团团围住。存亡之际，勾践派大夫文种前来求和。

觐见夫差，败国之臣文种软硬兼施。

软：请大王您允许让勾践的女儿给您当婢妾，让越国大夫的女儿给吴国大夫当婢妾，让越国士的女儿给吴国的士当婢妾。越国的金玉宝物完全进贡给吴国，我们的国君将率领全国的臣民投降君王的军队，听凭大王任意处置。

硬：如果大王认为越国之罪不可赦，我们就将自行焚宗庙，系妻孥，沉金玉于江，5000甲士也必为国家拼死一战！大王您与其要通过作战来杀死这些人、毁坏您喜爱的东西,还不如坐享其成地得到越国,这样岂不是更为有利?

与此同时,文种又暗中找到伯嚭,除贿赂珠宝财物之外,"越人饰美女八人,纳之太宰嚭,曰:子苟赦越国之罪,又有美于此者将进之"。伯嚭颔首笑纳。

到底是"存越"还是"灭越"?在夫差面前,我的态度非常坚决:今王不灭,后必悔之。

我进谏:勾践此人特别能忍辱吃苦,如果答应求和,那么越国用10年蓄养国力,用10年训教民众,20年以后,吴国恐怕要被越国毁成池沼废墟了。

夫差犹豫之际,享受过越女和财宝的伯嚭,一本正经说话了:"嚭闻古之伐国者,服之而已。今已服矣,又何求焉。"——我听说古代征伐别国的人,使对方投降臣服就可以了。现在越国已经臣服于我吴国,还要再求什么呢?

我怒斥伯嚭:好一个"又何求焉",今天不乘胜灭越,吴国将来必没有好下场!

伯嚭嘿嘿干笑。

最终,夫差"听太宰嚭"。越国,被保留了下来。

我,先王的一代重臣,渐渐被打入了冷宫。

吴国战胜越国后,夫差一心想染指中原,与号称强大的齐、晋一比高下。首先欲兴师向北**伐齐**。

我再次规劝夫差：北伐不是我吴国当务之急，要格外当心勾践，不要被他的表象迷惑。他吃饭只用一个菜，平时悼念死者，慰问病者，这是打算要有所作为啊。此人不死，必为吴患。今吴之有越，犹人之有心腹疾病一般。大王不先对付越而去对付齐，这是完全错误的！

夫差不听，坚持伐齐，并且艾陵一战（艾陵，今山东莱芜地区），大胜齐国。从此，夫差不是躲着我，就是以藐视的眼光，不再耐烦于我的意见。史书上记载：夫差"益疏子胥之谋"。

而将这一切看在眼里的勾践，心中暗喜，继续美女加"重宝以献太宰嚭"，让其利用一切时机向夫差进言：反正越已臣服，吴王可以集中力量继续伐齐。

得到重宝美女的伯嚭，于是"日夜为言于吴王"。

陶醉于胜利中的夫差，果然听从伯嚭的建议：继续集全国之人力物力，做进一步伐齐的准备。

作为先王之臣，我对吴国的前途安危心急如焚。于是三谏夫差：越国是吴国的腹心之病，如果听信某些人的花言巧语甚至欺骗手段而贪图齐国，即使攻破齐国，得到的也只如石头田地，无所用之。愿大王释齐而先越；若不然，以后将悔之无及！

"越不为沼,吴其泯矣"——我们不把越国变成池沼,吴国就会被越国灭掉!

夫差不听,继续加紧备战。但不知何因,他仍派我出使齐国,打听情况。

临行前,考虑再三,我对儿子说:"吾数谏王,王不用,吾今见吴之亡矣。汝与吴俱亡,无益也。"我要为伍家留后,于是就利用这次出国机会,把儿子托付给了齐国的鲍氏。

处一人之下、万人之上地位的伯嚭,他在吴国,最顾忌的人是我,是我让他觉得到处碍手碍脚。他暗中派人监视我的行踪。当我从齐国回到吴国,这个我对他有过知遇之恩和举荐之情的伯嚭,觉得除掉我的最佳机会来了。

在夫差面前,伯嚭的谗言,阴险、恶毒——

伍子胥为人刚强暴烈,他当年只顾自己活命,连父兄的死活都不管,可见其人缺少恩德。

前些日子大王计划伐齐,他认为不可,结果大王伐齐大捷。伍子胥不仅不高兴,反而因为他的计谋被证明是不正确的而感到羞耻,心里就产生了怨恨。现在大王高瞻远瞩英明决策,欲再次攻打齐国,伍子胥刚愎专横,固执阻挠,只是一味希望吴国失败,以此来证明他计谋的正确。今大王亲自率军行动,用尽国中兵力北上,而伍子胥装病不出征,国中空虚;大王不可不防备啊!

而且,臣还有重要一事要报告大王,伍子胥这次出使齐国,竟然把他的儿子从吴国带走,托付给了我们的敌人、齐国的鲍牧!他郁闷怨恨已久,现在竟然做出这等事来,内心用意已经一清二楚,希望大王尽早图之,真起祸端,就来不及了!

夫差的脸,一片煞白。

史书记载:"王闻之,使赐之属镂以死。"

伏剑(二)

使者默然捧剑,并带来夫差意旨:"子以此死。"

看着这把名贵的属镂宝剑,我仰天长叹:谗臣为乱,王反诛我!一腔铮言,无人愿听!今日,君王竟然不辨黑白而杀长者,嗟呼!

把剑之前,我告周围:我死后,你们要在我的坟上,种植梓树,令其长大可做寿器,以便将来为死去的吴国举行国葬;我死后,你们要挖出我的眼睛,把它悬挂在吴城的东门之上,我要看着越人是怎样从我的眼皮底下攻入城中,消灭吴国。唉,城郭丘墟,殿生荆棘,吴国危矣!

夫差继位11年后,公元前484年农历八月十八日正午时分,

饥渴的属镂之剑,切入我。

刹那间,我人间一生的各种画面,如电般闪过——

初到人世,我舞动手脚,有力的哭声震天动地;

罗浮山中,钟离道长不论晨昏,悉心教我;

崤山大战柳展雄,为公子光夺回宝枕;

诸侯面前,临潼单臂举大鼎;

为过昭关,一夜急白满头发;

滚滚长江上,渔丈人慷慨渡我;

汤汤濑水畔,史贞女抱石自沉;

结拜专诸;

吴市吹箫;

历尽艰辛,终于筑就阖闾城;

复仇告成,掘墓鞭尸楚平王;

…………

鲜血溅流。花白的须发上,花白的衣袍上,瞬间,斑斑鲜红。

吴国农历八月的惨白阳光,在我的眼里,慢慢黯淡、消失……

使者默然拭剑,装回剑匣。

永久的、不动声色的饥渴,是这把属镂之剑的本质。

……历史如此奇异,在我死后11年,同是这把属镂剑,竟然同样品尝了最后一代吴王夫差"自刎"时的鲜血;紧接着,它又迫切地饮到了越灭吴后,作为胜利者的越国大夫文种的脖间热血。

化神

"……我死后,你们要挖出我的眼睛,把它悬挂在吴城的东门之上,我要看着越人是怎样从我的眼皮底下攻入城中,消灭吴国。"闻听使者来报,夫差恼羞成怒,"乃取子胥尸,盛以鸱夷革,浮之江中"。

鸱夷,即用马皮或牛皮做成的鸱鸟形袋子。他们将我盛入这样的袋中,有好心人将我从不离身的龙吟宝剑,也偷偷塞在了我的身边。然后奉夫差之命,他们将这一沉重的"鸱夷革",扔进了阖闾城(苏州城)外连通太湖的胥江。

甫一入水,那把钟离道长赠送、陪伴了我大半辈子的龙吟宝剑,随即化身为一条活泼泼的水玉色小龙,遨游追随于我左右。

我的精魂,在水中也恣意自由地游动起来,全身心涌起一股崭新的、从未领受过的畅达感觉。

崤山巨岩中我解救过的白龙,筑阖闾大城时不打不相识的青龙,竟然也在水中迎我:伍君久违!江南之水,连湖通江达海，尤以钱塘为著，钱塘江潮号称天下第一，潮神之位正缺，此是缘分，也属天意！我们知你要来，故相约来此等候，从今以后，我们就是一家人了！

我的精魂之形，随意念而变。此刻，我也化为龙形，神剑小龙紧随我，与白龙、青龙一起，入水上天，存乎一心。

伐齐而存越，吴必亡于越人——我当年的谏言，谶言般准确。

黑压压的越国军队，团团围住了吴都。

越必入吴，我早已预知。然而一旦事实来临，想到于我有重恩的吴国，想到待我如兄弟的先王阖闾，心里大恸。

于是，我在城上显形：头巨若车轮，目若耀电，须发四张，射于十里。

越军大惧，不敢再前行半步。

是日夜半，我又施展护国神力：天地间突然暴风疾雨，雷奔电激，飞石扬沙，疾于弓弩。惊恐的越军败坏僵毙，无人能救。

勾践的两位重臣范蠡、文种同样大骇。他们"稽颡肉袒"——赤裸上身，以膝跪行，在吴都城外，向我叩拜。

确实，"越之伐吴，自是天也，吾安能止"？

黑压压的越甲，涌入了吴都东门。

夫差二十三年，即公元前473年，彤云密布的欲雪冬季，越将灭吴。

我听见了吴王夫差向越王勾践发出的可怜求和之声：孤臣夫差，昔日曾在会稽得罪过君王，如今再不敢逆命。您如果要举玉趾而诛碾孤臣，我唯命是听；但如果可以，请君王您就赦免孤臣之罪吧。

勾践听后，恻隐之心稍动，欲许之。

其重臣范蠡谏："会稽之事，天以越赐吴，吴不取。今天以吴赐越，越其可逆天乎？"

越王还是怜悯吴王，想把夫差流放到茫茫东海中的甬东（今浙江舟山），给他百户人家，让他住在那里。夫差辞谢："孤老矣，不能事君王也。"

我也听见了吴王夫差的后悔之声："吾悔不用子胥之言，自令陷此……死者如有知也，吾何面以见子胥于地下？"

这位吴国的末代君王，以帕巾盖脸，用那把我用过的属镂之剑，自刭而亡。

而我的那位同乡伯嚭，越吞吴后，"以不忠于其君，而外受重赂，与己比周"，被勾践下令诛杀。确如古话：不是不报，时候未到也。如今，"伯嚭"一词，在中国江南地区已经成为奸坏之人的代名词。

帮助越王勾践卧薪尝胆、兴越灭吴的范蠡和文种，与我虽是公敌，但我们彼此之间，存有一种没有道明的惺惺相惜之私谊。

勾践称霸之后，范蠡即悄然离开，退隐江湖，经商大成，被人尊为一代商圣。他自号"鸱夷子皮"——鸱夷是君之皮，以此，曲折表达对我的敬意。

范蠡从浪迹所在的齐国，给他的亲密兄弟兼战友文种写信："飞鸟尽，良弓藏；狡兔死，走狗烹。越王为人长颈鸟喙（颈长嘴尖），可与共患难，不可与共乐，子何不去？"

文种信服范蠡，展读信函，心生忧郁，渐疏朝事。

范蠡的预见非常正确。有人向越王勾践进谗：文种装病，将要谋反。越王于是将那把缴获的属镂宝剑赐予文种："子教寡人伐吴七术，寡人用其三而败吴，其四在子，子为我从先王试之。"文种被迫自杀。

同为冤死的忠臣，文种死后，哀哀念我。一年之后，我遂鼓动潮水，"漂去其尸"。从此以后，文种随我俱浮于江海。

宋代诗人苏轼赞我：**"生为楚英，没为吴豪；烈气不泯，视此海涛。"**

成为潮神之后，我每天白马素车驾虹霓，巡视江湖。所过之处，浪涛汹涌，著名的钱塘江潮由此而起，尤以我的人间忌辰农历八月十八为大。

"鞭尸楚墓生前孝，抉目吴门死后忠。"后人祭我，是因为我的忠、孝，也是因为我的复仇和报恩：有仇必复，复必成功；知恩图报，有恩必报。

他们给我这样的谥号：忠孝威惠显圣王。

汉代司马迁评析我："向令伍子胥从奢俱死，何异蝼蚁。弃小义，雪大耻，名垂于后世，悲夫！方子胥窘于江上，道乞食，志岂尝须臾忘郢邪？故隐忍就功名，非烈丈夫孰能致此哉？"

后人有《员公像赞》，这样总结我的人间一生：

白马江头气不平，

秋风怒卷夜涛声。

一身臣子兼忠孝，

两国兴亡系死生。

"公之精诚气焰足以感人者，赫赫在天地之间。"人世如此理解我，伍员夫复何求?!

木

书

淡墨般的暮色漫起

我知道已经湮没的、安徽省最早的**桂枝书院**,它在绩溪,创建于北宋。眼前的这座书院,未知名字,但同样充满岁月沧桑。灰青色的高大砖墙,斑驳,有雨雪和日夜的深痕。墙侧一棵苍劲玉兰,正在肆意绽放纯白花朵,那么新鲜。我步入的屋内,四周书架上堆满了线装的中国古籍,同样灰青色的封面,如书院外墙。

我感觉到压力。我环视着每一册书。每一册书,都是一个灵魂,仍然活着的灵魂。书页间,寂静却在呼吸的无数繁体汉字,散出巨大能量。月色似的累叠宣纸。久远往昔,刻刀在梨木上细驰,木质的、微小的卷浪持续——**神性的汉字**,于是一个个显现。黑色墨香。红色句逗。

无数的线装书籍,无数的汉字,我感觉在它们中存在有解决这个世界所有难题的答案。但它们从来沉默,从不主动说话。

它们就静静处在这个世界的偏僻角落。淡墨般的暮色漫起,我走出屋子再次相逢的那一树初春玉兰,像一支支,尚未点燃的白色蜡烛。

爆炒新鲜笋子

徽水河，是**青弋江支流**，发源于安徽省绩溪县徽岭北麓，纵贯旌德县，北入泾县，于泾县泾川镇入青弋江。

从前，此地的水之两岸，分居两个大姓聚落。水南，蔡姓；水北，朱姓。水阻不便，清康熙年间，朱姓出资，筑成跨河石桥。桥成，方便了两岸交通，但也新增一个矛盾：蔡姓人认为，朱姓人筑桥，猪（朱）过桥把菜（蔡）吃光了，使得蔡氏从此衰落不振。蔡姓人为破此不利，暗中请一风水先生，蛊惑朱姓人在他们自己村中引挖了一条溪河。此溪河成，等于将猪（朱）开了膛破了肚，实际严重不利朱姓。从此，两姓风水重新恢复平衡。

上面文字纯属民间故事，但桥仍在。我站立其上的这座五孔长阔石桥，年迈，却依然雄伟。条石铺筑的桥面，**丛丛绿草**，正从各处石缝间挤长出来。古桥两侧，莲花形望柱，嵌苍褐色石栏板。近百米长的桥面上,两张长条木凳架着一只竹匾,匾内,晾晒着从附近山上挖采下来的这个**春季的青白小笋**。桥中靠一边桥栏处,还竖有一根八方形的石经幢,凑近看,上面刻有已然漫漶的古体汉字。一位安静老者,站在石经幢旁边,正看向远处的河上青山。

此桥,是古代徽州府通往长江边商业重镇芜湖的必经之地。这座古桥梁的交通功能,现在已被紧邻的新造公路桥替代。新桥上,不时有"旌德""黄山风景区""芜湖"字样的汽车,呼啸来去。桥头三岔路口,即为这个皖南山区集镇的中心。

新或旧的大小商店,密集地挤在眼前这狭隘地域,但是极其冷清,几乎看不到光临的顾客。下午两点多,载我的长途汽车,在集镇中心的手机店前停下,放我和麦阁下来。司机探出身子,跟正在值勤的那个神情疲惫的相熟交警打了个招呼后,便继续向前驶动,离开我的视线。

饭点过了,集镇上三两家招牌明显的餐馆都已经闭门熄灶,只有一家小吃店内,一位中年妇女坐着,在剥刚从山上采挖来的细长小笋。问询,还有饭吃,便进去坐定。她用刚剥的青白色新鲜笋子爆炒肉片,再加上地产啤酒和米饭,这是行旅中非常结实的美味。

日记

野桃枝上的花蕾

像一滴露水,有着春联的鲜艳

又湿又重的青色炊烟

在寂静屋顶的上空

缓缓升起来

再次,唤醒了一只柱础的梦

唤回了盛大、遗失已久的人间黎明

春季菜单

中华老字号,江苏无锡城中"穆桂英美食"2020年春季菜单撷要。

一、无锡本帮菜

水晶虾仁,88元

响油鳝糊,88元

盐水白虾,32元

老式四喜面筋,40元

红烧划水(草鱼),68元

萝卜丝炖大虾,52元

蜜制扇子骨(2根起),16元/根

家常红烧肉,100元

无锡排骨,115元

松鼠大鳜鱼，158元

糟溜黑鱼片，58元

二冬蹄筋，48元

银鱼炒蛋，30元

荠菜肉丝炒年糕，20元

五香素鸡煲，28元

江南豆腐煲，30元

二、传统点心类

双味春卷（4只），15元

开洋三鲜馄饨（10只），15元

蟹粉馄饨（10只），20元

虾仁馄饨（10只），28元

荠菜馄饨（10只），16元

蟹粉小笼包（4只），35元

无锡小笼包（4只），14元

肉丁糯米烧卖（4只），20元

桂花糖芋艿，15元

豆沙八宝饭，15元

荤汤豆腐花，12元

油煎菜馄饨（8只），18元

穆氏小方糕（4块），12元

手作松子枣泥糕（3块），12元

桂花豆沙小青团（4只），15元

玉兰饼（2只/份），6元

传统四色汤团（芝麻/豆沙/肉/菜猪油，2只起），3元

三、无锡风味面条

双菇面筋面，18元

黄花菜素鸡面，12元

雪菜肉丝面，13元

苏式焖肉面，18元

熏鱼面，18元

现炒四喜虾仁面，28元

各式面浇头，10—12元

（早晨10点前供应：姜丝、煎蛋。）

早春

　　空气里仍然满是清寒。但天地在我的感觉中,已经开始**强烈萌动**。这种萌动,在密集如珠的青色油菜花蕾上得到证明。几株野生的早樱已经绽放,在山麓,像一小片粉色轻云。身旁散漫开阔的溪涧,倒映醒过来的清新云天,正向着山谷不远处那个微型村庄,淙淙流去。

徽茶明清入粤路线

明代中叶以后、清代"五口通商"之前，广州是中国对外贸易最重要的通商口岸。出口货物中，茶叶为其大宗。徽州处万山丛中，一府六县（歙县、休宁、婺源、黟县、祁门、绩溪）均盛产各种名茶，"**茶叶兴衰，实为全郡所系**"（许承尧《歙事闲谭》）。当时，"色绿、香高、味浓"的松萝茶，就是徽州绿茶的代表。

清代有"广州茶王"之称的张殿铨，在广州城西十三行街创办隆记茶行，专营徽州茶的贩运。"茶叶一项，向于福建武夷及江南徽州等处采买，经由江西运入粤省"（梁嘉彬《广东十三行考》）。在广州经营茶叶的徽商也比比皆是，"中国铁路之父"詹天佑的曾祖父詹万榜，就是其中之一。

明清徽茶入粤线路，大致如下。

徽州各县的外销茶叶，先主要从陆路依靠人力或畜力运到祁门。在祁门开始下水入阊江（皖境为阊江，赣境为昌江），顺阊江过浮梁、景德镇，入鄱阳湖；从鄱阳湖进入赣江，溯赣江而上，过南昌直达赣州；在赣州入赣江分源之章水，溯章水到达江西大庾县（今大余县）；在大庾县上岸，从陆路翻越赣粤交界的大庾岭，下到广东南雄县；从南雄重新上船入浈江；顺流而下进入韶关北江；再顺北江进入珠江，最后由珠江抵达广州。

2018年5月，我曾按照深圳、广州、韶关、南雄、大庾岭、大余县、赣州、祁门次序，在陆路，逆行过徽茶入粤线路。

石头梦和杨梅梦

石头梦。在浙江上虞，覆卮山是充满了裸露、巨大石头的梦境。覆卮，酒杯倒置。东晋山水诗人谢灵运"登此山饮酒赋诗，饮罢覆卮"。于是，后世乡人由此命名是山。从城区乘车前往县域南部，与嵊州、余姚交界处的这座著名之山，需要经过的事物有：斜向路中、接近汽车玻璃的一枝枝秀野绿竹，大团大团碧青发亮的新鲜桑树，有鹅的池塘，我曾拜访过的、埋藏汉代激烈思想家王充的乡镇……然后，再绕盘旋而上的狭窄山间公路（枝柯交接，枯叶累积），然后，就豁然开朗，看见了作为上虞最高峰的覆卮山上的条条石浪。

无法数清的青黑石块，像已经冷却的天外陨石，或嶙峋，或浑厚，或大如饭桌，或约为臼斗，在覆卮的山坡之上，滚滚倾泻，而于瞬间，又像被施了魔法，顿然凝固，成为道道令人震惊的壮观石浪。这些宛若凝固泄洪的山中巨石，有人说是两百万年前的第四纪冰川遗迹；有人则称，覆卮山的石浪，距今上亿年，是山中岩石风化后经外力作用，引起石崩，在山谷滚泻、堆积而成。

我注视这亿万年如斯的山中巨石。它们曾经并将继续被昼与夜的流动光阴无尽洗刷，**它们目睹过人类最初幸福或痛苦的诞生**，也将会目睹人类最后的消亡？它们稳固缄默，它们从无言语。它们硌痛着我在上虞的梦境。

杨梅梦。作为舜帝和曹娥的故乡，除上虞的坚硬石头之外，更多的，是充塞于天地之间、汁液饱满的累累果实：杨梅。"红实缀青枝，烂漫照前坞。"莹润、甜蜜、微酸的诱人果实，她们新鲜有力的果液，此刻在我的齿间泠泠激射；莹润、甜蜜、微酸的江南，在6月的梦中喷涌、激射。

上虞是杨梅的故乡。清光绪《上虞县志》有杨梅记载："产不一处，出县北杨家溪尤佳。"杨家溪在今上虞驿亭镇境内，而该地古时行政区划属二都，故所产杨梅称"二都杨梅"。此地杨梅特点是：果大，核小，色艳，味美，自古有"越中果品第一案"之誉。

在驿亭张家岙，我的身边，漫山遍野全是果实成熟的杨梅树。青枝红实，光线炫眼；随摘随吃，齿舌酸甜。"二都杨梅"的主打品种有二：深红种和水晶种。深红种杨梅，呈习见的深红色，为当地主栽品种，栽培历史在 1500 年以上。肉质细嫩，汁液多，味甜微酸。而尤为上虞人自豪的，是水晶种杨梅。水晶杨梅又名白沙杨梅，为上虞特有，栽培历史悠久。成熟时果实奇异地呈现为白玉色。在山坡上寻到一棵水晶种杨梅树，摘果品尝，果肉柔软细致，汁多味甜，风味浓郁，有一种特殊的清香味。

当地朋友讲述的乡土"杨梅经"——种一棵杨梅树，从苗木到开始挂果，至少要 10 年时间。爷爷种树，孙子吃果。树龄越长杨梅滋味越好……一棵成年的杨梅树结果两三百斤。每斤二三十元，因此一棵树就有五六千元的收入……山里小伙托人做媒，媒人会说男方家里山花（山地经济作物）搞了不少，尤其是有几十棵杨梅树，女方就会心动……夏至前后的杨梅时节，果农家比过年还热闹，遍邀亲朋好友上门，吃杨梅吃饭吃菜吃酒……

四川诗人苏东坡曾大赞荔枝："日啖荔枝三百颗，不辞长作岭南人。"后来吃到江南杨梅，遂由衷折服："**闽广荔枝、西凉葡萄，未若吴越杨梅。**"在张家岙，我还亲手制作了杨梅烧酒。烈的烧酒和艳的杨梅，完美融合。上虞的杨梅梦，被我完整地保存在一只透明神秘的玻璃瓶内。

杏花村

清明雨，又称"泼火雨"。寒食禁火，其时之雨，称为"泼火"。北宋宣城人梅尧臣有诗："年年泼火雨，苦作清明寒。"在中国人的认知中，与清明关联度最高的诗，应是唐代杜牧的《清明》："清明时节雨纷纷，路上行人欲断魂。借问酒家何处有？牧童遥指杏花村。"这首诗中的核心地点，是杏花村。

杏花村在中国何处？20世纪80年代，"杏花村"商标被各地争夺。安徽贵池、山西汾阳、湖北麻城、江苏南京等二十多地，纷纷参战。几番论证淘汰，最后唯剩安徽贵池和山西汾阳。两家仍各不相让，不惜对簿公堂。2006年9月13日，国家工商总局商标局发布第02795号《杏花村及图商标异议裁定书》，就山西杏花村提出的异议案，国家商标局予以裁定如下：异议人所提异议理由不成立，安徽省杏花村文化旅游发展有限公司"杏花村及图"商标予以核准注册。于是，现在的格局是："杏花村"酒的商标权属于山西汾阳,"杏花村"旅游的商标权属于安徽贵池。

在安徽池州人心中,杏花村,杏花深处的村庄,确定在现池州市贵池区秀山门外。他们认为,唐代西安人杜牧(803—约852),42岁时由黄州刺史移任池州刺史,在池州两年,治所在当时的秋浦县(今贵池),他的《清明》诗,就写在池州任上。池州杏花村同样有酒,目前正在打造的杏花村遗址处,仍存千年古井黄公井。据说该井为唐代杏花村黄公酒垆的酒主黄广润酿酒所用,此井:"香泉似酒,汲之不竭"。**杏花烂漫的荒烟茅舍酒肆**,依赖杜牧一诗而名垂千古。明代池州太守顾元镜:"牧童遥指处,杜老旧题诗,红杏添新色,黄垆忆旧时。"明人张邦教:"胜地已无沽酒肆,荒村忽有惜花人。"都是指此。杜姓,现在是贵池大姓,当地的杜氏宗祠,在贵池区茅坦乡茅坦村,是杜姓迁居贵池的祖祠。2012年4月1日,"首届2012清明公祭杜牧大典"活动在杏花村吟诗台隆重举行,当地媒体新闻:"杜氏后裔、池州大中小学校学生、景区游客及社会各界人士共3000余人参加了这次公祭杜牧大典。杏花村景区吟诗台广场竖起了4米高的杜牧像,摆起了香案、贡品。在庄严肃穆的氛围中,公祭活动拉开帷幕,池州杜氏后裔、池州学院代表先后上台发言和朗诵《清明》诗,社会各界代表分别向杜公像敬香。"

黄昏的池州城边杏花村遗址文化旅游区内,有人气很旺的

"鹊桥会"饭店。店内宫灯亮彩，黄梅戏悠扬，中年妇女服务员一式古装打扮，店堂还展示着昔日的花轿婚床。拥挤的一楼大堂边侧看实物点菜，卖相绝佳的红烧肉已经卖光。点的菜中有特色"杀猪汤"和"糖炒糯米粑"。旁边数桌正在办升学酒，祝贺孩子考取"东湖学院"。夜晚和灯彩混杂的空间内，人声菜香鼎沸。

东洞庭山

我看见了苏州东山（东洞庭山）的月亮。我看见的月亮，最初，是**一滴银鱼似的湖水**，皎洁、透亮，然后，这滴湖水，慢慢地，慢慢地膨胀、成圆。

熠熠耀光的东山月亮，被广大、黑暗的太湖洗出，被我身旁巷陌内幽深的井水洗出。东山月亮，古旧，又像刚刚剥开红皮的菱角，白嫩而新鲜。

"月出于东山之上，徘徊于斗牛之间。"苏轼看见的东山月亮，在赤壁；我看见的东山月亮，在太湖，在江苏南部的苏州。

幽深透凉的井水，连同洗出月亮的黑暗太湖，静谧汹涌着杂树、青苇和鱼鳞的混杂气息。这是熟悉的气息，这是童年就嗅惯的气息。

东山，一处伸进太湖的狭长半岛，也是一座湖山交融的江南的镇。

置身此域，非常奇异，你会如此清晰地感知：这个地方的古老、深奥，还有莫名的、不容抑制、穿越时间的旺盛孕发能力。

东山的古老，首先直观呈现在井圈上的那些绳痕之上。东山多古井。每个古井深处，都有一个微晃的月亮。夜巷之中偶然遇到的几处古井，无一例外，青石井圈上全部密布道道绳痕，那么深，那么密，让我心惊。青石被井绳细致磨凹。这坚韧的绳索，似乎是由经年累代的肉体搓揉而成。坚固的青石井圈，竟然被柔软的肉体绳索，深深磨凹！手指，忍不住在夜色里触摸深深凹陷的石痕——冰凉，瞬间却又有灼烫的幻觉。

秋寒人汲稀，寂寂山花照。谁的诗句？

紫金庵，也是东山古老的确证。**山坞深处的唐庵**，很小，却历千年，时至今日，气场依然强劲、纯正。土黄庵中，存有16尊南宋人雷潮夫妇手塑的罗汉像，虽落满时间灰尘，但色彩仍艳，神情逼真，呼之欲出。紫金庵的佛气，与众多的古树同样含蓄而旺。800年桂花树，800年玉兰树，1000年银杏树，1500年黄杨树，分散于庵中各处，人立庵中，花气叶香，如云簇拥。

东山，还有千年的古柏，树干顺时针而扭；还有千年的罗汉松，树干逆时针而盘。他们，都似遒劲长者，鹤发童颜。

鹤发童颜的,还有数不清的老宅——

敦裕堂。

文德堂。

裕德堂。

承德堂。

瑞霭堂。

凝德堂。

念勤堂。

松风馆。

秋官第。

…………

在东山,这些古宅如宽银幕般的斑驳灰壁上,四季变换着日色、月光、人身和花枝的写影。

数不清的柱础、亭阁、古匾、画像、假山、斗拱、绣楼、发霉的汉字、卷册、青灯、花气、窗棂、圆润小脚、红盆、观音、香之烟气……在午夜,会纷纷舞蹈、飞翔,映布于湖上东山空灵的夜空。

太湖为狭义江南之核心。

若将太湖斜分为二,其东北半部的湖岸,多湖山曲折形胜;其西南半部的湖岸,则普遍平坦直白。此谓太湖的阴阳之道。

东山属太湖东北半部，地域虽则狭隘，但是曲折、深奥。其域岭坞参差，蔚然深秀，不可一视而穷尽。

东山主峰莫厘峰，位于境内东北端，俗称大尖顶。主峰以下分成三支：一支自北而东为芙蓉峰、翠峰；一支南向为九峰、小莫厘（即箬帽峰），其下为庙山；一支自北而西为丰圻、小长湾、尚锦、吴湾（洪湾）诸岭。主峰东南，近处为三茅峰，远处为碧螺峰；主峰南为玉笋峰；主峰北为二尖顶。

为了真实表现东山地形之深、之奥，必须不计烦琐，一一罗列地名。

除上述显著的峰、顶之外，东山群岭计有——

白豸岭、鹅头岭、俞坞岭、蔡家岭、庵头岭、白沙岭、金鸡岭、大园岭、文昌岭、茅柴岭、沙岭、张巷岭、煤屑岭、花泉岭、岭下岭、石皮岭、王舍岭、南望岭、寺前岭、蜈蚣岭、湖沙岭、黄泥岭、平岭、金牛岭、虾蟛岭等等。

起伏群岭之间，山坞密藏，计有——

黄山坞、花龙池坞、严家坞、山址坞、灵源坞、仙水洞坞、藏船坞、安头坞、施奶坞、卜家坞、俞坞、浪坞、东坞、庙坞、施路坞、冷水坞、庵头坞、西坞、古坞、西子坞、花川坞、杨家坞、曹坞、茅庵坞、法海坞、消家坞、蛳螺坞、双人坞、姚家坞、秦家坞、石家坞、莫家坞、翠峰坞、旺坞、纯阳坞等等。

如此，已然明确可知：**古镇东山，即一湖山秘窟**。天然地，它就具备一种神秘、丰饶与灵性。

弹丸之地的东山,它自古以来旺盛强烈的孕育、喷吐能力,尤其让我惊叹!

东山风物,原是色彩之乡。

东山孕育并源源喷吐的繁盛物产,可用绿、红、黄、紫、白五色概括。

——绿。绿是指**碧螺春**。中国十大名茶之一的碧螺春,它的故乡就在小小的太湖洞庭山。这是东山特产的头牌。相传有白色仙鹤,衔三颗茶种赠给一位勤劳的东山人。东山人将茶种种于山崖石壁之间。雨落春发,长出三丛碧青茶苗。如是,一年年便蔓延成片。碧螺,湖中产螺,此茶炒制后,碧青的条索蜷曲也极其似螺,奇妙。20世纪五六十年代,江苏前辈作家艾煊,曾写有散文名篇《碧螺春汛》,脍炙人口,影响很大。兹引文中片段:

烧茶叶和烧饭灶不同。烧饭灶,只要把劈柴架空、烧旺,就不必那么勤照管。烧茶叶灶的人,一霎也不能离开灶膛口,要专心一意地和炒手配合好掌握火候。平常,一个人只能烧两眼灶,桔英一个人倒烧了六眼灶。桔英烧的茶叶灶,是六眼连成一排的联灶。炒手们在灶前焙茶,桔英在灶后烧火,炒手们和桔英之间隔开一层烟囱墙,互相都望不见。桔英在灶后,只听见灶前的人在喊:"喏,我这一镬子要炀一点。"同时,另一个炒手也隔层墙在喊:"桔英,我这一镬子要停脱。"隔开一层墙,看不见说话人的面孔,六个人又都是用"我"来称呼自己,往往又是两三个人同时在喊,但各人的要求又如此不相同:有的要炀,有的要文,有的要烧,有的要停。桔英必须在这复杂的情况下,无误地满足各个人这些各不相同的要求。桔英瘦小灵巧的身材,十分灵活地从这个灶膛口跳到那个灶膛口,来来往往,像舞龙灯一样。有时在这个灶膛里,塞进两棵结满松球的松丫,把火势烧得哄哄响,但在另一个灶膛里,只轻轻地撒进几根温和的松针。

从黄昏到深更,在碧螺春茶汛的那些春夜里,个个村子的炒茶灶间,都是夜夜闪亮着灯光。新焙茶叶的清香跟夜雾融和在一道,从茶灶间飞出来,弥漫了全村。香气环绕着湖湾飞飘,一个村连一个村,一个山坞连一个山坞,茶香永没尽头。一个夜行的人,茶汛期间在我们公社走夜路,一走几十里,几十里路都闻的是清奇的碧螺春幽香。难怪碧螺春最古老的名字,就叫作清香"吓煞人"。

经过了半个世纪,艾老的这篇文字至今读来,仍有一种十分亲切、久远了的好。这种好,是茶好,也是一种人情和自然的好。

——红。红是指洞庭红橘。太湖流域,已是中国柑橘栽种之北缘。东山,便是这北缘的产橘名地。东山种橘历史悠久,而且漫山遍野,称为橘岛也不为过。只是近年受经济杠杆影响,许多果农改橘树为种枇杷了。过去在苏州读书期间,深秋时节,总会和一二同学来这洞庭湖岛吃红橘,大吃之后,牙齿酸软之情状至今记忆犹新。当年白居易在苏州做官时,应该也是来此吃过橘子,有其诗《宿湖中》为证:

水天向晚碧沉沉,树影霞光重叠深。
浸月冷波千顷练,苞霜新橘万株金。
幸无案牍何妨醉,纵有笙歌不废吟。
十只画船何处宿,洞庭山脚太湖心。

"苞霜新橘万株金",浓烈简洁的江南画面。

——黄。黄是枇杷。明代《学圃杂疏》有云:"枇杷出东洞庭者大。"东山种枇杷,也已有千年以上历史。东山枇杷分红沙和白沙两种,其中白沙枇杷是中国四大枇杷名种之一。枇杷的奇特之处,在于它和梅花一样,也是在冬天开花。每当寒冬,北风凛冽,万木凋零,嫩黄的枇杷花便满树怒放。待春天百花竞开之时,枇杷青果已经挂满枝头。纳"秋萌、冬花、春实、夏熟"四时之气的枇杷，全身是宝，核仁和树叶皆可入药，著名的枇杷膏有止咳润喉、清肺健胃之功效。

——紫。紫是杨梅。"夏至杨梅满山红"，这是东山俗谚。东山百年树龄以上的老杨梅树随处可见，三五百年也不足为奇。在东山启园的一棵老杨梅树，康熙南巡东山时曾在此树下暂歇。**东山乌紫杨梅**以俞坞村出产为最佳，形大核小，圆刺饱满，色泽乌紫，甜酸多汁，确为"吴越佳果"。

——白。东山白色物产尤多。首先是蔬果类，以**白果和雪藕**为代表。白果即银杏。东山作为银杏之乡名不虚传，深秋季节，不论是岭上坞间，还是宅前井侧，东山到处可见金黄如云的银杏冠盖。紫金庵的那棵千年银杏，尤其给我深刻印象。此棵神树传为开山和尚手栽，千年过去，依然庄严雄发，精气神势十足。东山银杏，有大佛手、小佛手、洞庭皇、大圆珠等九种。银杏白露后采收，东山俗语云："要吃新鲜热白果，香是香来糯是糯。一颗白果鹅蛋大，一个铜板买三颗。"东山傍湖，盛产莲藕。东山之藕，体硕色白，鲜甜嫩脆，称之为"雪藕"。藕之吃法多种多样，吴地人，当然包括东山人爱吃的是焐熟藕：在藕孔中灌塞糯米，煮熟之后切片而食，酥糯香甜，别有风味。东山白之宝物，还有荤馔类。这一类别，以太湖三白和白煨羊肉为代表。**太湖三白是指白鱼、白虾和银鱼**。此三白，在湖区各地较为普遍，暂且不表。为东山所独有的，是白煨羊肉。此物之好，首先在于湖羊独特。据畜牧科研人员考察调查，纯净的湖羊品种，现在唯太湖东山地区仅存。东山名优特产之白煨羊肉，已有数百年历史。东山西泾村百余户人家，有半数以烧煮白煨羊肉为业。进食羊肉，以每年寒露至清明的寒天为最补。东山烧煮羊肉，有祖传之别法。灶头是专门砌的，有三只铁锅，两只大的烧煮羊肉，一只小的烧羊血。文火煨煮，加盐少许，同时须放进两个白萝卜，以除羊膻气。煮熟后将羊肉取出，摊在新荷叶上，把羊骨剔出。此时羊肉香味四溢，毫无腥膻气，肉色白糯，味嫩肉鲜。掌握羊肉起锅时间，全凭经验目测。起锅过早，肉不鲜嫩；过晚，肉味带酸。剔除羊骨以后的熟羊仍很完整，放进上大下小的圆形竹箩筐里。用就地取材的新鲜干荷叶包熟羊肉，是祖传别法之一项，在东山沿袭了数百年，既可避免油脂渗出，同时，荷叶清香伴着肉香扑鼻而来，令人馋涎欲滴。

这个弹丸般的太湖半岛，不仅四季孕育诱人物产，还代代喷吐人杰。

物华天宝之东山，潜藏龙脉。潘新新、周泳逊编著的《东山览胜》中，载有一则生动的民间传说。

登基不久的明太祖朱元璋，端午夜里做了一个怪梦。梦见东南方飘来一朵云彩，云端飞下一条小龙，盘在金銮殿脊梁上。

朱大惊，带兵追赶，而龙变血球，向东南苏州方向飞遁。紧追之际，马失前蹄，一跤跌醒。朱元璋心惊肉跳，连夜召请军师刘伯温进宫解梦。刘伯温说此梦不祥，预兆江南要出小皇来争夺大明江山，应趁小龙尚未长成之际灭之。

君臣二人，立即乔装改扮，到江南苏州察访。在苏州客栈，军师刘伯温夜观天象，发现太湖上空有颗星星特别耀眼，这是将出新皇之兆。君臣又闻知太湖洞庭东山是藏龙卧虎之地，便出苏州胥口，下太湖，来到东山。

在陆巷上岸，刘伯温四处踏勘，勘定东山虾啜岭是一条即将成形的卧龙。掐指一算，此卧龙已经开始长鳞，3天以后飞入太湖，就难破龙穴了。朱元璋大惊，听从军师破龙计法，火速定制二十四只巨大金钉，派兵将从岭顶到山脚，对准龙骨节眼，每隔百步打进一只金钉，整整打了7天7夜，二十四只金钉全部钉入龙身。卧龙痛得拼命挣扎，龙血像山泉一样喷涌而出，加上痛龙化水，倾盆大雨伴着龙血，顺着山沟汹涌而下，形成了今日东山之响水涧。

金钉钉龙，江南潜在的暴力美学。

夜间于古镇散步，曾遭遇镇中宅巷之间的响水涧。其震人之水响，在夜色中仍是如此醒人耳目，久远古老的响水涧，依然奔腾灵跃，生气勃发。

涧旁有说明标牌，其上文字，颇为感性："响水涧原是一条从近300米高处的山坞中流出的山涧曲溪,犹如巨龙下海那样奔腾不息,惊天动地的轰鸣声,在向人们呼唤,又出状元了……"

"又出状元了"的"又"字,并非夸张。饶是龙地被钉,东山人杰,依然如喷如涌,汩汩辈出。

据东山地方资料载:"仅明清两代,东山就出了两名状元、一名探花、四十三名进士和一百四十多名知县以上的官。近代更是人文辈出,在海内外就有四名中科院院士,三十多名博士生导师,四百多名高级职称的人才。"

——敬请注意,这里不是一州或一府,而仅仅只是伸进太湖的小小半岛、东山一镇!

江南,在中国而言,是风水宝地,西面,倚靠中国地形第二阶梯之稳固大山,东方,则面向大海。

明清以来,中国之核在江南,江南之核在太湖,而太湖之核,庶几可说在东山。

东山气场强劲。"钟灵毓秀"一词,在东山会有真切体验。钟者,凝聚;毓者,养育。东山天然地善于凝聚天地之灵,孕育优秀之士。

天厚东山。东山百姓的生活,清朗、富足、宁和。今日,街头巷尾,随便在哪一个供应早餐的面店、馄饨店门口,都会歇有一二羊肉竹担。吃早餐的人们,大多会切买一块白煨羊肉,用清香的干荷叶包了进店,待热腾腾的、有鲜亮酱油汤的面或馄饨上桌,再将羊肉拌入碗内开吃。这是东山的寻常之景,这是东山人的寻常之早餐。

东山,混融湖水与山野的激荡清气,自古而今,滋养着此地的人类。

东山,也可以说是苏州城伸进太湖的狭长露台。这股激荡的清气,同样源源不断地,经过40公里的输送,滋养着苏州这座天堂古城。

光福吃食·江南表里

如胎儿状蜷曲的太湖,西岸和南岸基本为平原,唯东岸和北岸,多秀挺连绵之山。光福古镇,滨东太湖,属苏州市吴中区。光福人文历史深厚,不仅是"苏绣"发源地、工艺雕刻之乡(玉雕、核雕、红木雕等),而且因镇处湖滨低山丘陵,盛产果木,所以此镇还是蜜饯之乡,境内"香雪海"是中国著名探梅胜地,司徒庙中清、奇、古、怪四株汉柏,至今生长良好,树龄已超 2000 年。

光福的湖畔古镇格局,幸运犹存。暮春初夏来此探访,碰巧吃到了三种食物,分别是:**枇杷、小馄饨、油煎糯米团子**。

正是枇杷成熟季节,镇农贸市场门口,夹道摆满了刚刚采摘的新鲜枇杷。成篓成篓散发清香的枇杷后面,当地妇女们在热情叫卖。2020 年的价格,根据品质,每市斤 12 元到 30 元不等。光福枇杷闻名江南,主要品种为白玉,果形大,果皮薄韧容易剥离，关键是果肉洁白，清甜多汁，入口易化。

在光福镇福溪河旁下街的"福塔小吃店"内，吃到皱纱小馄饨。皮极薄且透明，能看见包裹着的细小晶莹肉馅；碧绿的几丝葱花漂在汤上，极为诱人。一个人守在店中的六旬邓姓店主，诚实善谈。

很独特的油煎糯米团子，则在南街与大街交会处的一家饮食店门前被发现。滋滋作响的团子，可爱整齐地排摆在硕大的平底黑铁锅内，非常豪迈。光福油煎团子，与上海生煎包、无锡玉兰饼的做法相似，内中都有肉馅，但区别也很明显。与生煎包的区别是：一为糯米粉，一为小麦粉；与玉兰饼的区别是：油煎团子用油煎炸团子底部，而玉兰饼则是用油将整个团子炸至表皮金黄发脆。

突然感觉，这碰巧吃到的三种食物，恰好象征了江南的表与里。

枇杷的甜蜜，小馄饨的精致，象征江南之表，满足一般人对江南的想象。

而油煎糯米团子，能让人极其耐饥，由此使人具有**极其坚韧的意志力和行动力**，这，正是不易发现的江南之里。

苏州横泾东林渡

细雨夜晚,房间外面的菜地散发气息。强烈气息。明亮厨房,有更甚的热气和香气。旷野远处的湖水隐约。黎明。收割后的稻田。种油菜的老年妇女,吴地特色,包青布头巾。起飞的白鹭。湿润的收割后的稻田之香。田中木栈桥。太湖。湖水中的丛苇。清澈。稻棵。河流。起伏的湖畔陆地。"乡根"品牌农家乐。旧农房前增建玻璃走廊。"东林桥"。狗。20世纪水泥桥。村中废房。废墟的青黑色的砖。裸露后墙。岁月烟熏。水泥桥头,一对安坐的老年男女,像土地公和土地母。**炊烟一缕,有巨力,可以提升起湖和乡野大地**。旺盛的废墙角的青菜。碗中新米粥。横泾香米。青菜、萝卜、包心菜、大蒜。生炉火的老婆婆。

手绘下山老虎,人家的墙饰。横泾猪。《上林村志》。又是夜。热茶。黑米黄酒。水洼。村庄中的荒废乡河。沉没河底的那条孤独水泥船,隔水望着我,似在呼喊。过去岁月。另一种死亡。物的死亡。古建筑构件杂乱堆置。牛腿。雀替。花板。横泾老街。塑料盆里的小杂鱼。过去的日杂店。小馄饨。尧峰山。高尚别墅区。风水。又是广大的稻田和稻茬。初识的当地知识者。摄影者的女式帅气。房间内有纹路的木桌洁净。笔记本上写字。在窗下。

乡村公路洁净。朝云灿烂。乡村公交车。623路。一个和我一样等车的老妇。枇杷苗木。橘树苗木。散卧的瘦皱漏空的太湖石。过横泾镇街。拥挤和音乐。车厢内。木里。地铁4号支线。三元坊。苏式面店。书院街。苏州中学。卫校。某处市井街坊,一杯热咖啡的"全家"便利店窗外,像日式电影场景。乐桥。察院场。然后是北寺塔和苏州站。

| 瓯域

刚刚收获的、青涩瓯柑的强烈气息,在空中形成云朵,然后,又沉坠下来,深深浸润:山脉、溪河、海洋、古桥、城池、寺观、石塔、祠堂、街巷、船只。

在浙江南部,在山海交错、城乡参差的复杂瓯域,我的手,还触摸到古代龙舟开裂的木骨,触摸到停泊海船锈迹斑斑的、巨大冰凉铁锚。

微苦、败火的**瓯柑**,像大颗大颗的星。

在城中临河的百年老房子窗口,会看到整条的水泥船上,全部装载了满满的碧青瓯柑。

滚挤的瓯柑,微苦、败火的星团,要等到午夜,才四处溅射它们年轻的汁液。

只有鳗鲞沉默。鳗鲞具有的,是沉默、坚硬的咸香。

我曾在黄昏前夕的蒲鞋市独自行走。

蒲鞋市的蒲鞋,被谁全部买走了?只剩下:沙县小吃,晶钻奶茶,燕皮馄饨,苗家酸汤。

市井之中,社区老年活动室内,是弥漫的烟雾,是坐着打牌和站着围观的衣服臃肿的老人。而狭窄的街弄空间,放学的小学生们像新鲜的落叶,纷挤,杂沓。我逆流而行。

街角,烤饼摊突然升腾的火焰,烫人,却是隐忍。

火焰映照的,是一座**北斗古城**。生命晚年的郭璞。晋代风水大师。卜城。滨海古城。连山而成北斗形状的城池:华盖、松台、海坛、西郭四座山,是"斗魁"(斗之四星);积谷、翠微、仁王三座山,是"斗构"(柄之三星)。

坚固如桶,牢硬似铁。

海潮汹涌的午夜,城池,闪耀鱼腥的北斗七星光芒。

瓯域的塘河,以巨大吸力,吸我独自靠近。山、田、市井、乡镇间蜿蜒浑浊的粗壮血管。"温州文化的母体"。

长度为"七铺"(一铺为十华里)的巨大浑浊血管。由斗城向南,经过如下幽暗的人世房间——

茶院寺。梧田。白象。帆游。河口塘。塘下。莘塍。九里。瑞安白岩桥。

初冬近午的塘河岸边，此刻，一位骑电动车而来的青年，用抛撒出去的长线滚钩，从河水内部，扎起了一条硕大的、拧扭跃蹦的银白花鲢。

我走过龙方桥。已经陷在污水、梧桐树枝和低矮连片民居之间的龙方桥。

局促的农贸小集市。粮油店。油条摊。哺乳的卖鸡蛋妇女。推拿。针灸。海南香蕉：5元3斤。长脚盆外成堆的深栗色的荸荠皮。鱼鳞。剖鱼男人喷吐的弥漫烟圈。散落的发臭垃圾。彩票。回收旧手机。"皖P"开头的破面包车。晒太阳的老人。快餐店刚刚摆出的、方形不锈钢盘中切成两半的成群煮熟海蟹。

屋脊上有彩龙和神仙人物的古刹祠观，在散发幽暗、枯萎的邈远荷香。

我读到一个人在回忆里的叙述：

"友人徐君，住居塘河之南塘街……逢到端午节，徐君就来邀我到他家去看**龙舟竞渡**。他家门前的河面很宽阔，容得下十三四只龙舟竞渡。那天，我坐在他家楼上朝河的窗口，看着河面上有六只颜色各异的龙舟，分成三对在互相追逐争斗。龙舟上的锣鼓声、呐喊声震耳欲聋，两岸观者人山人海，助威的鞭炮声、鼓掌叫好声不绝于耳。于是,划龙舟的人劲头就更足了,用船桨把河水拨得浪花飞溅,整个河面犹似银河倒泻,白花花的。斗了一会儿,划龙舟的人有些力乏口渴了,就慢慢地荡着桨,把龙舟靠拢埠头,双手捧起河水喝。'塘河的水很清,南塘街的居民都吃塘河水,我家也一样,要用水时,就挑起水桶到埠头挑来用。'徐君这样说。"

塘河。浑浊的血管之上(由瞿溪、雄溪、郭溪之水汇成的河流,原来是那么清澈),曾经有过那么多的船:

航船。花船。河满船。新花船(盘汤)。舴艋舟(青田船)。公婆船。卖水舟。拖船。拗罾船。螺蛳船。戏班船。炮船。竹筏。火轮船。挖泥船。采菱盆。

运往城中的是:番薯丝、稻谷、茶叶、烟叶、甘蔗、木炭、白石泥。

运返乡间的是:化肥、水泥、煤炭、日用百货。

河流之上的船舱内部,有我如此熟悉的童年所见的面孔:唱鼓词的面孔,拉琴人的面孔,卖膏药的面孔,变魔术的面孔……

"香烟要否?瓜子要否?橘子水要喝否——"

"香喷喷的大饼,甜酥酥的油蛋,不吃别后悔,啊——"

"刚炸的油条,热乎的馒头,要吃趁热,啊——"

初冬太阳光下，塘河迎亲船上堆垒的绸被面的闪光——有富贵牡丹、龙凤呈祥、鸳鸯戏水图案的，艳丽绸被面的闪光，已经看不见了。

只有如盖的大榕树依然青碧。缕缕的气生根垂拂。此地，已是榕树能够正常生长的中国最北缘。

巨大的树伞底下，摊铺着肮脏的喷绘塑布。

一群人在围观——摊满碟片的喷绘塑布上的图像和文字是：天下奇闻，绝对震撼！一碟抵十碟：人妖变性、东莞扫黄⋯⋯

河边，黯色的、交织着过去和当代气息的黯色长街。

墨池坊。书圣。东瓯王。敬鬼。悬棺。石棚墓。谢灵运。文天祥。白象塔。活字印刷。瓯塑。仙岩寺和慧光塔。群山。海潮。弘一法师。泽雅纸坊。温州蠲纸。瓯窑。海上丝绸之路。南阁牌楼。重修南塘碑记。玉海楼。刘基庙。龙舟台阁。永昌堡。叶适墓。唐代独木舟。利济医学堂。永嘉城：东庙、南市、西居、北埠。顺溪古宅。赤溪五洞桥。芙蓉村。妈祖宫。廊桥。温州重修南塘记。帆游。青云桥。二十八宿井。乐清。永嘉。瑞安。文成。泰顺。平阳。苍南。洞头。鹿城。瓯海。龙湾。

一张新鲜的红纸上，是用淋漓墨汁写就的通知：

经塘西陈圣观管理人员决定三官忏于二〇一五年十月十六日（公历 2015 年 11 月 27 号）星期五上午在陈圣观前大殿二楼拜忏，中午大殿楼下就素餐。敬请各位信众互相转告，准时到堂拜佛求安康。

特此通知。

塘西陈圣观管理组启

正是拜忏的日子。人群纷杂。陈圣观院内，一辆崭新的红色"保时捷"跑车驶过我的身边，停在观殿墙边。一位脸部美白过度的女性和一位病容的中年妇女，从车中钻出来。红色闪耀汽车旁边的观殿墙上，雕刻着"三国"内容的图案，注明这个故事的雕刻文字是：

"三顾茅芦"（原文如此）。

头顶，一长列老旧的火车，隆隆驶过塘河上的桥梁。它的重量和速度，使得桥堍两侧两只已经褪色的纸扎龙头，震颤不已。

纸龙近旁的桥身上，描写有这样的字迹："剃宝贝满月头发""理发：老中青。已移前 70 米"。

一个潦草的箭头，指明了移前的方向。

在河边看得见火车桥梁的某家小吃店内我坐定。店主——一位曾经就读于附近普济寺小学、热情却又不失自矜的小伙子,为我端上了一碗热腾腾的、他的传统手艺:

温州猪肠粉——肠。血旺。米线。碧青大蒜叶。

悠久古老的浓香,依然,尽在热腾腾的碗中。

在瓯域全境,三条矫健的中国青龙,从西面绿植深郁的山间窜出,蜿蜒,腾越,飞游入东面低处的太平洋(血管一样的塘河,紧紧连接着其中两条青龙)。

腾越、飞游的龙,在深夜无人时,会奋力遨游嬉戏于黑蓝星空;而白昼来临,它们,又总是好脾气地安居、奔腾于倾斜陆地。

它们渴望深渊的海洋。它们迫切地,想要饮到海水中珍贵的盐。

三条矫健的中国地方青龙:瓯江、飞云河、鳌江。

在梦中,我骑过它们。它们布满龙鳞的肌体滚烫。它们的心跳,像天空的硕大星辰,有力、激越、咚咚震响。

笋·声音

粗壮的、从黑暗山壤中喷薄欲出的笋,是**春天的亿万颗炮弹**,由沉默且抑制住激情的山脉,在夜晚发射。

声音,暂时被巨神的天空,吸纳、收藏。

永远精打细算的巨神,会仔细分配。譬如,在盛夏,在热烈的暴雨洗礼我们之前,人间的耳朵便会听到:震醒万物的黄钟和雷鸣。

欧梅·欧阳修后人

"5月29日,琅琊山上一件'镇山之宝'——欧阳修亲手所植的一株千年古梅,被几名游客生生掰断枝丫。此事发生后,滁州市民纷纷声讨这种不文明旅游行为,要求相关部门尽快找到'凶手'。记者昨天从滁州市森林公安局获悉,两名昆山籍游客已因损坏古树木被警方查获,并于6月24日接受处罚和作出3万元赔偿。"(2015年6月29日《合肥日报》)

2019年2月16日。安徽滁州。琅琊山醉翁亭西侧庭院,我就站在石坛围护的这株古老梅树旁边。树旁之石,刻有"**欧阳修手植梅**"字样。春寒料峭,眼前古老的"欧梅",已经结了满树花苞,早绽的几朵,花色淡白微粉,在寂静的空气中,吐溢梅香。前人盛赞此梅高洁,如古代贤士巢父和许由,因为它的花期独特,不抢蜡梅之先,也不与春梅争艳,而是在这两者之间独自开放。在围护古梅的石坛中，嵌有醒目的"花中巢许"石碑。梅边静立，我在辨认空气中丝缕存在的欧阳修（1007—1072）气息。

2017年5月9日。欧阳修故里，江西省永丰县沙溪镇。我有幸和欧阳修第35代嫡裔**欧阳水秀、欧阳勇姐弟**在一起。

有幸见到欧阳勇先生，要感谢永丰县文联主席刘小华的介绍。

欧阳勇，质朴清秀，白衬衣束在黑蓝长裤内，有乡间熏染的某种内在儒雅。他1963年出生在永丰县沙溪镇，毕业于江西师范大学历史系，永丰县博物馆原馆长，刚退二线。

欧阳勇有两个姐姐和一个同母异父的弟弟。大姐身体不大好。二姐欧阳水秀，1954年出生，从1979年开始，义务守护管理沙溪镇的西阳宫。沙溪镇作为欧阳修故里，除其父母在镇郊泷冈的合葬墓外，集中的纪念地就在西阳宫。西阳宫原名西阳观，是一个道教宫观，当年欧阳修曾委托观内道士代为祭扫、看护其父母之墓，为避欧阳修父亲欧阳观之名讳，西阳观改名为西阳宫。宫内现有欧阳文忠公祠、《泷冈阡表》碑及碑亭、画荻楼等。

沙溪镇很僻远，从县城到沙溪，有约70公里的路程。在西阳宫内洁净美好的树荫下，欧阳勇二姐欧阳水秀手捧刚摘下的新鲜枇杷，请我们吃。

欧阳勇介绍，他祖上数代单传。其曾祖，因为抽鸦片，家产被败光。所以到他祖父时，家里非常贫穷，甚至没有衣服穿。这种状况被地方官获悉后，为让欧阳修一脉延续，特别资助其祖父娶妻生子。欧阳勇的父亲学习成绩很好，考取了吉安师范，但还是因为家里穷，中途辍学。"吉安地区的李专员知道后，专门拨了好几担谷子"，让勇父读完了书，毕业后分配在粮站管账目。欧阳勇出生那年，即1963年，他的祖父、父亲在这一年内相继辞世。后来他母亲再找了人，又生了一个弟弟。

欧阳勇本人，有一女一男两个孩子。大女儿欧阳慧琳，在县城永叔公园工作。也是为欧阳修一脉延续考虑，在实行计划生育政策的当年，有关部门特别给了一个二胎指标，于是在2002年，欧阳勇有了儿子欧阳棠林（据说是因命中缺木，故取此名）。

西阳宫内的《泷冈阡表》碑，是一块巨大的山东青州石，通体呈墨绿色。欧阳修4岁时父亲辞世，46岁时又告别母亲。《泷冈阡表》是欧阳修晚年在山东青州知州任上最后修改完成，距其父亡已经有60年。欧阳修亲笔将阡表写于碑石之上，然后请人镌刻。

碑成，欧阳修携碑，船归故里。这其间，沙溪当地还流行一个龙王借表的传说。船快要行至鄱阳湖时,欧阳修梦见5个自称是水府龙王派来的青衣使者。他们说,欣闻欧阳大人阡表碑刻途经水府,您的文章书法天下传扬,水府龙王欲借一观,以饱眼福。欧阳修为难,婉言谢拒。第二天,天气晴朗,然而当船驶入鄱阳湖时,却突然乌云滚滚,风浪大作,船随时有颠覆的危险。欧阳修心里当下明白,这是龙王借碑被拒而在兴风作浪。为其他船只的安危考虑,欧阳修忍痛决断:沉碑湖中。说来也怪,碑沉即浪静,复又晴空万里。失碑后的欧公心情失落,改陆路回家。在浔阳城里巧遇黄庭坚。庭坚得知师爷阡表碑被龙王劫走,当即撰成一篇《檄龙文》投于江心,指斥龙王无情无德。龙王读后羞愧不已,遂命一乌龟,将碑送回了欧公故里。碑上"祭而丰不如养之薄"处斑斑驳驳,据说是龙王阅读到此,赞赏不已,兴奋之余用龙爪圈圈点点留下的痕迹。

这块著名的《泷冈阡表》碑,现已列为全国重点文物保护对象。

碑亭内,还有欧阳勇先生亲撰的联语,十分恰切:"碑垂崇公仁廉孝,表范欧母义慈贤。"崇公,即欧阳修父亲欧阳观,为官特仁,死后被追封为崇国公;欧阳修母亲郑氏,十分贤明,丈夫早逝,她守寡抚养欧阳修,家贫,就荻秆作笔,铺沙为纸,教欧阳修识字读书,这就是西阳宫内画荻楼的来历。

永丰初见的县女子文学会的杨兰琼,讲述过两个与阡表碑有关的故事。

20世纪90年代，吉安地区作家集体去沙溪拜谒欧阳修故里，瞻仰《泷冈阡表》碑。去时一路大雨滂沱，到达沙溪，在他们拜谒瞻仰的过程中，雨过天晴，等他们结束返回，复又大雨。一行人感到神奇。

杨兰琼的《旅人小语》，是永丰县历史上首部由女子写成、出版的书，她本人十分激动，拿到新书后，即向家乡前辈欧阳修报告喜讯，"当我手触阡表，冥冥中有生命相通的强烈感觉，顿时泪如雨下，止也止不住"。

欧阳修不惑之年，自号醉翁；花甲之年，又更名六一居士（现在的永丰县城内，有夜色里堂皇璀璨的六一居国际酒店）。

客有问曰："六一，何谓也？"居士曰："吾家藏书一万卷，集录三代以来金石遗文一千卷，有琴一张，有棋一局，而常置酒一壶。"客曰："是为五一尔，奈何？"居士曰："以吾一翁，老于此五物之间，是岂不为六一乎？"（《六一居士传》）

欧阳修为北宋文坛领袖，弟子遍布海内。苏轼《东坡志林》中，有一则《记六一语》，专门记其老师欧阳修所述"写作之道"，朴素的教诲，至今值得我们记取：

无他术，唯勤读书而多为之，自工。世人患作文字少，又懒读书，每一篇出，即求过人，如此少有至者。疵病不必待人指擿，多作自能见之。

嘉兴 28 小时

嘉兴南门头美食广场。庞大，却又有亲切、温暖的江南民居氛围。木柱。四仙桌。长条凳。散布的红色元素。无数铺子的灶头厨房连接在一起，曲折，漫长，热腾腾的香气弥漫于这样人影幢幢的迷宫。之前的上午 10 点，在高铁嘉兴南站，嘉兴日报社沈秀红友接站。入住城南沙龙国际宾馆 2520 房，见到已先至此的老友、嘉兴小说家薛荣。安顿毕，秀红、薛荣和我三人，便到**南门头美食广场**午餐。称为"广场"并不夸张，此处有各种嘉兴美食：如海宁宴球、文虎酱鸭、老王特色烧饼、刘同兴泡泡馄饨、老南堰春卷、阿二伯缸肉、三阿姨麦芽塌饼、桥头堡面馆、四新春嘉湖细点等等。我们点了"鸡蛋糕"（糕中间嵌豆沙、猪油，有浓郁酒酿香味）、白色方糕、油酥饺以及每人一碗的超大量"八仙过海"粉丝。植根民间的嘉兴饮食文化，在这里仍可完备领略。

朱生豪先生故居，就在南门头美食广场北侧。饭后，秀红和薛荣兄领我进故居一看。有人说，朱生豪的整个人生，只做两件事：翻译莎士比亚和爱宋清如。朱生豪（1912—1944），浙江嘉兴人，其人"渊默如处子，轻易不肯发一言"（夏承焘），"沉默、聪敏，心中似乎有隐痛"（黄竹坪）。1929年到1933年，朱生豪就读于杭州之江大学。宋清如（1911—1997），江苏常熟和张家港交界处人，才貌双全之江南女子，被誉为有"不下于冰心女士之才能"。从苏州女子师范学校毕业后，宋清如1932年到1936年期间，同样就读于之江大学。朱生豪在大学最后一年认识了宋清如，两人志趣相投，相知相许。1933年朱生豪大学毕业后，与宋清如开始长达近10年的通信、相恋。1942年，他们在战火中的上海结婚，携手进入翻译莎士比亚的世界。1944年年末，婚后仅两年，朱生豪即因贫病交迫，在完成37种莎剧中31种的翻译后，抛下深爱的妻子和刚出生的儿子，永远离开了这个世界。10年的分离，战乱年代仍然运作的邮政系统，彼时以书信为主要载体的通信方式，客观上帮助朱生豪和宋清如完成了他们的完美爱情。朱、宋之恋，可以称作是中国现代史上最幸福又最凄美的爱情典范。因为拓路，故居据说是向东做了平移，不过格局未变。在故居内，看到朱生豪用过的已然衰朽的手提藤箱，看到两人的照片：宋清如秀雅端庄，朱生豪白衣少年。展示橱窗中有朱生豪致宋清如情书的影印件，朱称宋是"好人"，自己落款为"小三麻子"。后来曾咨询秀红（她是《嘉兴日报》"好书有约"公益阅读推广品牌的主要发起人和主持人），朱生豪情书哪种版本较好，她推荐了由朱生豪宋清如儿子朱尚刚先生整理的《朱生豪情书全集》手稿珍藏本上下两册，中国青年出版社出版。"世上一切算得什么，只要有你。我是，**我是宋清如至上主义者**。""我的快乐即是爱你，我的安慰即是思念你。"这就是朱生豪。

此次来嘉兴的缘起，是秀红主持的"好书有约"和薛荣兄所在的嘉兴市作家协会为我张罗了一个书的分享活动，题目是"公共的江南与个人的江南——黑陶'江南三书'分享会"。从朱生豪故居出来，秀红直接去会场，薛荣兄和我回宾馆。几乎同时，嘉兴两位青年作家草白、简儿也到了"沙龙国际"。稍坐，四人便一起步行去下午的活动地方：嘉兴文联所在的"高家洋房"。这是一处占地很大的中西结合的典型民国建筑，青砖红砖相间，典雅漂亮。据介绍，这处私家宅院建于 20 世纪 20 年代，是当时嘉兴城中最宏伟富丽的住宅。始建人高仲兰，光绪举人，留学过日本，创办嘉禾布厂等实业，曾任嘉兴县商会会长。高家洋房坐北朝南，平面布局呈"回"字形，二层楼房，砖木结构，中间围住的是一个面积很大的庭院。高家洋房现在已经是浙江省文物保护单位，2019年年底，嘉兴市文联入驻此间办公。

分享会在一楼的咖啡书吧。来了众多新朋旧友。有嘉兴文联的陈双虎兄长，有诗人、嘉善老友张敏华，有作家、律师采菊，有嘉兴学院熊芬兰教授，等等。嘉兴市作协主席杨自强带队在外地采访，自强兄还特意打来了电话。我的分享助阵嘉宾是两位小说家：薛荣兄和草白。薛荣兄注意到我书写中"火"的主题意象，他说，黑陶在中国散文作家之中，是一个拜火教徒，一个拜火教徒的文本，是非常有辨识度和个性的。草白认为：在黑陶的书写中，加入了很多传统江南没有的元素，比如大海、火焰，这些元素跟小桥流水，构成强烈的对比感觉。

分享会结束，一众人到薛荣兄在二楼的办公室坐聊了一会儿，然后晚餐。晚餐就在住地沙龙国际宾馆，21号厅。各色啤酒。嘉兴文联副主席傅琦红到，秀红和薛荣兄还请了他们的朋友：一位是正在翻译波兰小说家布鲁诺·舒尔茨传记的年轻"裁缝"，一位是当年著名的秀州书局老板范笑我兄。宾主尽欢。饭后，琦红主席先回，敏华兄也告辞，他开车回嘉善，其余人去范笑我兄家。这是薛荣兄和秀红特别安排的，他们知道我敬慕嘉兴文化耆宿吴藕汀先生（1913—2005），而**藕汀先生与笑我兄，是亦师亦友之关系**，情谊深厚，笑我兄收藏有众多藕汀先生的字画手稿。

范笑我兄家在嘉兴市区天河街，某幢住宅楼的503室，他自命为"吾伶山听叩（古同'讼'）楼"或"多晴楼"。笑我兄当年所开的秀州书局，业界有名，特别是他编辑的系列"秀州书局简讯"，更在全国书友中传为美谈。"吾伶山"内，环壁皆书。我们有幸目睹了吴藕汀先生的众多册页。除此，还看到了王国维手迹、钱仲联手迹、陈立夫手迹、宋清如手迹等。王国维所书内容已忘。钱仲联书"秀州缘"，落款"钱仲联"，盖阴文"钱仲联印"章；陈立夫书"相见亦无事，不来忽怀君"，落款"笑我先生撰句属书　陈立夫时年九六"，盖阴文"陈立夫印"和阳文"弘毅斋"章；宋清如书"惜花春起早，爱书夜眠迟"，落款"宋清如"，盖阴文"清如"章。

事后，范笑我兄在他的新浪博客，记载了当晚相聚：

12月19日晚上，黑陶等八人天河街吾伶山茶叙，看吴藕汀的画。来之前，采菊问："听叩楼可以坐几人？"笑我说："有大小凳椅二十只。"在听叩楼，笑我出示了所藏吴藕汀《宋人词意》《秀州十景》《药窗词画》《苏小小墓》等尺（册）页。谈到"吴藕汀的题句，是画面的点睛之笔"；谈到吴藕汀的画"近看看笔墨，远看看意境"；还谈到吴藕汀九十二岁时，对黄宾虹过于注重效果的批评，因为王伯敏曾有回忆说"黄宾虹将画作挂在墙上，过几天觉得不好，又添了几笔"。有问："吴藕汀的后人,没有继承他的绘画?"笑我说:"能够继承的只是技术,不是艺术。所以,吴藕汀后人,都不画画。"从黑陶的《二泉映月:十六位亲见者忆阿炳》,谈到嘉兴蒲华蒲邋遢,谈到药窗吴藕汀。薛荣认为可以做《口述历史:忆吴藕汀》。笑我认为:"从我的角度,做《口述吴藕汀》没有意义。记录与口述相比,回忆毕竟是靠不住的。民国十年嘉兴南湖一大亲历者的回忆,多有靠不住内容,尤其是所谓的'卫士'所言。"从宋清如所书的对联,谈到《朱生豪情书集》,谈到宋清如成就了朱生豪的译莎;谈到陈立夫与湖州;萧乾、文洁若夫妇;梁实秋、韩菁清与梁氏译莎;谈到钱锦堂(君匋)与钱镜塘……笑我分别送黑陶、施奇平、熊芬兰、草白《嘉兴·1921》,其他(她)都曾送过。另外还送了黑陶《笑我贩书三编未删稿·秀州书局简讯(2003.10—2005.1)》。施奇平谈到记忆中的秀州书局,说,今天终于见到了秀州书局的范笑我。熊教授芬兰说:"谈到的很多内容,都可以申报嘉兴的研究课题。"笑我说:"《嘉兴·1921》,就是为了便于专家们的课题申报。"沈秀红现场抓拍照片,还翻阅了《项圣谟精品集》。笑我还推荐了周明校注的清代嘉兴人姚东升所著《〈释神〉校注》。黑陶当场在孔夫子网下单购买。薛荣在与黑陶的交谈中,提到正在撰写的《南湖传》。采菊仔细翻阅了《〈释神〉校注》。笑我与薛荣、黑陶在多晴楼合影。沈秀红、采菊分别为拍八人合影。

辞别笑我兄,回到宾馆。草白、简儿、熊教授、薛荣兄和我,又去朱生豪故居附近火锅店夜宵。五个人喝一箱啤酒,抢着买单的简儿点了许多菜。午夜告别。午夜的嘉兴古城,寂静无语的夜空,似乎闪烁着南湖水反射上去的银色寒意。

次日晨,和薛荣兄一起早餐。早餐之后,秀红和采菊过来。他们带我去陶仓。去陶仓颇有些路,它位于嘉兴下面王江泾镇的田丰村,邻京杭运河。冬日平坦的田野之上,两座过去年代体量巨大的红砖老粮仓,夺人眼目。奇特造型的红砖建筑,湛蓝天空,浓烈的建筑阴影,切割成各种几何图形,形成奇特的西方绘画效果。粮仓现在已改辟为艺术展陈空间。近侧的一个小村,民宅全部做了装饰改建,整村以民宿村的格局呈现。这里是新农村建设的样板,项目称为"运河陶仓理想村"。围挡墙上,有图案和大幅标语:"这里有**一万种生活**"。于是对薛荣兄说,《一万种生活》,可以用作书名,或者以此为题写一篇小说。天气虽然有些冷,但晴空万里,冬阳灿烂。在某间民宿的屋顶露台上,环视浙北乡野,四人晒太阳喝咖啡,享受了一刻浮生之闲。

陶仓之后,驱车去嘉兴辖内的新塍古镇。看过众多江南乡镇,但新塍我还是第一次来。此镇始建于唐,历史上曾有"新城""柿林""新溪"之称,是名副其实的古镇。到达新塍,正是午饭时间。之前薛荣兄已经联系了一位当地朋友，这位朋友介绍的吃饭地方，是他相熟的"秀塍饭店"。饭店不大，但很有特色，生意也好。我们在楼上雅座。红烧羊肉，鱼子烧咸菜，酱鹅，荸荠，鳜鱼烧咸菜，等等。薛荣兄和我喝"西塘黄酒"。特别是鱼子烧咸菜，非常鲜美，大家一致称好。席间言及新塍是一美食古镇，它的月饼、馄饨、羊肉、烧饼都非常有名。采菊有事提前撤。待我们吃好饭，想去买单时，老板告知采菊已经付掉饭钱了。饭毕，秀红、薛荣兄领我逛古镇。**新塍古镇**人烟稠密，生机勃勃。先去看镇上能仁寺的古银杏。此银杏栽植于公元503年，已经有1500多年的历史，据称是浙江省年纪最大的银杏树，它栽种的年份，正是能仁寺初建之时。古银杏金黄色的落叶铺满地面，镇上的大人孩子多有在树下拍照者。能仁寺所在的"小蓬莱"，是新塍镇占地颇大的公共园林，非常有气息。园林池沼，曲径通幽。其内遍布百年以上古树，如侧柏、枫杨、樟、紫藤、枸骨等。新塍古街格局仍在，南大街与北大街夹一条很长的镇河。人家门上的手书对联仍清晰可读：漫天酥雨泽万物，连夜春风暖千家。走北大街经风舞桥转回南大街。桥堍西南侧有一水塔状高耸建筑，一看就是过去年代的旧物，不知何用。江南乡镇之遗迹。因我要赶车回无锡，秀红和薛荣兄送我返至高铁嘉兴南站，时为下午2点。就此，告别嘉兴，告别古老的吴、越分疆地。此回在嘉兴的时间，共为28个小时。

波浪和金蟒

清澈的山间野湖内部，有静静移动的大团云朵，有粼粼微漾的孤单黑瓦和灰白马头墙，当然更多的，是草蓝色天光，是春天发情般爆发出来的山乡新绿。

循着蜿蜒曲折的**石板古驿道**，行至又一座山顶。回望，那满山谷开到最盛的油菜花，在低低却又广阔的云天底下，像翻腾的金黄波浪，又像一条闪耀光泽的金色巨蟒，从山谷远处，一路奔来我的眼前。我的背包上、衣裤上，此刻，已经沾满了童年就熟悉的那种金黄、逼眼的**油菜花粉**。

神树

有吴氏三兄弟，其祖宅庭院内，生长着一棵不知年月的紫荆花树。此树早春开花，花色紫红，花瓣随风而飞，飘拂全村。

父亲去世后，兄弟三人商量分家。什么都好分，唯独这棵树不好分。商量结果，决定将紫荆树砍倒，截成三段，然后每家一段，以此求得公平合理。

兄弟仨正在商量时，庭院内的这棵树突然枯萎，花和叶子纷纷落下。

此情此景，深深触动了吴氏三兄弟。

最终，兄弟仨重归于好，不但没有砍树，连已经分好的家产，也重新合在了一起。

兄弟不再分家，"神树"奇异地恢复了原来的景象，高大而又繁茂，一直到今天。

皖南风俗，为使子女长命，往往**寄名于古树**。尤其是古樟树，寄名子女众多，多以"樟"字为名，如：樟士、樟花、樟根、樟兰、樟玉、樟水、樟山等等。每逢节日或孩子生日，人们至树下顶礼膜拜，香烟弥漫整个村落。正因如此，皖南古树众多，远离了刀斧之灾。

在江苏宜兴和安徽广德交界地区，有一棵当地人称"柏树姑娘"的大树。此树属一级古树名木，其学名为"桧柏"，需几人才能合抱。

长了这么粗的"腰"，为什么被称为"姑娘"呢？原来此树非常有灵气，还自带一种香味。只要把树皮剥开，就能闻到扑鼻的清香，树枝燃烧起来也是特别香，还非常善于"招蜂引蝶"，常常吸引了大群大群的蜜蜂在周围飞舞。

这位"柏树姑娘"是怎么来的呢？听当地老人讲，过去这一带经常发大水。很久很久以前的一年，又发了洪水，附近山上的泥土都被冲散了，很多树被冲下了山。水退以后，当地百姓回到家乡，看到房屋塌了，树木倒了，庄稼也没了，什么都没剩下，个个眼泪汪汪。这时，满目疮痍中，居然发现有好几棵小树苗在这里扎下了根，太神奇了！村里人把这几棵给人带来希望的歪斜树苗扶正，又用土把树根固牢。这些洪水中来的树于是慢慢长大，在漫长的岁月里又纷纷"老"去。最后，只剩下了这棵"柏树姑娘"。

据说,当年太平天国洪秀全部经过这里,本来想把"柏树姑娘"砍了生火,结果锋利的斧子砍了一下又一下,砍树的士兵换了一拨又一拨,就连洪秀全自己也试过了,就是砍不倒这棵树。

最后,洪秀全被这棵神奇的树彻底折服,就在旁边砌了个小庙,里面供了好几个玉石香炉。不过,后来"破四旧"时,小庙被推倒,里面的玉石香炉也不知道什么时候消失了。

吴越槜李考

A. 作为地名的"槜李"

读吴越争霸的历史，槜李，是给我留下深刻印象的一个地名。在槜李，吴王阖闾（约前547年—前496年），也即那位派专诸用藏在鱼肚内的短剑刺杀吴王僚、夺取吴国王位的公子光，曾与越王勾践展开激烈一战。在此战中，阖闾受伤落败，死于回师途中。著名的阖闾时代宣告结束。

《史记·吴太伯世家第一》，以如下文字，记载这场具有标志性意义的"槜李之战"：

十九年夏，吴伐越，越王勾践迎击之槜李。越使死士挑战，三行造吴师，呼，自刭。吴师观之，越因伐吴，败之姑苏，伤吴王阖庐指，军却七里。吴王病伤而死。阖庐使立太子夫差，谓曰："尔而忘句践杀汝父乎？"对曰："不敢！"三年，乃报越。

文中的"阖庐"，即阖闾，姓姬，名光。阖闾是一位颇有作为的君王，执政时期，以楚国旧臣伍子胥为相，以齐人孙武为将军，"任贤使能，施恩行惠，以仁义闻于诸侯"。

"十九年夏"，指吴王阖闾十九年夏，即周敬王二十四年，公元前496年。发生在槜李的这场战斗，完全可以用血腥来形容。越方派出"死士"挑战吴师，这里的"死士"，有三种解释：1."死士，死罪人也"；2."死士，欲以死报恩者也"；3."敢死之士也"。越国"死士"成排来到吴军阵前，大声呼喊，用刀割自己的脖子。吴军将士目睹的，顿时是一副鲜血淋漓、死者枕藉的场景。越军趁吴军惊愕、骚动之际，大举掩杀过来，最终将吴军"败之姑苏"。

《左传》增加了这场战斗中阖闾受伤致死的细节："灵姑浮以戈击阖庐，阖庐伤将指，取其屦。还，卒于陉，去槜李七里。"

灵姑浮，是勇武的越国大夫，他以锋利之戈，击刺阖闾，伤了阖闾"将指"。将指，指足的大趾，或手的中指。魏晋时期的杜预更加详细地注解："其足大指见斩"——阖闾的一只大脚趾，被灵姑浮的戈斩断了。受伤的吴王阖闾赶紧还师，在距槜李7里的一个叫陉的地方，因伤重气急，阖闾身亡。最后葬于苏州虎丘。最后一位著名的吴王夫差（阖闾之子），从此走上历史舞台。

冯梦龙、蔡元放编著的《东周列国志》，在第79回中，以小说家笔法，也详述了这场槜李之战，可备参考——

周敬王二十四年，阖闾年老，性益躁，闻越王允常薨，子句践新立，遂欲乘丧伐越。子胥谏曰："越虽有袭吴之罪，然方有大丧，伐之不祥，宜少待之。"阖闾不听，留子胥与太孙夫差守国，自引伯嚭、王孙骆、专毅等，选精兵三万，出南门望越国进发。越王句践亲自督师御之，诸稽郢为大将，灵姑浮为先锋，畴无余、胥犴为左右翼，与吴兵相遇于槜李。

相距十里，各自安营下寨。两下挑战，不分胜负。阖闾大怒，遂悉众列陈于五台山，戒军中毋得妄动，俟越兵懈怠，然后乘之。句践望见吴阵上队伍整齐，戈甲精锐，谓诸稽郢曰："彼兵势甚振，不可轻敌，必须以计乱之。"乃使大夫畴无余、胥犴督敢死之士，左五百人，各持长枪，右五百人，各持大戟，一声呐喊，杀奔吴军。吴阵上全然不理，阵脚都用弓弩手把住，坚如铁壁。冲突三次，俱不能入，只得回转。句践无可奈何。诸稽郢密奏曰："罪人可使也。"句践悟。次日，密传军令，悉出军中所携死罪者，共三百人，分为三行，俱袒衣注剑于颈，安步造于吴军。为首者前致辞曰："吾主越王，不自量力，得罪于上国，致辱下讨。臣等不敢爱死，愿以死代越王之罪。"

言毕,以次自到。吴兵从未见如此举动,甚以为怪,皆注目而观之,互相传语,正不知其何故。越军中忽然鸣鼓,鼓声大振。畴无余、胥犴帅死士二队,各拥大楯,持短兵,呼哨而至。吴兵心忙,队伍遂乱。句践统大军继进,右有诸稽郢,左有灵姑浮,冲开吴阵。王孙骆舍命与诸稽郢相持。灵姑浮奋长刀左冲右突,寻人厮杀,正遇吴王阖闾,灵姑浮将刀便砍。阖闾望后一闪,刀砍中右足,伤其将指,一屦坠于车下。却得专毅兵到,救了吴王。专毅身被重伤。王孙骆知吴王有失,不敢恋战,急急收兵,被越兵掩杀一阵,死者过半。阖闾伤重,即刻班师回寨,灵姑浮取吴王之屦献功,句践大悦。

却说吴王因年老不能忍痛,回至七里之外,大叫一声而死。

回顾完历史,再来看看现实中的樵李,究竟地在何处?

浙江省桐乡市文联王士杰先生主编的《桐乡樵李》(现代出版社2019年5月第1版)一书,回答了这个问题:

考诸历史文献,佐以现今地名遗存,可知古代樵李的地域范围很广,除现今嘉兴市域全境外,还包括现今周边的吴江市、上海市、杭州市的部分地域。而史籍记述吴越大战之"樵李",则是指交战地——樵李城及其周边地域。

那么，这个当年吴越交战的"槜李城"，具体位置又在何处？

魏晋时期的杜预（222—285）注《左传》："**吴郡嘉兴县南有槜李城也**。"这应该是"槜李城"首见于文献记载。

唐代杜佑（735—812）《通典》："苏州，春秋吴国之都也。其南百四十里，与越分境。昔吴伐越，越子御之于槜李，则今嘉兴县之地。槜李城在今嘉兴县南三十七里。"

唐代李吉甫（758—814）《元和郡县志》："嘉兴县，望北至州一百四十七里。本春秋时长水县，秦为由拳县，汉因之。……勾践称王，与吴王阖闾战，败之槜李。故城在今嘉兴县南三十七里。"

元《至元嘉禾志》："槜李城，在县南四十五里，高二丈，厚一丈五尺，后废。按《旧经》，故战场在县南四十五里夹谷中，即秦长水县古槜李城也。"

民国桐乡人朱梦仙（1897—1940）《槜李谱》："考《嘉兴府志》：槜李城在嘉兴府治西南四十五里，城高二丈五尺，厚一丈五尺，春秋时吴越之交战地也，故其西有荒原百里，俗名天荒荡，向少人烟，故老相传，确为吴越战场，青磷鬼火，屡有发现。故古之槜李城，实今之槜李乡也，俗亦称桃源村，或简称桃园头。"

"**故古之槜李城，实今之槜李乡也**"，这位桐乡先贤已经说得非常清楚了。2019年夏天，因有缘参加"风雅桐乡，文'话'梧桐"活动，我终于来到了"今之槜李乡"——现今浙江省桐乡市梧桐街道桃园村。

这个桃园村，地理位置正处于嘉兴市西南约45里处。当地小地名中，尚有槜李埂、槜李圩、槜李桥等；桃园村周边，还有南长营、千人坡等众多吴越军事遗迹。可以判定：桐乡市梧桐街道桃园村，就是当年"槜李城"的核心地带。

如果我们站位更高一些，来看更大的地域范围就会发现，桃园村所属的桐乡全境，这个被太湖和钱塘江所夹的江南腹心地区，自古就是吴越分疆之地。像桐乡的石门镇，"石门"之名的由来，就直接与吴越战争有关。"尝叠石为门，为吴越两国之限。"

当年越国在此垒石为门以防吴，吴国在此结寨屯兵以拒越，石门镇现在犹存的"垒石弄"，传说就是吴越两国的边界。此弄南北向，长不过百米，宽仅三尺，一弄分开了两国。

在垒石弄南首，石门大桥西侧，靠近丰子恺故居的大运河边上，现竖有一碑，正面书"古吴越分疆处"，背面刻"古吴越分疆碑记"。

近侧亭旁的白墙上，书有明代陈润的《石门故垒》：

古塞千年尚有基，断横残石草离离。

风烟不散英雄气,犹如吴兵百战时。

B. 作为果名的"槜李"

槜李,比地名更早出现的,是果名,江南独特的一种水果之名。

中国之李,据文献记载,栽培史约有3000年,分布在全国大多地区,品种有数十个之多。在众多的中国李当中,有江南一李,"犹高士独履林泉,似佳人自赏芳华",这就是槜李,因盛产于浙江桐乡,所以称其为"桐乡槜李"。

春秋之年,吴越分界之地桐乡,遍植槜李,春天盛花之时,弥望皆白,宛然如雪。从"**地以果名**"这个角度考虑,这方土地,应该在更早更远的时期,就栽种槜李。

在张加延、周恩主编的《中国果树志·李卷》(中国林业出版社1998年版)中,有这样的介绍:"槜李,原产浙江桐乡桃源村,栽培历史2500多年,曾是历代封建王朝的'贡品',是极负盛名的优良李品种。"

《中国土特产大全》(新华出版社1986年版)称:"浙江桐乡县盛产的槜李,又名醉李,是我国最珍贵的水果、李子中的名品。"

那天初到桐乡,就在入住的酒店房间内,抢先品尝到了活动组织者、《浙江作家》杂志的魏丽敏君给大家准备的槜李。

同样是李,笔者所在的无锡太湖边出产的,果皮都呈青色。而桐乡槜李,是紫红果皮,密布如星的小黄点,其上又敷有薄薄的白色果霜。轻轻撕开果皮,槜李浅黄的肉质,如鲜润琥珀,果液饱满,甘甜似蜜,芳香中微透酒香,真是一种令人难忘的美妙味道。

上文提到的朱梦仙《槜李谱》,写成于民国二十六年(1937年),是关于桐乡槜李这种果品的专著。在《槜李谱》序言中,朱梦仙表达了对家乡特产的由衷热爱和赞美:"南国荔枝、西凉葡萄、洞庭枇杷、闽中橘柚之类,均为果中杰出,早脍炙人口。而吾乡特产之槜李,尤为隽美。其香如醴,其甘逾蜜,虽葡萄荔枝,未足以方其美。嗜之者,莫不交口赞誉,推为果中琼宝。"

桐乡槜李,为什么被推为"**果中琼宝**"?

仔细分析,可能有以下几个原因。

其一,是这种果品本身确实优异,其形、其色、其香、其味,确实超越一般之李。文史掌故大王郑逸梅,是桐乡槜李的绝对粉丝:"真槜李红润似火,表皮微被白霜,比诸美人粉霞妆,多让焉。临啖将白霜拭去,以爪破其皮,浆液可吮而尽,甘美芬芳,难以言喻。"

其二,是桐乡槜李正宗原产地地域狭小,栽种难度大,产量很少，熟果贮运又十分不易，加之"迁地弗良"，以致物稀为贵，身价益增。

槜李之负盛名，已甚久远……产李区域，以桐乡屠甸区之桃源村为较广，其余香水浜、鸟船村、蒋家桥、御史坝、致和浜等各处，虽有栽培，但均为数不多。（沈光熙《桐乡之槜李》，《浙江省建设月刊》1935年第9卷第6期）

朱梦仙《槜李谱》："槜李产于桐乡南门外者，为最上乘。果大味甘，是以傲睨一切。产李之中心区，曰槜李乡。所产之李，甘美逾恒，迥异凡品。然其区域甚小，栽植之区，约只三十方里。移植稍远者，其味即逊。故在区域之外，虽有栽植一二本者，但只供点缀耳，味可不必论矣。近来邻邑远区，竞相种植。但其果味平庸，绝无妙处。"

郑逸梅《漫谈槜李》："产地在桐乡南门外，厥果硕大，然限于一隅，栽植之区，只三十方里，移种稍远，味则减逊，甚至肉质沙而无浆。"

其三，是桐乡槜李还是一种人文之果，这种娇嫩甜美的果子，传说跟西施有密切关联。

桐乡民间口耳相传，当年越王勾践卧薪尝胆，暗谋复兴之计，献西施于吴王。美人大义，香车宝马远赴敌国。自会稽，过钱塘,来到桐乡槜李之地。举目所及,槜李之花缀满枝头,犹如香雪之海,面此美景,不禁生去国怀乡之愁思,低声吟叹:"故园李花引乡愁,此去茫茫几时归?"及入吴宫,夫差宠爱有加。某年,西施念及故国槜李,于是夫差陪同返回品尝。及抵故土,但见青李透红,外被霜粉,表皮之上密缀星点黄斑。美人采撷,玉甲轻掐,顿时果浆横溢,芳香入鼻。西施唼呋,甘醇如醴,几乎不胜醉醺。自此以后,槜李果实之上,皆有一条短而弯的黄色纹痕,如指甲掐过一般,皆云系西施指印,与牡丹花上贵妃留痕共为美谈,流传千古。清初朱彝尊《鸳鸯湖棹歌》诗云:"闻说西施曾一掐,至今颗颗爪痕添。"于是,名果佳人,流传千古。清代秦光第也有诗云:"槜李城倾圮,荒凉几树存。共传仙果美,爪掐尚留痕。"

其四,桐乡槜李,还是天地钟灵毓秀、江南馥郁文化的孕育之物。朱梦仙《槜李谱》:"昔贤云:槜李生于南方,熟于夏日,指为玉衡星精,玉衡为北斗之杓,夏季南指三吴,而槜李生于斯土,熟于斯时,玉衡之精华殆钟于是欤,云云。古人之推崇槜李,已可想见。"

北斗七星,分别为天枢、天璇、天玑、天权、玉衡、开阳和瑶光。天枢、天璇、天玑、天权四星,叫斗魁;玉衡、开阳、瑶光三星,叫斗杓。北斗之杓,夏季正好南指吴越之地,所以说,槜李之果中,有"玉衡之精华"。

那天，桐乡梧桐街道的李蔚君，带领我们来到槜李的核心产区，在桐乡城区东南郊约8公里处的桃园村，也即古槜李城核心区。但见村中槜李成林，绿叶枝间，紫红的槜李累累簇生，望之可喜。李蔚教大家吃果之经：槜李采摘下来后，最好存放两三天，待果肉完全软熟并且飘出缕缕醇香，此时品尝方得其佳。食时"以爪破其皮，浆液可一吸而尽，此时色、香、味三者皆全，虽甘露醴泉，亦未必能过之也"。槜李果实大者，甚至可以用吸管直接啜饮。

猜对联

甲生出题：

1. 伶俐的几只雀鸟，在绿色枝叶间鸣叫，好像在热情地挽留客人：再坐一会儿，再坐一会儿；花朵始终无语，只是静静散发自身香气，笑看世间人终日不停地忙这忙那。

2. 夜晚星斗，像满篇文章中的汉字一样，一颗颗高高映照眼前的华美飞阁；黎明时分的无限江山，则像展开的画卷，徐徐过来，半倚着露水苔痕的古老城郭。

3. 古柏遮掩庭地，石质的台阶慢慢成碧；一树寒梅悄立窗前，室内书桌上漫放的卷册，似乎也渐渐有了梅花的香气。

4. 树林很深，很幽静，数声清亮又略显稚嫩的鸟语，从林子幽深处传来，悦耳动听，并且让人明白：这是新长成的雏鸟在欣喜试声；庭院中直立的那块太湖石，在岁月中愈见瘦劲，石上遍布的苍苔，仍是深深的旧年绿痕。

5. 俗话说："举头三尺有神明。"内心的一念一想，都要明明白白，首先不要欺骗自己；人生到头，三尺之上的神明，自会替我们总结，是非，恩怨，笔笔清楚，善有善报，恶有恶报，不会漏掉一个人。

6. 山僧闲云野鹤，随处自适。衣衫破了，可以剪天上白云缝补；半夜无眠，起坐读经，不必重燃油灯，可以直接借寺顶月亮照明。

7. 对自己，像无瑕之玉那样，守清洁之身；对后代，传递累积的家风道德，胜过留赠无数金银财富。

8. 连绵群山，在视线南面列为起伏的青色屏障，各种形状的吉祥之云，从山的背后冉冉涌起；明月金黄，照耀近处佛寺的放生池，池水如同敷金的镜子，那镜子深处，如同天上一样，也有一轮好看的月亮。

9. 一个男子，应该做到：不忧不惧，能屈能伸。

10. 真正的男子，应该经受得住人世的各种磨难。而且应该挺身去做你的事业，不要怕人指指点点，只有没出息的软弱无骨者，背后才没有人忌妒。

11. 大巧若拙，奇自愚来。

12. 村前石桥畔，那单独生长的一棵斜斜梅树，已经初有花苞。回到家中，呵气磨墨，试向洁白的宣纸书写春信之诗，那饱蘸新墨的笔尖，是含香的。

13. 真正有恒者，不用深夜才睡闻鸡又起，完全可以按时作息；最为无用者，是一日晒后又十日冻，如此，"未有能生者也"。

14. 人寿者，如松柏，如彝鼎。

15. 中华先祖的真传：勤与俭；教育子孙的正道：耕与读。

乙生作答：

1. 好鸟有声留客坐，花香无语笑人忙。

2. 星斗为文高映阁，江山如画半倚城。

3. 古柏覆庭阶渐碧，寒梅临窗书染香。

4. 林深幽鸟传新语，石瘦苍苔见旧痕。

5. 举念时明明白白，无欺了自己；到头处是是非非，曾放过谁人。

6. 剪一块白云补衲，借半轮明月读经。

7. 守身如执玉，积德胜遗金。

8. 南山为屏，万里祥云天外起；佛池金鉴，一轮明月水中悬。

9. 君子不忧还不惧，丈夫能屈也能伸。

10. 能受天磨真铁汉，不遭人忌是庸才。

11. 养成大拙方为巧，学到如愚始见奇。

12. 村前探梅春信近，室中研墨笔毫香。

13. 若有恒何须三更眠五更起，最无益只怕一日曝十日寒。

14. 秦松汉柏气骨，商彝周鼎精神。

15. 继先祖一派真传，克勤克俭；教子孙两行正路，唯耕唯读。

枣镇

在那个名叫"枣镇"的南方乡镇，我吃过一种葫芦形的甜脆大枣。乡镇土著，都会讲述这葫芦大枣的来历。相传很久以前，镇上某老妇人家，在家门外栽有两株枣树。秋日枣熟，青红相间的枣果挂满枝头。一位风尘仆仆的道人，经过老妇家门，饥渴之下，便向老妇求食枣子。老妇十分热情，言其子出门经商，树上的枣子本来没有人手扑打，先生您随便吃。道人感谢之后，立于枣树之下，摘食了十余枚。道人吃枣之时，老妇还从屋里端出竹椅请道人歇息，并烹茶供之。枣、茶既毕，道人告辞，顺手将腰间所佩葫芦解下，挂在老妇门前的枣树上，并嘱咐说："谢谢婆婆厚意，明年秋天，您家的枣树上就会结出这种**葫芦形大枣**，可以卖个好价钱，贴补家用。"

第二年秋熟时节，果然，老妇家的两株枣树，结满了葫芦形、如小儿拳头般的大枣，既甜又脆，密密麻麻压弯了树枝。

一时间,看新鲜的、争购枣子的纷至沓来。奇异的是,渐渐地,整个枣镇的所有枣树,也全部结出了同样的葫芦大枣;而有人拿了这种枣核植于他处,最后成材的枣树所结之果,却仍如平常。

春日寻访明代郑之珍

雨意黎明。安徽省祁门县火车站。湿漉漉的山麓小站。昨晚 7 点 23 分在江西赣州上绿皮火车,晨 6 点,抵达祁门。

雨湿的空气里,有狭隘站前早餐铺的烟火气,更多的,是铁轨上方,山腰春天植物散发出的清新。这是**皖赣铁路线**上建于 1981 年的县级车站。只有零落的三五人随我一同出站。雨停,但早餐铺的塑料棚顶,还积有薄薄雨水。出站后,唯有直往前走的一条窄街。桥,以及桥下白色的山涧水。然后就到了跟窄街垂直的大马路。问人之后,左拐向西,往县城方向走去。

我到祁门,为的是寻访一位明代前辈,写定**目连救母**剧本的戏曲作家:郑之珍(1518—1595)。

善有善报,恶有恶报。

举头三尺有神明。

人恶人怕天不怕,人善人欺天不欺。

百行孝为先。

药医不死病。

得放手时须放手,得饶人处且饶人。

天有不测风云,人有旦夕祸福。

福如东海双亲乐,寿比南山万仞高。

逢人且说三分话,未可全抛一片心。

劝君莫做亏心事,电母雷公放过谁。

船到江心补漏迟。

阎王注定三更死,定不留人到五更。

但将冷眼观螃蟹,看你横行到几时。

屋漏更遭连夜雨,行船又被打头风。

救人须救难中汉,求人须求大丈夫。

养子方知父母恩。

…………

如上俗语,数百年来流行于南方社会之中,成为普通民众信奉的人生哲学。这些俗语的搜集、整理、运用和撰定,都源自一个人和他的一本书:

郑之珍《新编目连救母劝善戏文》。

大水处必有大邑、大码头，如长江上的重庆、武汉、南京，如闽江边的福州、珠江边的广州；中小江河，则养育密如繁星的县城、乡镇。我到达的祁门古县，就依托于著名的阊江。

皖南水系，大抵北上、东向。如发源于石台县的秋浦河，北上至池州入长江；发源于黄山北麓的青弋江，北上至芜湖入长江；发源于皖赣省界丛山中的新安江，最终是蜿蜒向东，在杭州湾入海。唯有源出祁门县大洪岭的阊江，则一路向南出安徽，经江西浮梁、景德镇后，流入鄱阳湖。

现在，阊江就在眼底。祁门城侧、阊江之上的古石桥，巨大、稳固。手扶的粗糙桥栏板和望柱上，布满白绿色的苔痕斑块。桥分五孔，巨石桥墩，朝向上游一端，砌筑成尖锐之形，以此分开汛期的汹涌来水。

早间的桥上清冷。那个在祁门站下车，与我一路间隔同行的男子，此时也走上了石桥。"已经20年没有来这里了。"彼此点头致意时，他似乎对我，又似乎是自言自语地说了这样一句。

郑之珍，字汝席，号高石。安徽省祁门县渚口乡清溪村人，明代戏曲作家。

郑之珍只是秀才，一生未有大的功名，但生活于和平时代，且"家业优裕"。他长期在祁门邻近的石台县秋浦河一带做塾师。郑之珍文笔很好，时人称其"文如怪云，变态万状"。传世文字有《新编目连救母劝善戏文》《五福记》《祁门清溪郑氏家乘》等。

我手中的郑之珍书，是《皖人戏曲选刊·郑之珍卷：新编目连救母劝善戏文》，朱万曙校点，黄山书社2005年12月第1次印刷，定价：28元。

郑之珍虽然只是底层文人，但有格局，有"立言"的担当，在《新编目连救母劝善戏文》自序中，他这样说：

"惜以文不趋时而志不获遂，于是萎念于翰场，而游心于方外。时寓秋浦之剌溪，乃取目莲救母之事，编为《劝善记》三册。敷之声歌，使有耳者之共闻；著之象形，使有目者之共睹。至于离合悲欢，抑扬劝惩，不唯中人之能知，虽愚夫愚妇靡不悚恻涕洟感悟通晓矣，不将为劝善之一助乎！"

祁门城中菜市场，丰沛、盛大、杂乱。摊位和店铺对街而排，每家店铺都在门前架起了参差不齐的雨棚，或用白塑料纸，或用红蓝白三色条纹的彩色塑料纸。雨棚底下，每家都摆满了大小型号的白色塑料泡沫制菜筐，都搁起了长短、高矮不一的木质条案。挤在笼里的活禽，肥白瘦红的猪肉，暗红塑料大盆中群鱼激溅而起的水花，成筐的鸡蛋，成板的热白豆腐，堆成小山的数不清名目的山地新鲜菜果或干燥南货。原本宽阔的菜市场街道，因为这拥杂的货物，因为隔街相对的雨棚在空中相接而遮挡了天空,所以,显得尤其壅塞。

天色尚早,店铺深处或幽暗的雨棚下面,很多都悬挂了燃亮的、发散红光的灯泡。支撑雨棚的铁杆,锈迹斑斑,上面挂着一沓沓白或红的塑料背心袋,供装菜用。菜市场的地面湿滑不洁,有鱼鳞、烟头,有茭白的壳,有蒜头的粉碎白衣,有被踩烂的各种菜皮。卖菜买菜人在讨价还价,送货或来批发的三轮车,在昏暗空间的人群和货品中挤来挤去。

——不时只能侧着身,我穿过了这古县城中的菜市场。

由郑之珍编修的《祁门清溪郑氏家乘》(一册四卷,收藏于上海图书馆)卷二中,收载有他女婿叶宗泰所撰《高石郑先生传》,存记了有关他的若干细节。

郑之珍"自幼病目",然而"每遇晨昏,听人读书,读者未熟,先生已洞然于心胸矣"。不过终因"目病艰于书写""大考则终坐",未能博得功名。

郑之珍夫人汪究真,"性贤淑端重,助夫读书""先生好义广交,朋友络绎不绝,孺人竭力款待,多方辐辏,并无吝心难色"。

在《祁门清溪郑氏家乘》中我们可以获知,郑之珍父亲郑云,字天丽,号西庵,是个地方奇人。其父"幼遭痘毒,手足不能动履,人以废笃目之"。但他记忆力超群,"凡过目者彻首尾可以背诵";同时精于卦命,"远近之人,凡决疑者常填门,所断祸福、得失、生死,一毫不爽,人遂号为'西庵先生'"。

郑之珍对母亲鲍宝真很有感情,说她"事上以孝仁也,相夫以勤义也,训子以严智也,待妾以厚礼也","克俭以持家,克勤以立业,故能拓资产以光大先德"。

郑之珍品格高洁,其婿特别提到,"先生修家乘将成,于己无一言,余适至,因略叙先生夫妇之名号于此"。

阊江边上的某个早餐店,嘈杂却明亮。很多大人带着背书包的小学生来此吃早饭。店内洁净,下面条处热气腾腾,生意十分兴隆。点了红烧笋干肉丝面加茶叶蛋,皖南的面条都颇健劲,汤料也有味,好吃。

向店家打听清楚情况,步行至祁门老汽车站。这里的车,多是前往县下各处乡镇。几辆中巴车随意停在场院,看不到有"渚口"牌子的车,也寻不见车站人员。在站内小卖部问询之后,上了目的地是"历口"的车。司机听说我要到渚口乡清溪村去,说可以乘,在途中"大北埠"下。

郑之珍编撰的《新编目连救母劝善戏文》,全剧共104出,分上中下三卷,其中,上卷34出,中卷36出,下卷34出。

明万历壬午年(1582年),此书由著名徽派刻书家、歙人黄铤首刻刊行,称"高石山房本"。郑之珍时年64岁。

"徽刻之精在于黄,黄刻之精在于画。"黄铤所刻此书,十分精美,除郑之珍文字外,还附插图版画63幅,其中上卷19幅,中卷19幅,下卷25幅。

中巴车出县城后一路西行,经小路口镇后,又开了一段时间,到达一处集镇模样的三岔路口。司机告诉我:大北埠到了。至此,车行半个多小时,车票7元。

看地图得知,大北埠是一个交通节点:此地折向北,便可到达此趟中巴车的终点历口镇;从这里继续往西,便到达闪里镇。下车后才知道,**大北埠**,原来就是渚口乡政府现在的所在地(之前在渚口村)。

大北埠很小,几家店铺就集中在三岔路口这一小圈地方。四周转了一遍,见乡政府就在眼前,便进去。乡文化站内,副站长小刘向我介绍了清溪村的大概情况,说去清溪村还有一段路,如果要寻郑之珍墓,可以到村里后找一个姓郑的护林员,并答应帮我打电话。小刘还给了我一份印刷的渚口乡简单介绍。道谢而出。

在大北埠岔路口寻找前往清溪村的私家车。路边停了几辆车,但都没人。正在此时,一辆白色五菱宏光SUV在附近停住,司机是个年轻小伙子。

你好,请问去清溪村吗?

我就是清溪村的,你去找谁?

找一个古代的人,不知道你是不是知道。

谁?

郑之珍,一个明朝的人。

那就巧了,**他是我们老祖宗。**

其实,早在郑之珍编撰《新编目连救母劝善戏文》之前,目连救母故事,就在中国广泛流传。我出生所在的江苏省宜兴市丁蜀镇,每年农历四月初八吃乌饭的习俗,就源自目连救母故事。

在中国书籍中,南北朝成书的《洛阳伽蓝记》卷五,即记载城北石窟中"有目连窟"。

唐代,目连故事成为寺庙中通俗讲经的重要内容,现存唐代变文(通俗讲经的文字底本)中,即有《目连缘起》《大目乾连冥间救母变文》《目连变文》等。

宋代,目连救母故事已经被搬上戏曲舞台,《东京梦华录》卷八记载:"构肆乐人,自过七夕,便般《目连救母》杂剧,直至十五日止,观者倍增。"

进入明代,目连戏广为流传,已经成为戏曲演出的重要剧目。

但总体而言，这些目连故事都是零散的、片段的，没有形成总体的结构框架。郑之珍的贡献，便是将明代中叶之前流传的目连故事，整理、集成、改造、扩充，使之成了一部定型的、有着完整结构、完整情节的戏曲作品。

这个清溪村的小伙子同样姓郑，叫郑怀怀。包他的车，去清溪村后再返回大北埠，谈好价格100元。

郑怀怀是乡里的合同制电工，今天来大北埠帮人修理了电表。他让我稍等一下，他还没有吃早饭。在路边的一家早餐铺，我坐着等他，怀怀吃了一碗粥和两个包子。吃好后，我们便往清溪。

从大北埠到清溪村，有16公里。一路闲聊，彼此渐熟。

怀怀是1983年生人，已有两个女儿，大女儿9岁，小女儿6岁。大女儿念小学三年级，平时住校，每周回家一次。家里在村中开了烟酒小卖部，主要收入来自茶叶。现在是5月，**春茶结束，已经开始做夏茶**。今年的茶叶收入已经有2万多元。价格方面，春茶是每斤卖340元，夏茶便宜，每斤100多元。自己家里做茶，做1斤茶需要3斤鲜叶；如果是雨天，那就要4斤鲜叶做1斤茶。

《新编目连救母劝善戏文》主人公目连，原名傅罗卜；其父傅相,一心向佛,乐善好施,死后升天;其母刘四真,别号青提,本已从佛修行,但丈夫死后听信弟弟刘贾和家奴金奴的怂恿,开荤破戒,又用狗肉馒头斋僧,亵渎神灵而坠入地狱。

目连救母故事虽然"本之梵经",但郑之珍的写定本,突出的是"忠孝节义"的儒家思想体系。全剧以"善为根本,孝为核心",核心情节是"救母"。基本剧情框架为:傅家向佛,刘氏违誓开荤坠地狱,目连西行求得佛助,后深入地狱,寻母、救母,最后大结局是骨肉团圆,一家成为仙眷——目连因尽心救母,被封为"九天十地总管诸部仁孝大菩萨",其父傅相被封"劝善大师",其母刘四真被封"劝善夫人"。

全剧跨**人界、冥界、天界**三重世界,展示了丰富的中国人的精神空间。

人界实在,而对冥界、天界的绘制,则呈现了500年前东方式的想象。

譬如书中认为"山川处处有神灵,体察人间仁不仁"。家家有灶,灶则有神。灶神的职能是:世上谁能断火烟,火烟起处灶司专。人间善恶详详记,晦日敷陈玉帝前。

譬如何为西方极乐国?郑之珍从饮食、衣服、宫室、音乐等方面进行描述,如饮食:"论饮食,有金钵,有银钵,有水晶琉璃钵,有琥珀珊瑚钵,百般洁馔充满其中,欲食则自然见前,不食则自然化去";如衣服:"论衣服,有偏衫,有袈裟,有衲衣，有无垢衣，有忍辱衣，有消瘦衣，有离尘衣，欲穿则随意而见，不穿则逐情而化。"

郑之珍墓，怀怀介绍，在清溪村西北方向的**圣堂坞山坡上**。

通往清溪村的山乡公路，大部分路段刚刚摊铺沥青，连续弯转的道路缘溪而行，洁净空旷，除我们之外，几乎没有人车。在某山麓处怀怀停车，说墓就在上面，"外面来的人肯定找不到，我是今年清明刚上去过"。

穿过山脚下满眼翠绿的荒废水田，向上爬山。除绽放蜡质小黄花的毛茛外，怀怀随处向我指点所遇野菜：野水芹、鸭脚板、鱼腥草、猪脚板、野芋头……"它们都可以吃。"极窄的上山小道陡峭、泥泞，胡乱疯长的草和灌木，已经完全将其覆盖；偶尔有三两棵毛竹倒卧下来，人就要弯腰钻行。怀怀身手敏捷，始终在前带路，或跳跃，或攀缘。

徽州处万山丛中，交通闭塞，普通民众对鬼神均怀有敬畏之心。

"酬神须事戏"，所事之戏，多为这台目连救母。以酬神为目的的目连戏演出，与庙会、迎神、祭祀、节庆等民俗活动紧密结合，客观上也起到娱人作用。

目连戏情节曲折丰富，戏中人物从玉皇、恶鬼，到富绅、乞丐等，纷繁陆离，因此演出时间很长，一般连演3夜、5夜，也有连演7夜的,演员从太阳落山演至次日太阳初升——俗称"两头红"。

目连戏在民间演出时极受欢迎。

首先,是观众可深度参与,全村上下等于一起演戏。像祁门栗木村演目连戏前,村民要大扫除和斋戒,当演到"刘氏打狗开荤"时全村才能开荤;演到"叉鸡婆"时,演员可以在台下乱跑,可以随便拿东西吃;当演到吊死鬼窜下舞台惊慌出逃时,村民们更是高举火把,放着火铳,奋起直追。类似场面,往往使人忘了这是演戏,仿佛进入真实境地。

其次,是目连戏表演形式丰富,铙锣鼓钗喧闹,人鬼神仙登台,唱念做打皆备,戏中特别注重穿插众多武功杂耍,如叠罗汉、翻筋斗、蹬坛、跳索、爬竿、跳圈、窜火等,符合民众口味,特别引人入胜,所以徽州百姓称演目连戏为"打目连"。

浓密的山林间,郑之珍墓到了。墓占地颇大,但已经全部被砖石缝中长出的萋萋绿草侵袭。墓冢背后,山壤被挖,贴着山壁用砖石筑成了简陋的弧形墓墙。

墓冢之后靠墓墙处,有古墓碑一块,碑由"荥阳郡赐进士出身真定府推官族侄履详拜题",上书"明庠生高石郑公讳之珍夫妇墓",下为立碑时间和立碑人:"万历丙辰孟冬月吉日孝男为德调元泣血立"。

万历丙辰,即公元1616年,立碑至今,已逾400多年。

墓前正中,还有一块一米左右见方的青石墓志铭:"明庠生高石郑公暨配汪孺人合葬墓志铭",铭文,也是由郑之珍女婿叶宗泰所撰。

墓志铭中说郑之珍:"余岳生而歧嶷,颖异超凡,孝友兼备,坟典历览。幼游泮水,志在翱翔,数奇而不偶,屡蹶科场,抱道自娱,著作林间"。("歧嶷",指幼年聪慧。"坟典",伏羲、神农、黄帝之书谓之三坟,少昊、颛顼、高辛、唐、虞之书谓之五典,泛指古书。)

青黑色的墓志铭碑前,置放有一个红色葫芦状酒瓶,内中插了几枝仿真花。看样子,已经颇有时日。

祭拜完毕。在墓侧,请怀怀为我拍照一张以作留念。

《新编目连救母劝善戏文》故事通俗质朴,富有民间性,但因为是"文如怪云"的郑之珍写定,所以书中文雅之辞亦比比皆是:

举世奔驰陆海中,谁知往事到头空。

我觑天地,似一轮空磨,把世人终日挨摩。

人间私语,天闻若雷;暗室亏心,神目如电。

…………

——这些,都是我印象深刻的郑之珍文句。

应怀怀邀请，去清溪村他家看看。

清溪村属祁门边地，已经与江西省浮梁县毗邻。清溪村原名清幽，虽然地处偏僻，但确实是山水清幽的一个好地方。清溪除诞生明代的郑之珍外，新中国成立以后的村中名人还有：曾任绩溪中学校长的郑郁予、南京大学教授郑昌仁、祁门县第一任法院院长郑启通等。

在村口停好车后步行进村。村中寂静。首先经过怀怀家的烟酒小卖部，6岁的小女儿正在店前村巷中独自玩耍。怀怀先带我去看村中他们的郑氏祠堂，说这是村里的古迹。途中碰到郑姓护林员，他已经接到文化站的电话。向他致谢。

郑氏祠堂"叙伦堂"一片破败。仪门、寝堂和一侧围墙都已经倒塌，只剩下年迈危立的享堂。四处漏风、透光的享堂正中，"叙伦堂"大匾仍然肃穆悬挂。从衰朽黑黄的粗圆梁柱，可以看出此祠昔日的华美堂皇。**雕镂精美的岩石柱础旁，已经生出丛丛茂盛绿草**。某一根柱子上，残存这样的联句："春雨润春色春色处处艳"。

在怀怀家的老房子里稍歇，喝新绿茶。临走时，怀怀坚持送了我一袋他家刚做好的新茶。

徽州目连戏于2006年被列为国家首批非物质文化遗产，有

"百戏之祖""中国戏曲活化石"之美誉。

徽州域内有多个专演目连戏的"目连班",如祁门的清溪班、栗木班、马山班、樵溪班、沥溪班,歙县的韶坑班、长标班,休宁的梓坞班,婺源的平坦班、庆源班等。

古老的目连戏,生命力长盛不衰。

《黄山日报》2018年8月28日报道,《祁门"农民戏班"原生态表演惊艳首都》:

8月24日至25日,祁门县马山目连戏班应邀赴京参加"中国目连戏展演"。此次活动由中国艺术研究院宗教艺术研究中心、中国艺术研究院戏曲研究所主办,在北京恭王府大戏楼举行。演出汇集徽州目连戏、浙江绍剧、新昌调腔、泉州提线木偶戏、福建莆仙戏、四川川剧、湖南祁剧、江西弋阳腔等八个剧种,精选12出折子戏,集中展示了各地目连戏的艺术个性和独特神韵,是一次目连戏多声腔多剧种的集萃展演,也是中国目连戏的艺术盛会。

安徽祁门马山目连戏剧团作为唯一的"农民戏班"应邀参加,参演剧目为《上寿》。他们以明亮高亢的唱腔和本色质朴的表演,再现了傅罗卜新春佳节设酒宴为父母贺寿,祈愿椿萱并茂、百福骈臻的景象,马山目连戏原生态的表演得到在场观众们的一致好评。

怀怀开车送我返回大北埠。请他一起吃饭。在大北埠岔路口一家怀怀相熟的小餐馆，我们坐下。老板在店门口的灶上一顿爆炒：炒肚丝，红烧猪爪，炒野芹菜。问怀怀是否喝酒，老板娘帮他回答：他可不能喝，刚买了新车。于是我一瓶啤酒。怀怀告诉我，这辆五菱宏光S3型SUV买的是顶配，7.9万元，全部弄好一共花了9万。

中饭后告别。怀怀回家。我在岔路口站立，等到了一辆从铜陵过来的大巴，招手上车，返回祁门。

郑之珍《新编目连救母劝善戏文》影响极大，在徽州，在整个大江南区域，"支配三百年来中下社会之人心，允推郑氏"。（《安徽省通志稿》）

郑之珍女婿叶宗泰在《高石郑先生传》中总结：

"世称大丈夫之生也，贵于立德立功立言。先生立德于孝弟，立功于宗族，立言于文章，实无忝于所生也。故天锡之以家业优裕，多富也；皓首齐眉，多寿也；桂兰茁秀，多男也。……若先生者，世岂多见哉！"

"先生天性好善嫉恶，虽未大行于天下，然《劝善》一记，**千载不磨**。"

确实，千载不磨，时间正在证明着这个判断。

江苏南部·金黄沉重

10月底,江苏省南部境内。从无锡回老家宜兴丁蜀镇。出无锡城,过太湖十八湾,擦马山,再从武进太湖湾,直插宜兴境内的分水镇。沿途湖畔一个又一个的大小山坞里,**橘树上的果实全部成熟了**。绿叶之间,无法数清的亿万累累黄橘,金光闪闪。

山麓狭窄路旁,成筐成篓摆卖的,全是刚刚摘下、金黄耀眼的橘子。2017年的橘子,刚上市时,每市斤3元,现在已经降为每市斤2.5元。皮薄,汁甜,饱满,秋天铺天盖地的甜蜜,在激荡溅射。

宜兴境内分水镇到丁蜀镇沿途,湖畔不规则稻田里的水稻,同样成熟,沉重金黄。沉甸甸弯垂的稻穗满眼,局部田块已经开始收割。割下的稻束,整齐地躺在田地上,散发出**强烈湿润的、童年的清爽稻香**。

梅城

浙江建德，印象最深者，是梅城。"**百丈见游鳞**"的江水之畔，这座亲切小城，我梦中似乎到过。

梅城，千年古邑，昔日建德县治和严州府治所在地。在梅城，我暗暗惊叹于古人择地的眼光。古梅城之址，实在是隐于青山秀水间的一处东南形胜。

城，北倚高大雄伟的乌龙山（"一郡之镇山"）；南面，是"清溪清我心"的新安大江，而从更南处注来的巨流兰江，恰在城下汇入新安。站在半朵梅花形的南城墙上，可俯临清流，远眺一带连绵案山。江水东流，又以南峰塔和北峰塔，夹江而立，送水东去，形成雄秀之水口。

当地土人，也自豪于梅城潜在的王气：乌龙山为巨大卧龙，梅城东西两湖系龙之双目，新安江和兰江是龙之双须，而南峰和北峰双塔，则为龙之双角。

龙形之地的梅城，古朴深厚，却又有回旋着无处不在的朗朗清气。

这座微型却奇异的山水古城，还有让我深记的，是它护佑过中国文学史上的一部不朽杰作：《聊斋志异》。

完整的《聊斋志异》，在蒲松龄（1640—1715）中年时期即已完成。只因家贫，"无力梓成"。蒲松龄誊清后，共四函八册，分藏于两只樟木匣内，作为蒲氏传家之宝，嘱其子孙保藏。其间，陆续有亲友借抄，遂以手抄本的形式，有限地流传于世。

蒲松龄辞世半个世纪之后，他的一位山东老乡，在浙江梅城，替他完成了刻书的梦想。

蒲松龄的这位老乡，叫赵起杲（1715—1766），山东莱阳人，平生喜读聊斋。

乾隆十一年（1746年），赵起杲从朋友处得到两册手抄本，欣喜异常，只遗憾不是足本。后来，他又在福建和北京各找到一个抄本，互相校勘，形成了一个比较完善的《聊斋志异》抄本。

乾隆三十年（1765年），赵起杲调任梅城，做严州知府。严州素有刻书传统，以此地利，他遂下决心，在严州刻印家乡前辈的这部著作。

乾隆三十一年（1766年）五月，十二卷本刻成，命名为

"青柯亭本"(青柯亭,严州府衙后院中的一个亭子)。正当赵起杲四处筹措资金,准备续刻余下的四卷时,不幸突然病逝。

赵起杲为刻《聊斋志异》,耗尽家财与心血,甚至无力回葬故乡,至今安息于梅城南门外新安江畔。

半年后,十六卷本《聊斋志异》在朋友们的通力协作下,终于告成。

"垒垒遗冢,寂寞江滨,可哀也已!然而苦心劲节,已足与云山江水俱长。"(鲍廷博《青本聊斋志异纪事》)蒲松龄辞世之年,正在赵起杲出生之际,这是否可算是冥冥中的一份深缘?

梅城诞生的**青柯亭本,是《聊斋志异》所有刻本中最早的祖本**。此后数百年间,青刻本被不断翻刻重印,彻底去除了《聊斋志异》被湮灭的命运。

建德江水安静深流。夜晚,在城侧的江上,静下心来,依然能够感受到活着的中国水墨画,感受到活着的中国唐诗。

夜的江水,仍如清澈之墨,感觉中仍可供人万代书写。

眼前清澈的江水之墨,写在宣纸上的,似乎就是这样二十个汉字:

移舟泊烟渚,日暮客愁新。
野旷天低树,江清月近人。

这是建德江贡献给这个世界的简洁、伟大的汉语诗篇。孟浩然,这位唐朝的襄阳人,在此地,在江水之上,为我们说出:"日暮"之时,永远有新生的"客愁"。

——也许,这就是宿命,这个星球上所有朝代的所有人无法逃躲的,宿命。

江南片断：旧文和访谈

之一

阅读和写作过程中，慢慢形成了属于我私人的"**南方文学**"**传统**，我越来越强烈地感受到它们对我的影响和无形牵引。火焰，雪白充沛的河流，大海，灵异苴壮的植物，吹可断发的青铜剑器，烫血，星辰和大地的神话，强大而高蹈的灵魂，无穷无尽的想象力，火焰和泥土的手工艺，夜晚旺盛生长的汉字诗篇……我浸润其间。屈原、庄子（我愿意奉他为南方文学的前辈）、李白、苏东坡、辛弃疾、徐渭、李贽、黄仲则、龚自珍、鲁迅、毛泽东、沈从文、废名……我奢想着能够成为无限接近的承继一环……

之二

讲到江南,我觉得江南文化的特点,实际隐含并代表了中国文化的某种核心特征。为什么这样说?我个人感受和理解的两个江南元素,一个是火焰,一个是大海。火和水,如果从局部看,都很柔弱。一缕火,用手掌一下子就可以按灭;一杯水,同样微不足道。但是,火和水如果集合起来,成为非常大的集体的时候,一大片熊熊燃烧的火焰,一整座辽阔无垠的海洋,它们就有了摧毁一切的洪荒蛮力。中国文化也是这样,它宽容示柔,但其实质,却深具消化、改造一切的力量。

一般理解江南是阴柔的、母性的,但是在我这里,江南呈现给我的,更多的是一种父性。广义的江南,就是**一个巨大、父性的容器**,任我在其中行走和书写。这个父性的巨大容器,像无尽矿藏,它饱含了无尽的诗篇和书籍。它就静静地等在那里,等待着前来求索的每一个人,你有多大生命能量,它就馈赠给你多少。

祖先之书

群山之中,这个格局很大的徽州祠堂,完全破败不堪。天井绿草萋萋,青石板缝隙间,已经生长出数棵一人多高的杂树。轩敞却岁月般幽暗的享堂中,众多高大的银杏木柱,依然挺立在覆盆形的黟县青柱础之上。享堂的屋顶残破一块,正午,**近似四方形的光,从天而降**,照耀着爬满苍苔的享堂砖地。破败祠堂中的银杏柱子们,就像一位位肃穆、嶙峋的氏族长老,围聚着,正在俯读这一页发亮的、深渊般的祖先之书。

微微摇晃的海岛

清晨。舟山群岛中的定海。古老岛城。黄色的大海（太平洋），就在驰过汽车的马路驳岸边荡漾。远处海面上，有灯塔，也有散落的绿色小岛。我身边的近岸处，拥挤着停泊了很多铁质海船。插着小红旗，尖锐高翘的船头，包裹了厚厚的黑橡胶皮以防撞击；几乎所有的船身，都漆成鲜明的黄色，内舱则是草绿色。一位穿白球鞋、红裤子，头发极短的男青年，敏捷地跳上了其中的一艘船。铁船启动，灵活地钻出停泊的船阵，**驶向大海的远方**。这个坐在甲板小凳上，在吃手中早餐的男青年，让我想起朱天文编剧的《最好的时光》中的张震。他也曾经坐在渡海的船头，而"水波粼粼迎面而来的渡轮上，是提着行李的夏荷。两艘渡轮交错而过在高雄港埠"。

岛城。更多的记忆是夜晚。细雨沙沙落下，落在被时光刷暗的岛上旧街区，也落在茫茫寂寞的大海之上。有历史感的街道很窄，两侧茂密的香樟行道树，可以在街道上空交接。正值4月，香樟新叶旺发，绿白淡黄的细小花簇，在散出浓郁湿润的香气。花叶之香，也浸染了无处不在的、劲拂的大海腥潮之气。

在这样异乡海上的夜晚，我曾站在临近大海的某个旅馆前，等待就要到来的来自北方的友人。香樟花叶如夜云般卷袭的街道旁，我曾进入过那个灯火明亮的"**岛上书店**"。夜黑的海上古城内，这安宁的书店，如散逸书香的甜蜜透明蛋糕，亦如给夜中渡海人以最深安慰的温暖灯塔。然后是午夜，路旁偶然遭逢的名叫"华玲"的夜宵餐馆。店主是一对搭档，初中时的男女同学。女生在岛上成长、上学、开店；男生则远渡重洋，在异国数年后又重新回到岛上，在一次无比巧合的邂逅之后，与女生开始合作。酒液像细微的海的波浪，在桌上晃动。我们与他们，像是相识已久的老友。

"不要问我从哪里来，我的故乡在远方……"这座海岛，是这首《橄榄树》的真正发源地。因为，歌词作者的根，就在岛城的小沙镇。在她祖居的一个小房间内，我站着，看循环播放的30年前她首次回家的视频。她哭泣，她微笑，她在庄重虔诚地喝瓶中装着的故乡水……我记得她写于1976年的《撒哈拉的故事》中的一段话：

每想你一次，天上飘落一粒沙，从此形成了撒哈拉。每想你一次，天上就掉下一滴水，于是形成了太平洋。

如果把这段话这样排列一下：

每想你一次，
天上飘落一粒沙，
从此形成了撒哈拉。

每想你一次，
天上就掉下一滴水，
于是形成了太平洋。

——这完全是中国新诗史上最美、最质朴深挚的一首爱情诗。

她的名字，叫三毛。

夜已深沉，海岛在微微摇晃。摇晃的原因，是太平洋永不停歇的摇撼，是深夜的酒，当然，也肯定是激荡内心、让人沉醉的永恒情感与诗。

安静却近乎喷涌的野蛮能量

春分节气。江南,是最浓郁的油画。巨大的视野背景是:大片大片的油绿麦田,一丛丛或一亩亩散生的金黄油菜花地。其间:是杂藤高墩上的坟地,是孤立倾斜的高树,是村落旧屋顶上的短烟囱,是平直或弯曲的桥,是随时会突然出现的一株野生的红桃或白梨,是田野间飞起的翅羽闪烁的大鸟。经过的乡镇。无数种石料堆垒着出售。用作盆景的大小假山,立于路边做广告的新筑的青石牌坊。麦田中央的村庄总是寂静。所有人家的门户似乎全都敞开。站在晒场上,从某家前门看进去,屋内漆黑,但他家幽深的后门外,又是一门框开到最旺的逼眼油菜花。河边斜长的高大枫杨,新叶间又已悬挂条条雏穗似的极嫩花序。河埠石阶松动歪斜,一直通到水边。河水倒映着天空,也倒映着对岸的树枝,疏朗、美丽的树枝,仍然带有冬天的意味。出村的弯曲土路发白寂寞,让人忆起少年时光。路旁,是密密的开蓝色小花的婆婆纳。茂盛生长的蚕豆茎秆和叶子非常有力,蚕豆白色花瓣上的一只只黑眼睛,全部在好奇打量这个世界。一整面屋墙被刷成红色的村口,有巨大白字:"……买创维彩电……"墙脚,是竖着的一块"泰山石敢当"黄石。一棵被风刮倒的树,枝上仍在绽出新芽,现在斜卧在破房子旁边金黄的油菜花丛里。大片大片的绿麦。浓郁如膏的油菜花。江苏省宜兴市闸口永定村,苏东坡在1084年(北宋元丰七年)送给宜兴友人邵民瞻并亲手栽种的西府海棠,正在村中一个庭院内盛放。满树花枝,含苞者,如粒粒红珠;绽放者,粉色重瓣,烂漫天真。仰头,是**"被苏轼花树分割的青色天空"**(童语)。浓暮。广阔田野和湖水间,又一个乡镇来临。灯火次第亮起。浓郁和丰饶同样在镇中显示。乡人地摊上,摊满粗圆新嫩的莴苣、清香茁壮的芫荽、接近蒜苗的长绿大蒜和成堆菜薹。门面狭小灯光红艳的熟菜店,门口的醒目招贴:"港口猪头肉"。春天的浓暮如酒。此季江南,稍微敏感的人,都能清晰感知到**土地的野蛮能量**——既承载我们又受尽伤痛的土地,在今天,仍有安静却近乎喷涌的野蛮能量。

跋一

《百千万亿册书》：文本关键词、句

江水内部

浩大冰凉的星空

内在的新生转运机制

黑、灰、白互融互渗

南方的全息

人类的全息

神性大鸟

太阳赤烫，其精之凤也为红色

仿制的威尼斯水城

苏南平原之夜

海洋为什么突然收缩

家乡泥坯进入火焰

冬日长江，曾被长久烫红

蒸发不见

乡镇死亡的隐秘源地

空旷的十字街头

深圳到南雄

大庾岭

浈江，韶关城中北江的上游

此刻虚幻、宁静而美

油桐花盛放季

六祖惠能

岭南第一关

南粤雄关

苏轼度岭

文天祥度岭

汤显祖度岭

人间5月，梅花落尽

燕红饭店

大余—赣州

漫长县乡公路

大地，是伟大的肉身

丹阳。云阳。曲阿

夜的这个街区的空落寂寥

灯火在雨夜暗暗燃烧

像彩色奶油般的一截透明电梯在黑暗中上下移动

古代的累累陵墓

被窑火日夜熏烤的人

从火焰的颜色，烧窑人洞悉火焰的温度

宋代风靡天下的茶盏

水吉窑址

宋代遗留至今的火焰

竹篮里还有众多宋代黑瓷盏碗的残片

建阳星空

一只古老、神秘的前朝建盏

火焰密语和朝霞之书

微小的家乡，于是被这莲花般的祥云，冉冉托起

火青

南方乡镇在这种浓烈暮春时的无名没落

福建全域被海风吹熏

江西，仍由赣江的清气深深浸润

两种类型的艺术家

被挤出熙攘人间

离开家乡,到上海学画

吴大羽与寿懿琳结婚

他以中国知识分子特有的隐忍,坚守自己的艺术信念,走向自我的内心世界

中国现代抽象油画的拓荒者

民族化不能从形式上去理解

美的出现在形象和心象之间

具有强烈的"中国的血统"

长耘于空漠

藐视着大限,藐视着命运

我亦大宙弃子,踉跄一生

西递、宏村

被列入世界文化遗产保护名录

访西递如临桃源境

男婴

孩童

少年

青年

中年

牌位

最具肉体生命感的石头

阴阳之会，呼吸之门

宜兴之金的潜隐

独属自己的一个汉字："沇"

中国陶都

毕功之地，就在嵊州

了溪，剡溪旧名

"石馒头"

青衣人向他求救

盆归沈家，蛙鸣不再

在成熟水稻的波浪间行走

深蓝色的穹形星空

玉带糕

徽墨酥

义祖大于始祖

土能生万物

地可发千祥

人人清吉，个个平安

徽杭公路

红色泥泞翻腾

汨罗江的发源地

山花野草，微风动摇，以此终日

皖南地区独有的"锅子"

皖南深秋

世界色彩斑斓

火车声，在漆黑的山夜中不时响起

卢氏小馄饨

山中深处的红豆杉王

这条街道，默默见证过我的青年时光

抽象的汉字（地名）背后，有着感性的无尽音画

一个梦境

分开江西、湖南两省

犹汪池难容巨鲸，片林不栖大鹏

艺事之成就，只是他内在生命强力的余绪而已

格局宏大

藐视规矩，烂漫自由

俯视

八角楼

仰接江南星空，俯察东部大江

七旬入蜀而大悟点法

传内涵之神，写吾人之心

我的画三十年后才能为艺林所重

急于求名与利，实画之害。非惟求名与利为画者之害，而既得名与利，其为害于画者为尤甚

人寿几何，江山如昨

遇到岩石低凹处，流泉便会积成一潭诱人的蓝玉

巨大容器

对应人体的五脏和六腑

对自己的生命本体，有着独特的崇敬和关注

白，代表阳；黑，代表阴

中国第一豪宅

极显尊贵

最繁华

私密浪漫

时尚新地标

顶级餐饮场所

他的幽黑头颅的剪影，恰好接触到了灯箱女郎那美丽高贵的艳红嘴唇

缓缓驶向东面不远处的黑暗深渊

以其亿万钧之神力，定住安庆城

现实中的铁锚重量几何

乡镇童年鲜美馄饨的记忆便如泉涌出

白昼的灿烂光芒

徽州内部的千年幽暗

奔泻的滚滚绿雨

井水不犯河水

暮春山野的清甜

大丛的金银花正在吐放香气

希冀顺利、兴旺、昌盛、财源滚滚的观念

切割这块巨大无垠的蓝色之海

"分星""分野"理论

有宝剑的精气,一直上彻于天

此剑为灵异之物,终当化去

江南旷放傲岸之士

岂有老妇将就木而再理嫁者耶

有旷世金石声

鲤都很小,闪闪发出金色的鳞光

他和她的身影,映入清澈的溪水

家乡深溪

美丽皎洁的鲤

金色、晶莹的残剩泪滴

完美的晚餐时刻

将自身的感知与洞见投射进光影深处

通往异度空间的时光隧道

技术性感官反应的幻觉

建构空间视听环境来研究人类的行为与感知

江水中的霞光

残损却润红的片片莲瓣

一个标配的、虚幻感十足的中国南方县城

"合龙门"尤须择吉日吉时

平时他将此刀挂在西水关城楼上

章渡就在青弋江边

震惊中外的一场局部战争,自此爆发

无论如何要在高岭坚守3天

我就在这里,跟大家同生死,共存亡

密集的子弹把茅草都扫断了

带着气泡的血,从左胸上部涌了出来

如有可能活下来,伤愈以后,待机过长江

人就睡在树枝树叶上,山上下来的雨水从身子底下流过去

你这个笨蛋!有野猪的地方还能有人吗

听见战友的惨叫声

你们是好人受难

敌人包围了他家,问买那么多米干啥

凤木匠疼得昏过去

被炮火炸断的树干已经抽出新芽

落日余晖中，凤家人还站在房前的那棵树下，向着我们摇手

繁昌县境内的油坊嘴

被砍伐的粗长毛竹

疼痛、青碧

刺破暗蓝的空气

银杏树枝间的一轮冬月

城隍庙前，挺立千年古银杏

他保管了周围邻居的7把钥匙

竺西书院

他是岳飞之子岳霖后代

青石老桥上，晒满新稻草把

包间窗外，是苏南乡野间的寂寞大河

太平洋的鱼鳞之光

由人类伟大的科技重塑

雕梁和马头墙的影姿

被古代的云梦大泽熏染

照耀

面包、奶油和咖啡热腾腾的香气

高尚大气

纯蓝字体

实力澎湃,不惧山外有山

缤购·表白季

人形跑动绿色标记

时人称其为"倪迂"

偶出一唾,云林命仆绕阁觅其唾处,不得,因自觅

卒于江阴长泾

岂以人言易吾操哉

皖南齐云山,实是"红岳"

在齐云山上黄连树下喝啤酒看白云

时间早已被他的诗歌凝固

阿多尼斯的声音

震颤着这座古城

天门要敞

地户要闭

从亚欧大陆这个格局来看,中国是其水口

红色砂岩,是它的古代桥身和雄伟分水尖

从太平桥出发

筑渔梁坝的花岗岩石巨大

粼粼水之中,充满了我们不知的秘密

巨鱼,裸呈在天地之间

在南方,显现它们的原初之义

《泾川桃花潭》，翟光逵编著

为桃花潭的发展历史留存一份档案

谢群，安徽郎溪县人

青色群山间的新筑高速公路

有人曾劝官场不顺的汤显祖来徽州找许国

隐秘而强劲的江南灵魂

直接汇入了浩瀚的太平洋

我喝过斑斓岩石间清澈的山溪

一弯悬停的红月亮

钱塘江潮的巨力

芜湖与徽州之间，有两条连通的道路

青弋江入长江口

从长江之南的繁昌县往江北之无为县

褒禅山

从褒禅山到古昭关

采石第一楼

李白衣冠冢

写到灵魂最深处，不知有我更无人

武夷之水，在此分流

所不朽者，垂万世名。孰谓公死，凛凛犹生

在野生的、夜的武夷山脉中，世界完全遗忘、远离了我们

铅山巨观

万里茶路第一镇

山下江水深不可测，可以直通龙宫

燠热的全部人间

马当山就耸立在长江南岸，横枕大江，山形似马

子诚能往，吾助清风一席

陆游仍然被阻马当

长江阻塞委员会

官亭庙者，庐山和鄱阳湖之庙也

山突入江中谓之矶

巨大木筏

长江之中，天水赤红融通

身体轻捷，每天能行200里

神龙探首向下，每天抽汲大陆东端浩瀚太平洋的蓝色海水

雨，便在身后紧紧追你

盛产茭白的沟渠或小河

残青或已金红的柿子

太湖浩大清凉的气息

安徽旌德明代乐成桥

安徽屯溪明代镇海桥

笔直超长的古旧石桥

太平湖

祭龙舟

一捧刚摘下的纯白栀子花

太平猴魁

桃花潭水深千尺

在山中起伏狭窄的黑松林道上行驶

汀溪兰香

应季重油绿豆糕

被青弋江水再一次清洗过的蓝色星空

汉水,是大地上的银河;银河,是天空中的汉水

太平洋的黑暗,在我的唇齿间轻擦

只有勇敢的鱼,肯把脚献出来

江南东缘巨大的水,摇晃着我

属镂之剑

我的出生地,在古云梦泽

为公子光讨宝枕

单臂举鼎

临潼斗宝

父亲伍奢

兄长伍尚

欲国不灭,释吾父兄;若不尔者,楚为墟矣

由楚奔吴

过昭关,一夜白头

与子期乎芦之漪

泥面岗

伍员山

史氏女救人自沉

吹箫行乞于吴市

鱼肠剑

吴王阖闾

岂可一日而杀天下勇士二人哉

吴宫教战斩美姬

姑苏城之父

掘墓鞭尸

三斗三升金瓜子

尔忘勾践杀尔父乎

"存越"还是"灭越"

伐齐

饥渴的属镂之剑,切入我

生为楚英,没为吴豪;烈气不泯,视此海涛

桂枝书院

神性的汉字

青弋江支流

春季的青白小笋

强烈萌动

茶叶兴衰，实为全郡所系

它们目睹过人类最初幸福或痛苦的诞生

闽广荔枝、西凉葡萄，未若吴越杨梅

杏花烂漫的荒烟茅舍酒肆

一滴银鱼似的湖水

山坞深处的唐庵

古镇东山，即一湖山秘窟

碧螺春

洞庭红橘

乌紫杨梅

白果和雪藕

太湖三白是指白鱼、白虾和银鱼

金钉钉龙，江南潜在的暴力美学

枇杷、小馄饨、油煎糯米团子

极其坚韧的意志力和行动力

炊烟一缕，有巨力，可以提升起湖和乡野大地

瓯柑，像大颗大颗的星

北斗古城

龙舟竞渡

温州猪肠粉

三条矫健的中国地方青龙

春天的亿万颗炮弹

欧阳修手植梅

欧阳水秀、欧阳勇姐弟

龙王借表

六一居士

南门头美食广场

朱生豪先生故居

我是宋清如至上主义者

藕汀先生与笑我兄,是亦师亦友之关系

夜空,似乎闪烁着南湖水反射上去的银色寒意

一万种生活

新塍古镇

石板古驿道

油菜花粉

寄名于古树

柏树姑娘

槜李之战

吴郡嘉兴县南有槜李城也

古之檇李城，实今之檇李乡

地以果名

果中琼宝

朱梦仙《檇李谱》

葫芦形大枣

皖赣铁路线

目连救母

皖南水系

郑之珍，字汝席，号高石

《祁门清溪郑氏家乘》

大北埠

他是我们老祖宗

春茶结束，已经开始做夏茶

人界、冥界、天界

圣堂坞山坡上

两头红

郑之珍墓

人间私语，天闻若雷

雕镂精美的岩石柱础旁，已经生出丛丛茂盛绿草

千载不磨

橘树上的果实全部成熟了

强烈湿润的、童年的清爽稻香

百丈见游鳞

龙形之地

青柯亭本，是《聊斋志异》所有刻本中最早的祖本

夜的江水，仍如清澈之墨

私人的"南方文学"传统

一个巨大、父性的容器

近似四方形的光，从天而降

驶向大海的远方

岛上书店

三毛

金黄油菜花地

被苏轼花树分割的青色天空

土地的野蛮能量

跋二

在幽暗、无限的宇宙中，与你相遇

这个南方性质的汉语文本一直断续在写，但整体构成的想法，成熟于2020年年初；全部篇章，完成于2021年春天。全书结构，原初设计是分"天部"和"地部"两辑，每辑60篇文字（一个甲子数目）。最后确定的是分成五个部分：**火书、土书、金书、水书、木书**。取五行相生之顺序，寓生生不息。

此文本包括：客观实录，主观幻想，地理，人物，信函，引文，短小说，摘录，诗歌，电影技巧，日记，民间传说，风水，呓语，考证，学术短论，梦，五行，历史，神话，签卦，回忆录，对景写生，访谈，文学史补遗，新闻，旅行记，文献改编，等等。

——由此,一个崭新的,文学与其他学科、与自我生命、与他者生命**混杂的散文空间**,得以诞生。

这些源自祖先、被我敬惜使用的汉字,这些断片式的似乎无穷的人类篇章,带着我的体温,它们散漫、云游,又渐渐汇拢、聚集。这个独特的、由我创造形成的**汉字星系**,期待在幽暗、无限的宇宙中,**与你相遇**。